왕녀 전하는
화가 나셨나 봅니다
3. 암약하는 그림자
Royal Highness Princess
seems to be angry
저자
야츠하시 코우
일러스트
나기시로 미토

레티시엘은 지금까지 유래가 없을 정도로
대규모의 마소를 제어해
위력을 중시하여 화살에 연료를 쏟아 부었다.
이 일격에 모든 것을 담기 위해…….

'지금이 기회야……!'

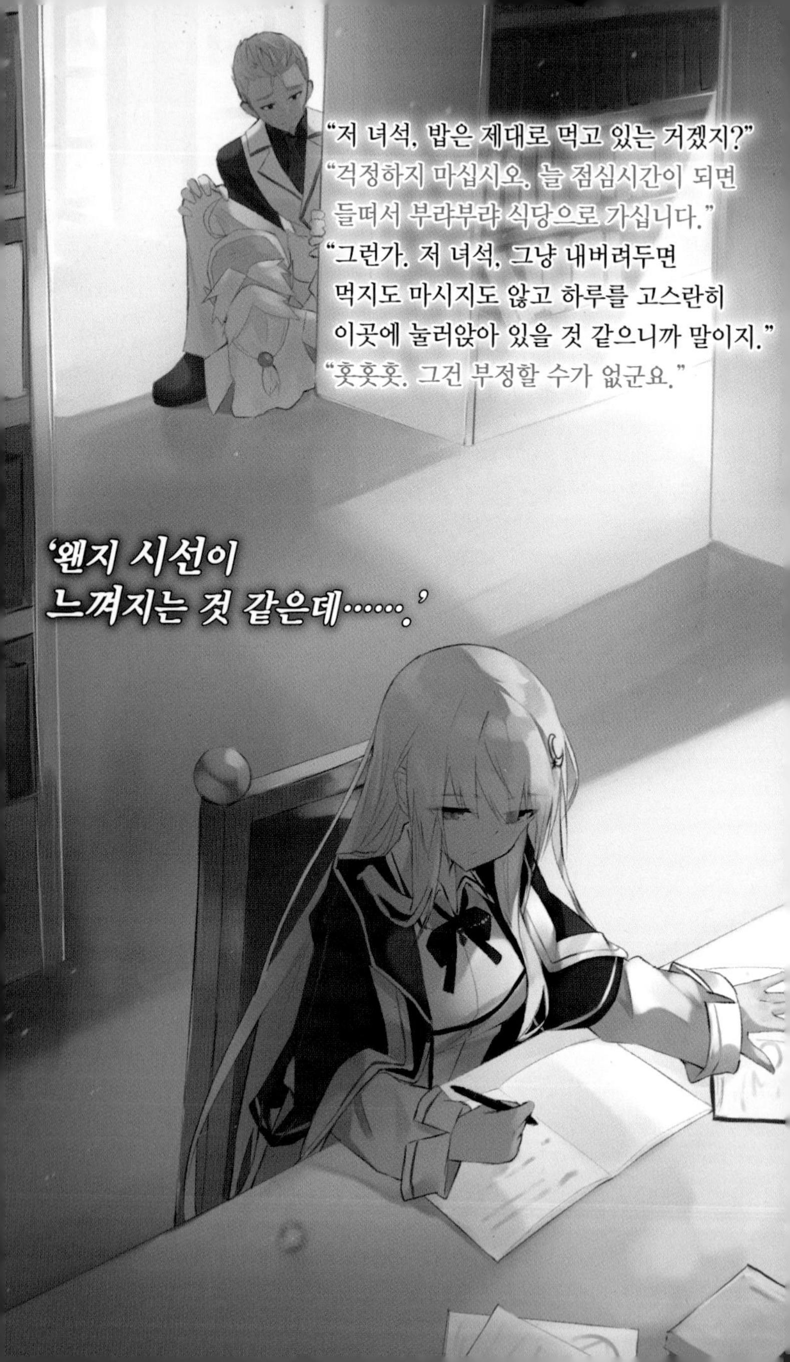

"저 녀석, 밥은 제대로 먹고 있는 거겠지?"
"걱정하지 마십시오. 늘 점심시간이 되면 들떠서 부랴부랴 식당으로 가십니다."
"그런가. 저 녀석, 그냥 내버려두면 먹지도 마시지도 않고 하루를 고스란히 이곳에 눌러앉아 있을 것 같으니까 말이지."
"훗훗훗. 그건 부정할 수가 없군요."
'왠지 시선이 느껴지는 것 같은데…….'

왕녀 전하는 화가 나셨나 봅니다

3.

암약하는 그림자

Royal Highness Princess seems to be angry

저자
야츠하시 코우
일러스트
나기시로 미토
옮긴이
이진주

Royal Highness Princess
seems to be angry

3.

암약하는 그림자

CONTENTS

서장　폭풍 속의 별궁

플라티나 왕국 왕도 니르반의 교외, 마차나 통행인들이 오가는 큰길에서 벗어난 조용한 강변. 웰데 별궁은 그곳에 세워져 있었다.

왕가가 소유하는 별궁의 하나였으나, 주위에 사람의 흔적은 없다. 거친 회색 벽돌로 세워진 궁전의 벽에는 담쟁이덩굴이 휘감겨서 화려한 궁정의 별궁이라고는 말하기 어려웠다.

그날 밤은 폭풍이 지독했다. 폭포와 같은 비가 대지를 두드리고, 거칠게 불어대는 바람이 창문을 격하게 흔들어댔다. 폭풍으로 흐려진 경치 안에서 건물의 윤곽만이 희미하게 떠오른 그 모습이 한층 더 웰데 별궁의 음산함을 두드러지게 했다.

"이봐. 창고에서 널빤지를 가져와! 빨리!"

"예! 아, 거기 너! 이걸 방으로 가져가 주겠어?!"

창문 유리창에 번개가 번쩍이고, 복도에 복수의 남녀의 목소리가 울려 퍼졌다.

최근까지 별궁을 관리하는 자만이 정기적으로 드나들 뿐 아무도 찾지 않았던 이 별궁은 지금은 플라티나 왕국 제1 왕자 로시포드의 휴양지가 돼 있었다.

그 때문에 왕자의 시중을 드는 십 수 명의 고용인들이 이곳에서 생활하고 있었다. 지금 복도를 분주하게 돌아다니는 것은 다름 아닌 그들이었다.

"다, 다녀왔습니다!"

물이 든 나무통을 갖고 방으로 뛰어 들어온 남성의 시야에 몇 명이 달려들어 내리누르고 있음에도 미친 것처럼 기성을 지르며 몸부림치는 제1왕자의 모습이 들어왔다. 방안은 난장판이어서, 여기저기에 가구와 작은 물건들이 흩어지고, 파손돼 있었다.

"그건 일단 그 근처에 놓고, 이쪽을 도와주지 않겠어?!"

"아, 알았습니다!"

남성은 가까운 책상 위에 물통을 내려놓고 침대로 달려갔다. 본래, 일개 고용인 따위가 왕족의 몸을 내리누르다니, 무례하기 그지없는 일이었다. 그러나 이 비상시에는 그런 말을 하고 있을 수가 없었다.

벽 한쪽 면을 차지한 커다란 창문은 무참하게 깨져서, 그곳에서 빗물을 대량으로 품은 바람이 흘러 들어와 창가에 있는 침대와 융단을 적셨다.

제1왕자의 상태가 이상해진 것은 이날 저녁때였다.

해가 저문 뒤, 갑자기 큰 소리로 고함을 지르며 괴로워하기 시작했는데, 그것을 발견한 고용인들이 대처했지만 제압할 수가 없었다. 그 뒤, 추격타를 가하는 것처럼 밖에서 폭풍이 불어 닥치며 지금에 이르렀다.

그아아아아아아아아아!!!

이 별궁으로 오기 이전부터 제1왕자의 정서는 불안정했다. 왕도에 있는 루크레치아 학원에서 일어난 괴물 소동에 휘말린 뒤로 줄곧 이런 상태라고 했다.

제1왕자의 용태에는 기복이 있어서 안정기와 발작기가 부정기적으로 반복되었다. 그 때문에 고용인들은 모두 날뛰는 제1왕자를 돌본 경험을 갖고 있었다.

그러나, 이 정도로 심한 발작은 처음이었다.

그가가……아아아아아아아!!!

발작이 시작되고 얼마나 지났을까. 그때까지 침대 위에서 몸을 비틀며 날뛰던 제1왕자가, 갑자기 실이 끊어진 것처럼 얌전해지더니 그대로 정신을 잃어버렸다.

바깥도 어느새 폭풍과 천둥이 멈추고, 비만이 조용히 내리고 있었다.

고용인 일동은 매우 피곤한 상태였지만, 그들의 일은 여기서 끝이 아니었다. 요란하게 깨진 창문의 보수와 융단의 세탁, 어질러진 유리 파편의 처리 등, 해야 할 일은 수북했다.

"그건 그렇고…… 이 창문, 어떻게 된 건가요?"

"응? 아아. 자네는 모르나."

장갑을 끼고 유리 파편을 줍는 젊은 집사에게 선배 집사는 그때의 상황을 들려주었다.

왕자의 발작이 일어났을 때, 그것을 발견한 고용인은 곧바로 왕자를 돌보려고 했으나 그럴 수 없었다.

침대에 가까이 다가가려던 그 고용인은 강력한 힘에 의해 방 가장자리까지 튕겨났다. 동시에 굉음과 함께 창문이 창틀 째로 통째로 날아갔다고 했다.

"이 폭풍우 때문이었을까요?"

"아니, 그게 말이지…… 이리로 와서 보라고."

선배집사의 손짓에 이끌려 젊은 집사는 벽에 뻥 뚫린 구멍으로 바깥을 내다보았다. 눈밑에 펼쳐진 1층 지면 위에 대량의 유리 파편과 휘어진 창틀이 떨어져 있었다.

"어…… 이거, 안쪽에서 부서진 건가요?"

"아무래도 그런 것 같아. 뭐가 뭔지 전혀 모르겠어."

그렇게 말한 선배 집사는 주워 모은 유리 파편을 나무상자에 던져 넣고는 피로가 남은 표정으로 작게 어깨를 움츠렸다.

검은 안개 형태의 괴물이 별궁의 창문을 창틀 째로 안쪽에서 부수고 밖으로 뛰쳐나갔다.

거대한 늑대처럼 생긴 그 검은 괴물은 괴로운 것처럼 몸부림치며 뒹굴더니, 이윽고 그 자리에서 도망치듯이 어디론가 달려갔다.

"이런~. 검은 안개를 토해내 버렸네, 그 아이."

제1왕자의 방을 멀리서 들여다보는 자들이 있었다. 웰데 별궁을 둘러싼 회색 성벽, 그 위에 한 명의 청년이 앉아서 망원경을 손에 들고 있었다.

새하얀 로브는 방금 전까지 이어진 폭풍 탓에 함빡 젖어서 성벽에 찰싹 달라붙어 있었다. 그러나 본인은 그것에 신경 쓰는 기색이 전혀 없이, 본래라면 몸에 걸쳐 입는 물건일 터인 로브를 머리부터 뒤집어써서 우비 대신 삼고 있었다.

"꽤 괜찮게 굴러갔는데 말이지, 그 왕자님. 아, 안개가 왕도 쪽으로 도망갔다. 괜찮으려나."

"그런 건 아무래도 좋다. 이번 안개는「고대의 칠흑」이었나?"

장난스럽게 이어나가는 청년의 말을 또 한 명의 남성이 서슴없이 가로막았다. 이쪽은 청년과 달리 로브를 제대로 몸에 걸치고 있었다. 후드도 깊숙이 눌러써서 얼굴은 전혀 보이지 않았다.

"음— 틀렸어. 평범한「검은 안개」. 애초에 이번 건 피리아레기스의 영애에게 방해받아서 불완전했고 말이지. 실망이야. 그 검을 찾는데 내가 얼마나 고생을……."

"뭐, 됐어. 다음번의 쓸 만한 성유물을 찾으면 되는 일."

마치 그 결과를 예측하고 있던 것처럼 청년도 하얀 로브의 사내도 그 목소리에서는 아무런 낙담의 빛도 드러내지 않았다.

"어르신에게도 나중에 보고해야지……. 아니, 잠깐, 그 사람 분명히 이렇게 될 거라고 예상했을 거야! 여전히 사람 부리는 게 거치네."

"이봐, 자쿠도. 그 분의 악담을 하는 것은 용납 못한다…… 말을 삼가라."

하얀 로브의 사내가 자쿠도라 불린 청년을 노려보았다. 그러나 바로 그 당사자는 어깨를 움츠렸을 뿐이었다.

"어이쿠, 이거 실례했군. 충신이 무서운 시선으로 노려보네. 그건 그렇고, 미르 군은 화낼 때 눈이 멋진걸. 자쿠도 형, 반해버릴 것 같아."

자쿠도는 태평한 것처럼 표표하게 웃었다. 미르라 불린 하얀 로브의 남자가 얼음과도 같은 시선을 보내왔으나, 그는 전혀 움츠러든 기색 없이 실실 웃으며 농담을 던져댔다.

"그것보다, 이거 엄청나게 보기 힘든데. 나, 이런 문명의 이기 같은 거엔 좀 약하단 말이야."

자쿠도는 자신이 들여다보고 있는 망원경을 가리키며 갑자기 화제를 전환했다. 망원경의 유리 부분에는 끊임없이 빗물이 흘려 내리고 있었다. 시계가 나쁜 것인가, 초점을 맞추고자 필사적으로 망원경을 조작하고 있었다.

"평소 행실이 나빠서 그런 거겠지."

"에에에. 차가워라. 나랑 미르의 사이잖아. 좀 도와 줘."

"거절한다. 너와는 안면이 있는 사이 이외의 관계가 된 기억은 없어."

태평하게 떠드는 자쿠도를 내버려 두고, 미르는 확인이 끝나 이제 볼일이 없어진 별궁에 등을 돌렸다.

"용건은 끝났다. 얼른 돌아가자."

미르는 끊임없이 비가 내리는 구름 낀 하늘을 힐끗 올려다보고는 하얀 로브를 펄럭이며 다시 한 번 후드를 깊게 눌러썼다. 후드자락을 잡아당기는 그의 손에는 수레바퀴에 십자가가 그려진 문장이 수놓아진 검은 장갑이 끼워져 있었다.

"예예―. 미르 군은 참 성실하네."

"그 이름으로 부르지 말라고 했을 텐데."

미르라 불린 하얀 로브의 사내는 불쾌함을 감추는 기색도 없이 걸음을 옮기기 시작했다.

그것을 바라보면서 자쿠도도 망원경을 집어넣고 로브를 제대로 어깨에 걸치고는 자리에서 일어났다. 그 왼쪽 귀에는 미르의 장갑에 있던 문장과 똑같은 형태의 귀걸이가 늘어뜨려져 있었다.

가랑비가 끊임없이 내리는 가운데, 두 개의 하얀 그림자가 회색의 성벽 위에서 날렵하게 뛰어내렸다.

1장 검은 안개의 괴물

하계 휴가도 종반에 접어든 어느 날의 오후. 점심 식사를 마친 레티시엘은 몇 권의 책과 공책을 옆에 두고 정원에서 독서를 하고 있었다. 전날 불어 닥친 폭풍우 탓에 잔디밭은 약간 젖어 있었다.

레티시엘의 저택 정원에는 청청한 잎이 무성한 거목이 심어져 있었다. 레티시엘은 그 나무줄기에 기대앉아 미간에 주름을 모은 채 교양학 책과 눈싸움을 하고 있었다.

'으음…… 교양학, 재미없어…… 하지만, 해야 해……'

봄학기의 기말시험은 잘하는 과목과 못하는 과목의 점수 차가 20점 이상 벌어지는 결과가 나왔다. 그것이 묘하게 분했기 때문에, 레티시엘은 이렇게 여름 방학을 이용해 못하는 과목의 지식을 쌓으려 하고 있었다.

클라우드의 구출 사건도 있었기 때문에 본격적으로 공부에 집중할 수 있게 된 것은 최근의 일이지만.

"클라우드 씨! 아가씨를 못 보…… 앗."

"니콜이냐. 아가씨라면 저기 계시다."

그렇게 고군분투 중인 주인의 모습을 클라우드와 니콜은 조금 떨어진 곳에서 바라보았다.

"아가씨가 공부에 고전하시는 모습이라니, 보기 드문 모습이네요……."

"분명히 보기 드물긴 하지만, 아가씨는 이번 시험의 결과를 꽤 신경 쓰고 계셨던 것 같으니 그럴 수도 있겠지."

"예. 하지만 공부에 열심이신 건 아가씨다우십니다."

거기에 루빅도 합세해 고용인 세 사람은 나무 아래에서 독서에 매진 중인 주인을 지켜보았다.

루빅의 기억에도 도로셀이 공부 때문에 좌절하던 일은 별로 없었다. 하지만 도로셀도 초인은 아니니, 좋아하는 것과 싫어하는 것이 있어도 이상하지 않으리라.

그것보다도 루빅은 옛날처럼 진지하게 면학에 힘쓰는 도로셀의 모습에서 감개무량함을 느꼈다. 이 2년간, 도로셀이 제대로 교과서를 손에 든 적은 한 번도 없었다.

"아가씨. 홍차를 가져왔습니다. 조금 쉬시는 것이 어떠신가요?"

"응? 아아, 루빅. 고마워요."

레티시엘이 교과서의 정보를 공책에 적으며 머릿속을 정리하고 있으려니, 루빅이 홍차와 스콘을 간식으로 갖다 주었다. 니콜도 함께였다. 레티시엘은 일단 공책을 닫았다.

"피곤하신 것 같네요, 아가씨."

레티시엘의 얼굴을 들여다보고 니콜이 그렇게 말했다.

"그래 보여요?"

"예. 얼굴빛이 안 좋다고 할까, 홀쭉해지셨어요. 괜찮으시다면 마사지를 해 드릴게요."

"아아. 고마워요. 그럼 어깨 주변을 주물러 줄래요?"

"알았습니다!"

니콜은 곧바로 레티시엘의 곁으로 다가왔다. 이대로는 바로 뒤가 나무줄기였기 때문에 레티시엘은 앉은 위치와 방향을 조정해 니콜이 등 뒤로 돌아올 수 있도록 해주었다.

"아가씨는 지금 무슨 과목을 공부하고 계신가요?"

"교양학이에요. 지금의 귀족은 어떻게 이렇게 지루한 과목을 공부할 수 있는 거죠?"

"힘드신 것은 잘 압니다만, 시험에는 빠뜨릴 수 없는 과목이니까 말이죠……."

"그래도 재미가 없는 건 재미가 없어요."

니콜의 마사지를 받으면서 레티시엘은 스콘을 한 손에 들고 루빅에게 푸념을 흘렸다. 좋아하는 일은 며칠이고 끝없이 할 수 있다. 하지만 싫은 일에 몰두하는 일은 이렇게나 피곤한 일인 모양이다.

"그러시다면 기분 전환으로 저와 이걸로 겨루지 않으시렵니까? 적당한 휴식도 필요한 법이랍니다."

그렇게 말하며 루빅이 주머니에서 꺼낸 것은 모양과 숫자가 그려진 카드 다발이었다. 숫자만이 아니라 알파벳이 쓰인 카드도 있었는데, 색은 검정과 빨강 두 종류뿐이었다.

"어머, 반가워라."

레티시엘은 그 카드를 알고 있었다. 전생에 나오에게서 그의 고향의 전통게임을 몇 개인가 배웠는데, 그 안에 있던 「트럼프」라는 것과 똑같은 것이었다.

"예. 제가 막 채용되었을 무렵, 자주 이렇게 대전했던 것을 기억하고 있습니다."

"……그랬죠."

대답에 한 순간 빈틈이 생기고 말았다. 루빅과 「도로셀」도 트럼프를 하며 놀았다는 사실은 알지 못했다.

'도로셀도 트럼프 놀이를 했었구나…… 왠지 이상한 느낌이야.'

일단 한 번 저택으로 돌아가면서 레티시엘이 내심 그런 일을 생각하는 사이, 루빅은 트럼프 준비를 했다.

"오늘은 무엇으로 할까요? 올드메이드, 블랙잭, 메모리게……."

"……올드메이드."

루빅의 말이 끝나기도 전에 레티시엘은 저도 모르게 그렇게 중얼거리고 말았다.

사실 레티시엘이 아는 게임은 하나도 없었다. 하지만 단 하나…… 올드메이드라는 게임만큼은 묘하게 귀에 익었다.

"아, 역시 그걸 고르셨군요, 아가씨. 그럼 준비를 하겠습니다."

레티시엘의 선택에 루빅은 그립다는 듯이 웃으면서 척척

카드를 배분했다.

다만, 자기가 말해놓고 레티시엘은 올드메이드라는 게임을 알지 못했기 때문에, 일단 어떻게 할까 고민하면서 패를 받아들었다. 그러나 여기서 갑자기 트럼프를 그만둘 수도 없었기 때문에 루빅이 나누어준 패와 눈싸움을 하면서 머리를 굴렸다.

'……어머?'

그러나 생각에 잠기는 레티시엘의 마음과 달리, 레티시엘의 손은 패를 본 것만으로도 자연스럽게 카드로 뻗어갔다.

'혹시…… 도로셀의 기억이 게임의 규칙을 기억하고 있는 것일까.'

그녀는 대체 어떤 인생을 보냈을까. 게임을 무의식적으로 진행하면서 레티시엘은 그렇게 생각했다.

실제로 게임이 시작되고 잠시 시간이 지났을 무렵, 게임의 규칙에 익숙해진 레티시엘은 이 올드메이드라는 놀이에 기시감을 느꼈다.

'……아아. 올드메이드란 도둑잡기를 말하는 것이었구나.'

우선 놀면서 규칙을 파악하자. 레티시엘은 그렇게 내심 단단히 마음을 먹고 있었는데, 게임의 규칙은 옛날에 나오에게서 배운 게임과 거의 똑같았다.

나오의 고향의 규칙에서는 조커 한 장을 더한 53장 중에 카드를 배분해 조커를 마지막에 남긴 사람이 패배. 이 시대에는 조커가 없었기 때문에, 퀸 한 장을 뺀 51장으로 게임을 시작해 마지막에 퀸 1장을 남긴 사람이 패배, 라는 규칙인 것 같았다.

'남은 한 장의 「여성」이 「결혼적령기가 지난(올드메이드) 미혼의 여성」라는 거구나…….'

정말이지 직설적으로 이름을 붙인 게임이었다. 일정한 나이가 되면 여성은 이러니저러니 결혼에 대한 얘기를 듣는 것은 어느 시대든 마찬가지네, 라며 레티시엘은 쓴웃음을 지었다.

"……어머? 또 졌네요."

정신을 차리고 보니 어느새 게임을 시작한 지 한 시간이 경과해 있었다. 왜인지 몇 번을 해도 루빅을 이길 수가 없어서 레티시엘은 그만 진지해지고 말았다.

"나로서는 최선을 다하고 있다고 생각하는데…… 루빅, 뭔가 요령이라도 익히고 있는 건가요?"

"아뇨. 저기…… 그게 아니라, 뒤에 있는 니콜의 표정으로……."

"흐에! 저, 저저저말인가요?! 죄송합니다죄송합니다. 알기 쉬워서 죄송합니다……!"

떠들썩한 고용인들의 모습을 곁눈으로 바라보며 레티시엘은 창문으로 보이는 거목의 잎을 올려다보았다.

이 거목을 보고 있으면 전생이 떠올랐다. 고국 리제네로

제의 왕도 근교에도 이것과 비슷한 거목이 있어서, 그 밑둥에서 자주 놀곤 했다.

유년기에는 부모님과 함께 놀았고, 마술을 가르쳐 준 선생님과 책을 읽기도 했다. 나오와 만난 뒤로는 나무 그늘에서 정책에 대해 이야기하거나 그의 고향 이야기를 들은 적도 있었다.

'그립네…….'

레티시엘의 가슴에 떠오른 것은 그런 색다를 것 없는 감상과 미미한 쓸쓸함이었다.

""놀러왔어—.""

레티시엘이 추억에 잠겨 있으려니, 갑자기 어린 소년소녀의 목소리가 들려왔다.

"어…… 와."

"아, 아가씨?!"

열려있던 창문으로 어린 소년과 소녀가 돌격해왔다. 이 상황은 예상하지 못했기 때문에 레티시엘도 대처하지 못하고 하마터면 의자에서 굴러 떨어질 뻔했다.

"도로셀 언니, 잡았다."

"도로셀 누나, 잡았~다."

그걸로 만족한 것인지, 쌍둥이 내방자는 들뜬 모습으로 부랴부랴 레티시엘 위에서 내려와 그 자리에 오도카니 앉았다. 예전에 어쩌다보니 싸운 적이 있는 쌍둥이 정령왕 티나와 디트였다.

“두 사람 모두 건강한 것 같구나…….”

“건강해. 놀러왔어.”

“응. 건강해! 놀러 왔어!”

“하지만 너희, 또 여기에 와도 괜찮니? 정령 친구들이 걱정하지 않을까?”

“괜찮아.”

“문제없어!”

서로 맞잡은 손을 만세를 하듯이 하늘을 향해 들어 올리고 티나와 디트는 그렇게 단언했다. 정말일까. 조금 불안하긴 했지만, 본인들이 괜찮다고 한다면야. 우선은 돌봐주기로 했다.

“언니. 그거 뭐 하는 거야?”

“누나! 그게 뭐야아?”

“이건 트럼프라는 거야.”

““트럼프?””

티나와 디트가 나란히 고개를 갸우뚱했다. 아무래도 정령계에는 트럼프라는 놀이가 존재하지 않는 모양이었다.

“어떻게 설명을 하면 좋을까…… 해볼래?”

“응. 해볼래.”

“할래—! 재밌어 보여!”

미지의 놀이에 티나는 표정을 바꾸지 않은 채 눈만 반짝였고, 디트는 반대로 알기 쉬울 정도로 천진난만한 미소를 지었다.

"루빅. 뭔가 괜찮은 게임이 있을까요?"

레티시엘도 전생에서는 제법 트럼프 게임을 하고 놀았지만, 초심자라도 즐길 수 있는 게임은 금방 떠오르지 않았다.

"괜찮은 게임이라…… 그렇다면 메모리게임은 어떨까요?"

""메모리……게임?""

"예. 기억력을 매우 많이 요하는 게임이기 때문에, 게임이 끝난 뒤에는 심신이 완전히 피폐해진다는 무시무시한 게임이랍니다."

""흐에— 무서워라—.""

예전에 나오가 트럼프라는 놀이를 가르쳐주었을 때, 그런 게임도 함께 가르쳐 주었다.

'혹시 정신쇠약을 말하는 것일까…… 처음 들었을 때에는 정말이지 오싹한 게임이라고 생각했지…….'

레티시엘이 그런 생각을 하는 한편에서, 쌍둥이는 신경 쓰는 기색도 없이 순수하게 메모리게임에 흥미진진한 것 같았다.

"하지만 즐거울 것 같아."

"응! 재미있을 것 같아!"

티나와 디트는 재빨리 게임을 하는 방법을 배우러 루빅에게로 달려갔다.

루빅도 정령이라는 전설의 존재들과 만나는 것은 이제 두 번째였다. 아직 긴장이 완전히 풀리지 않아 언동이 다소 딱딱했지만, 그래도 두 사람이 알기 쉽도록 해설을 해 주었다.

규칙 설명에 귀를 기울여보자, 역시나 레티시엘이 아는 「신경쇠약」이었다

조커를 제외한 52장의 트럼프를 뒤집어서 늘어놓고, 한 사람당 두 번씩 좋아하는 카드를 젖힌다. 같은 숫자로 이루어진 카드를 많이 뒤집는 사람의 승리. 요컨대 기억력이 좌우하는 게임이었다.

'분명히 이거라면 쌍둥이도 즐길 수 있겠네.'

그리고 레티시엘도 루빅을 포함한 네 사람이서 메모리게임을 하게 되었는데, 게임 중에는 트러블(?)이 계속되었다.

"저기, 루빅. 둘이서 협력해서 노는 건 규칙상 괜찮아?"

"아, 저기. 규칙 위반이라고 생각합니다만."

"에. 그럼 안 돼. 혼자서는 도로셀 언니에게 이길 수 없어."

"에에에?! 도로셀 누나, 너무 강하다고!"

레티시엘이 4연승을 한 참부터 쌍둥이가 2인3각으로 게임에 임하게 되었고, 그것을 지적하자 맹렬하게 반발을 해왔다.

"그럼 도로셀 언니는 그냥 관전만 해. 우리는 집사 오빠랑 놀 거야."

"……알았어. 그럼 나는 보고만 있을게."

"도로셀 누나는 잠깐 휴식! 아, 메이드 누나다!"

"예히?!"

레티시엘이 게임에 끼면 재미가 없는 것 같았기 때문에, 바라던 바는 아니었으나 관전으로 포지션을 옮기기로 했다.

마실 것을 갖다 주러 왔을 뿐인 니콜을 끌어들여 정령왕과 고용인들의 대결이 시작되었다.

도중에 쌍둥이가 몰래 마술을 사용하던 것에 대해 불만 섞인 의견이 터져 나오는 등 여러 가지 일이 일어난 탓일까, 시간을 잊고 놀던 일동이 정신을 차렸을 때에는 이미 저녁 해가 서쪽 하늘로 가라앉고 있었다.

"꺄아! 큰일이다. 저녁 식사 준비를 해야 해!"

"저도 저녁 식사 준비를 도우러 가겠습니다. 트럼프는 제가 정리할 테니, 아가씨는 잠시 기다려 주세요."

니콜이 자리에서 벌떡 일어나 서둘러 주방으로 달려갔다. 루빅도 테이블 위에 흩어져 있던 트럼프를 재빨리 정리하고 그 뒤를 쫓아갔다.

"티나. 디트. 너희는 이 뒤에 어쩔래?"

쌍둥이와 셋만 남겨진 레티시엘은 두 사람에게 그렇게 물었다.

"배가 고파. 밥 먹을 거야."

"밥 먹고 갈 거야! 배고파!"

조금도 망설이는 기색이 없이 티나와 디트는 손을 맞잡은 채로 똑같은 타이밍에 함께 고개를 끄덕였다. 과연 쌍둥이답게, 마치 서로 동조하는 것 같았다.

'……정령과 인간의 사이가 나쁘다는 이야기는 대체 뭐였을까…….'

레티시엘이나 저택의 고용인들을 매우 친근하게 잘 따르는 쌍둥이 정령왕의 모습에 레티시엘은 그런 생각이 들었다.

이전에 여름 방학 중에 학원에서 한 차례 교전했을 들은 이야기로는, 정령은 자신들의 마을을 특수한 결계로 덮어 인간계와 완전히 차단할 정도로 인간을 싫어할 터였다. 하지만 이 어린 정령왕들에게서는 그런 낌새는 전혀 느껴지지 않는데……

"맞다. 너희에게 묻고 싶은 것이 있어."

"뭐야?"

"뭔데에?"

레티시엘의 말에 쌍둥이는 까딱 하고 고개를 갸웃거렸다. 메모리게임에 열중하느라 하마터면 잊어버릴 뻔했다.

"너희, 검은 안개인지 뭔지를 조사하고 있지? 그 검은 안개에 대해 듣고 싶어."

전에 싸웠을 때에는 도중에 사람들이 모여드는 바람에 자세한 이야기를 들을 수 없었고, 요전에 집에 놀러왔을 때에도 검은 안개가 이 근처에 있다는 말 이외에는 아무것도 듣지 못했다.

쌍둥이가 말하는 검은 안개가 학원에서 싸운 그 괴물이라고 한다면, 그것은 무엇인지, 어디에서 온 것인지, 로시포드와는 어떤 관계가 있었는지, 알 수 없는 일이 산더미처럼 많았다.

"검은 안개?"

"검은 안개?"

티나와 디트는 동글동글한 눈을 깜박이며 서로 얼굴을 마주보았다.

"검은 안개는 검은 안개야. 나쁜 것이니까 쓰러뜨리고 있어."

"세계 여기저기에 있어서 협력해서 쓰러뜨리고 있어!"

"협력…… 여덟 종족이 협력하고 있는 거야?"

""여덟?""

레티시엘로서는 별 생각 없이 내뱉은 발언이었는데, 쌍둥이는 서로의 얼굴을 마주보더니 동시에 고개를 갸우뚱했다.

"여덟이 아니야. 일곱이야."

"응. 일곱이야!"

"뭐?"

레티시엘이 저도 모르게 그렇게 되물은 것도 무리는 아닐 것이다. 천 년 전에는 분명 여덟 종족이 있었으니까.

"정령의 종족은 불, 물, 바람, 번개, 대지, 빛, 무, 어둠이었지?"

"아니야. 어둠의 정령은 이제 없어."

"어둠의 정령은 마을에서 추방당했어."

그 정보는 금시초문이었다. 자신이 알지 못하는 천 년 사이에 대체 무슨 일이 있던 것인가.

"어둠의 정령이 없다니, 그게 무슨 말이야?"

"웅—…… 나쁜 짓을 해서, 뭐 그런 거?"

"우—웅…… 정령계를 배신해서, 뭐 그런 거?"

아무래도 쌍둥이도 그에 대해서는 그다지 자세한 사정은 알지 못하는 것 같았다. 줄곧 인간과 정령의 관계만을 생각했었는데, 아무래도 정령들 사이에서도 무슨 일인가가 일어났던 모양이었다.

"저, 저기……."

레티시엘이 그것을 쌍둥이에게 물으려는 찰나, 니콜이 머뭇머뭇 말을 걸어왔다. 저녁 식사 시간이 된 것일까.

"혹시, 곧 저녁 식사인가요?

"예. 거의 다 됐습니다."

"밥……."

"밥?!"

식사라는 키워드를 들은 것만으로도 티나와 디트가 눈을 빛냈다. 그 모습에 레티시엘은 우선 오늘은 여기까지 해두고 그 이상 묻지 않기로 했다.

"나는 니콜과 루빅을 도와주러 갈 건데, 너희는 어떻게 하고 싶니?"

"좀 더 놀고 싶어."

"이따가 저녁 먹으러 갈게—!"

"그래? 그럼 나중에 부르러 올게."

""네—에.""

기운차게 대답했다 싶더니 쌍둥이는 곧바로 어딘가로 날아갔다.

"아, 아저씨. 전에 커다란 저택에서 만났죠."

"아저씨, 아저씨! 뭐 해요?"

레티시엘의 곁을 떠나, 쌍둥이는 정원에 있는 연못 근처에서 작업을 하고 있는 클라우드에게 달려갔다.

"오. 너희들이냐. 이건 지금 연못 주변의 잡초를 뽑고 있단다. 같이 하련?"

""할래요—!""

사이좋게 물가에서 작업을 시작한 클라우드와 쌍둥이는 옆에서 보면 마치 부모와 자식 같았다. 과연 클라우드. 한 아이의 아버지답게 쌍둥이를 다루는 법을 잘 알았다.

클라우드가 상대해주고 있는 쌍둥이를 바라보면서 레티시엘은 니콜과 루빅에게로 향했다. 너무 오랫동안 셋만 놔두는 것도 불쌍하니, 빨리 식사 준비를 끝내고 부르러 가야겠다고 생각했다.

레티시엘은 가까이에 있던 교복을 걸치고 주방으로 발걸음을 향했다. 오늘 저녁 식사는 고용인 둘과 레티시엘 셋이서 준비했다. 덕분에 준비에 그렇게까지 시간이 걸리지 않고, 한 시간 정도 만에 거의 대부분의 작업을 끝낼 수 있었다.

"됐어. 이걸로 얼추 완성이네요."

"그러네요. 아, 상차림은 부탁해도 될까요? 잠깐 정령들을 보고 올게요."

"예. 물론입니다."

저녁 식사의 상차림은 루빅과 노엘에게 맡기고, 레티시엘은 쌍둥이 정령을 부르러 갔다.

정원에서는 티나와 디트가 놀고……있지 않았다. 주변을 둘러봐도 그 쌍둥이의 모습은 어디에도 보이지 않았다.

"저기, 클라우드. 티나와 디트는요?"

레티시엘은 화단의 손질에 힘쓰고 있는 클라우드를 붙잡고 물었다.

"그 아이들 말씀이십니까? 아까 전부터 저쪽에서 놀고 있는 것 같았습니다만."

"그래요? 알았어요. 고마워요."

레티시엘은 클라우드가 가르쳐준 방향으로 가서 다시 티나와 디트의 모습을 찾았다. 그러나 여전히 쌍둥이의 모습은 보이지 않았다.

'어라? 혹시 돌아간 걸까?'

혹은 숨바꼭질을 하고 있을 가능성도 전혀 없지는 않았기 때문에, 레티시엘은 일단 정원 안을 찾아보기로 했다.

"이 바보 녀석들!"

정원 가장자리까지 왔을 때, 갑자기 수풀 안쪽에서 분명치 않은 고함소리가 들려왔다.

무슨 일인가 싶어서 레티시엘은 수풀에 다가가 보았다. 그러자 아무래도 방음 마술이 걸려있는 듯, 꽤 가까이 접근하지 않으면 잘 알아들을 수 없을 것 같았다.

소리가 나지 않도록 주의하면서 레티시엘은 수풀 안쪽으로 나아갔다. 이윽고 수풀 안쪽에서약간 빛이 보이는 곳 부근에서 일단 멈추고 수풀 틈새로 상황을 살폈다.

"그 조사에서 돌아온 뒤로 이상하게 인간계에 가고 싶어해서 뒤를 따라와 봤더니…… 뭘 하고 있는 거니!"

그곳에는 어깨를 축 늘어뜨린 쌍둥이와 뭔가 두 명의 어른의 모습이 보였다. 어른들의 얼굴은 각도 때문에 잘 보이지 않았지만, 아마도 같은 정령이리라.

"인간을 믿고 경계심을 풀면 안 된다고 그렇게나 가르쳤지 않니!"

"그래! 내 귀여운 아이들이 인간에게 홀려서 「장래 인간에게 시집갈 거야! 인간에게 장가 갈 거야!」라는 말을 꺼낼지도 모른다고 생각하니……!"

"당신은 좀 조용히 해요."

심기가 불편한 것 같은 여성의 목소리에, 어딘가 핀트가 어긋난 것 같은 걱정을 하는 남성의 목소리. 아무리 어린아이라 해도 정령왕인 쌍둥이에게 설교할 수 있는 인물은 친족 정도밖에 떠오르지 않았다.

'부모님인 걸까……?'

어디까지나 추측일 뿐이라서 확인할 수는 없었다. 하지만 지금은 움직일 수 없었기 때문에, 레티시엘은 그대로 정령들의 대화에 귀를 기울이기로 했다.

"그, 그치만, 언니는 좋은 인간이고……."

"좋은 인간이라고? 그 배신자와 똑같은 전철을 밟을 생각이니?!"

""힉!""

몹시 화가 난 여성 정령에게 쌍둥이는 작게 비명을 질렀다. 그 배신자라는 것은 누구를 말하는 것일까. 전에도 그렇게 인간과 교류한 정령이 있던 것일까.

"너희는 200년의 세월을 거쳐 겨우 태어난 정령왕이야! 그런 자각을 갖고 있니?! 우리가 계속 지켜온 것을 왕인 너희가 계승하는 거야. 그런데, 너희들은……!"

"자자. 그 정도로……."

갑자기 남성 정령은 말을 끊고 수풀 쪽을 휙 돌아보며 물었다.

"거기 있는 건 누구지?"

그 경계심 어린 낮은 목소리가 자신에게 향한 것이라는 사실을 레티시엘은 바로 이해했다.

'……아차. 탐지마술이 걸려 있던 것일까.'

정령은 마소의 움직임을 어느 정도 탐지할 수 있기 때문에 이쪽의 존재를 알아차리지 못하게끔 일부러 마술은 사용하지 않았는데, 그것이 오히려 안 좋은 쪽으로 작용한 모양이었다.

괜스레 계속 숨어 있어봐야 좋을 건 없었다. 레티시엘은 체념하고 수풀에서 나갔다.

방금 전까지 이야기하고 있던 것은 역시나 남녀 정령이었다. 머리카락이 하얀 것을 보아 서쪽 마을 출신이었다.

정령은 속성과 종족에 따라 머리카락과 눈동자 색이 정해져 있었다. 불의 정령은 붉은 계통의 색을 띠었고, 물의 정령은 푸른색 계통의 색을 가졌다. 서쪽 마을에 사는 빛과 무의 정령은 각각 백색 계통과 회색 계통의 색을 하고 있었다.

"언니……."

"누나?!"

그녀가 모습을 드러내자 티나는 불안한 듯이, 디트는 놀랐다는 듯이 레티시엘을 불렀다. 그것을 보고 방금 전까지 쌍둥이에게 설교를 하던 여성 정령이 레티시엘을 찌릿 노려보았다.

"당신이로군…… 이 아이들을 홀린 게……!"

"잠……?!"

여성 정령은 머리 위로 김을 뿜어낼 것 같은 기세로 얼굴을 빨갛게 물들이며 어깨를 떨었다.

변명의 여지도 없다는 것은 바로 이런 것을 말하는 것이리라. 이쪽의 이야기를 듣지도 않고 갑자기 열기를 띤 빛 덩어리를 만들어내기 시작한 여성 정령에게 레티시엘은 흠칫 놀랐다.

여성은 틀림없이 이 저택 그 자체를 날려버리려 하고 있었다. 그런 고열을 띤 폭탄이 투하된다면 버틸 재간이 없었다.

레티시엘은 재빨리 정령들이 있는 주위에 반사마술을 전개했다. 물론, 무속성마소를 이용한 강화도 잊지 않았다.

콰――앙!!

레티시엘의 마술이 완성된 것과 여성 정령의 술식이 발동한 것은 거의 동시였다. 무시무시한 빛이 주위를 감쌌다. 너무나도 눈부신 탓에 레티시엘은 저도 모르게 눈을 감지 않을 수가 없었다.

빛과 폭발이 사라진 뒤, 그곳에는 레티시엘의 시체……가 아니라, 조금 창백한 얼굴을 한 레티시엘이 지면에 한 손을 댄 채 무릎을 꿇고 있었다.

'……위, 위험하잖아요?!'

레티시엘의 등에 식은땀이 흘렀다. 결계로 둘러싸인 공간의 밖은 지금까지와 다를 바 없는 평화로운 광경이 유지되고 있었다.

그러나 정령들이 있는 결계 안쪽은 지면이 파이고 연기가 자욱이 피어올랐으며 초목이 재가 되어 작게나마 초토화되어 있었다.

"……당신, 무속성의 마술을 다룰 수 있는 건가요?"

남성 정령이 그렇게 말하며 믿을 수 없다는 것 같은 눈으로 레티시엘을 쳐다보았다. 그러나 솔직히 레티시엘은 지금 그것에 대답할 쓸 계제가 아니었다.

'……전력으로 공격하지 않아서 다행이다…….'

이쪽은 전력을 쏟아 부어 결계를 만들었음에도, 여성 정령에게 덮어씌운 결계에는 여기저기 금이 가 있었다.

아마도 여성 정령은 이 저택을 날려버리는 일 따위에 진심을 낼 것까지도 없다고 판단해, 전력을 내지 않았을 것이다. 그런데도 이 정도 위력이라니, 정말 터무니없었다. 레티시엘은 내심 식은땀을 흘렸다.

"혹시, 당신……."

크아아아아——아!!

어두워지는 하늘에 굉음이 울려 퍼지고, 멀리서 새들이 일제히 하늘로 날아올랐다.

소리가 들려온 것은 저택에서 볼 때 동쪽 방향이었다. 레티시엘은 정령의 부름에도 대답하지 않고 곧바로 신체강화 마술을 사용해 저택의 담장 위로 가볍게 뛰어올랐다.

담벼락 위에 선 레티시엘의 눈에는 검은 입자를 흩뿌리며 포효하는 칠흑의 괴물의 모습이 비쳤다.

"……저건!"

갑자기 나타난 그 괴물에 레티시엘은 말을 잊고 말았다. 검은 안개를 두른 모습이 이전 로시포드와의 싸움에도 싸운 그 괴물을 연상케 했지만, 그것보다 훨씬 흉포한 기색이 느껴졌다.

"뭐, 뭐야, 저건?!"

뒤늦게 날아온 여성 정령도 검은 괴물을 보고 눈을 크게 떴다. 그러나 그 말이 끝나기도 전에 레티시엘은 벽에서 훌쩍 뛰어나려 똑바로 괴물을 향해 달려갔다.

"잠깐, 인간 씨?! 어디에 가는 건가요?!"

여성 정령의 뒤를 따라 왔던 남성 정령이 레티시엘의 행동에 경악한 목소리를 냈다.

"어디라니, 당연히 저 괴물이 있는 곳이죠."

"어……."

정령들이 뭔가 믿을 수 없다는 것 같은 얼굴을 했다. 하지만 지금은 그런 것에 신경 쓸 때가 아니었기 때문에 레티시엘은 개의치 않고 괴물의 근처에까지 달려갔다.

키아아아악!

레티시엘의 접근을 알아차린 괴물은 흔들흔들 그 모습을 흔들며 마치 위협하듯이 이쪽을 향해 포효했다.

'……요전의 괴물은 쓰러뜨린 거 아니었나? 이 녀석은 대

체…….'

그렇게 침착하게 생각을 하는 사이, 괴물의 발톱은 레티시엘의 바로 눈앞에까지 육박해 있었다. 레티시엘은 이전의 싸움에서 얻은 교훈을 살려서 무속성의 반사마술을 걸고서 일부러 그 공격을 그대로 받을 생각이었다.

그러나 그 전에 후방에서 날아온 광선이 괴물의 머리를 직격했다. 레티시엘이 돌아보자, 여성 정령의 손에서 빛의 잔상이 막 사라지고 있었다.

"인간 따위가 상대할 수 있는 게 아니야. 물러나 있어!"

그렇게 말하고 여성 정령은 부아가 치민다는 듯이 레티시엘을 노려보았다. 이 시대의 정령이 인간을 싫어한다는 것은 알았지만, 대체 어떤 점이 그렇게까지 마음에 들지 않는 것일까.

머리를 광선에 직격당한 괴물은 머리가 날아갔어도 쓰러지지 않았다.

그러기는커녕, 휘오오오오……하는 바람이 거칠게 불어대는 것 같은 불쾌한 소리와 함께 몸의 다른 부분에서 마치 뱉어내는 것처럼 검은 안개가 피어올라 사라진 머리에 모이기 시작했다.

'이 녀석…… 실체가 없나……?'

안개로 머리를 수복하기 시작한 괴물에게 레티시엘은 의문을 가졌다. 혹시 이것이, 쌍둥이가 말하는「검은 안개」인가.

끼아아아악!!

머리를 복원한 뒤, 괴물은 마치 도망치듯이 방향 전환을 해 달리기 시작했다. 단, 그 방향에 있는 것은…… 왕도 니르반이었다.

"……!"

괴물이 향하는 방향에는 왕도로 통하는 넓은 가도(街道)가 있었고, 그 가도에 마른 풀을 실은 짐마차를 끌고가는 농부의 모습이 먼발치에서 보였다.

'일단, 이곳에서 싸우는 건 좋을 것 같지 않네…….'

가도가 가까운 이 장소에서는 다른 인간들을 휘말리게 할 가능성이 컸다. 그렇게 예상한 레티시엘은 괴물에게 마술을 쏘면서 다른 장소로 이동을 개시했다.

캬아아아악!!

그것에 반응해 괴물도 크게 울부짖으며 레티시엘을 쫓아왔다.

괴물의 울부짖자 그 몸이 안개를 배출해 열어지고, 배출된 안개는 검은 칼날이 되어 레티시엘을 덮쳐왔다.

"이봐, 인간! 뭘 하는 거야?!"

"이곳에서 싸우면 불필요한 피해가 발생할 거예요. 장소를 옮기겠어요."

검은 칼날을 무속성의 결계로 중화시키며 레티시엘은 달려서 괴물을 숲으로 유도했다. 레티시엘의 저택 근처를 흐르는 강의 상류에 있는 숲이었다.

'자…… 우선 숲까지 끌고 올 수는 있었는데.'

어떻게 싸울까. 레티시엘은 괴물에게 시선을 향한 채 머리를 굴렸다.

방금 전 저 괴물은 힘을 사용했을 때 약간이지만 몸이 옅어졌다. 힘으로 밀어붙여서 쓰러뜨리는 것도 가능하긴 했지만, 그래서는 주변에 끼치는 피해가 너무 컸고 도망갈 가능성도 있었다.

'그렇다면 이동 범위를 좁히고 힘을 소모하게 하는 것도 하나의 전법이겠네.'

힘의 발동으로 몸이 옅어진다는 것은, 저 안개 형태의 체내에 비축된 에너지에 한계가 있다는 뜻이었다. 그 결론에 다다른 레티시엘은 뒤늦게 쫓아온 정령들에게 거리낌 없이 협력을 요청했다.

"죄송합니다. 제가 이제부터 진을 펼칠 테니 그때까지 저 괴물을 억눌러 주시겠어요?"

갑자기 그런 말을 들은 정령들은 기가 막힌 것처럼 입을 딱 벌렸다.

"무슨 말을 하는 거야! 인간 주제에 우리에게 명령을……."

"자자. 저 괴물을 해치우고 싶은 것은 우리도 마찬가지야. 그녀의 제안이 전술적으로 틀리지 않았다는 건 너도 잘 알잖아?"

정체도 분명치 않은 인간 계집애에게 그런 말을 듣고 여성 정령은 벌컥 화를 내려고 했지만, 남성 정령이 그것을 가로막았다.

"우리는 검은 안개와 싸우고 있어. 그 일을 잊어서는 안 돼. 그렇지?"

"……흥!"

남성 정령의 설득에 꺾여 여성 정령은 레티시엘에게 눈길도 주지 않고 맨 앞으로 나섰다.

티나와 디트도 보조로 들어가고, 얼마 지나지 않아 하늘에서 무수한 광선이 쏟아져 내려 괴물의 몸에 바람구멍을 내기 시작했다.

"인간 씨. 당신이 뭘 하려는지 우리는 모르겠습니다만……."

레티시엘도 진을 펼치기 위한 준비에 들어가려고 했을 때, 여성 정령의 뒤를 쫓고자 그 옆을 지나친 남성 정령이 레티시엘과 엇갈리는 순간 말을 걸어왔다.

그는 거기서 일단 말을 끊고 **무척이나 눈부신 미소**를 지었다.

"만약 실패했을 때에는, 우리의 적으로서 같이 제거할 테니, 부디 언짢게 생각지 말아 주십시오."

스리슬쩍 무서운 소리를 했다. 지금은 협력하지만, 이쪽이 정령에게 해를 끼칠 가능성이 있다고 판단된다면 즉시 말살해버릴 생각인 것이리라.

'……정말로 없애버릴 것 같아.'

인간을 극도로 싫어한다는 현재의 정령이 그렇게 말하니, 한층 더 현실미가 있게 들렸다.

괴물을 붙잡아두는 일은 정령들에게 맡기면서 레티시엘은 마술을 준비하며 전장 주변을 뛰어다녔다. 이리저리 왔다갔다하는 레티시엘을 괴물이 때때로 추격하려고 했으나, 그때마다 정령들이 잘 저지해 주었다.

레티시엘이 발동시키려고 하고 있는 마술은 확대 전개한 구속결계마술이었다.

이것은 전생에 레티시엘이 독자적으로 개발한 빛과 무의 복합마술로, 결계가 쳐진 범위 안에 들어가는 것은 가능하지만 나가는 것은 불가능한 것이 특징이었다.

'이걸로, 마지막……!'

진의 마지막 한 점을 찍었다. 레티시엘은 곧바로 괴물과 싸우는 정령들을 향해 외쳤다.

"숲에서 나가요!"

레티시엘의 외침에 정령들은 일제히 날갯짓을 해 상공으로 피난했다. 그리고 그와 동시에 레티시엘은 대지에 양손을 대고 바닥에 이 일대에 그려 넣은 진을 발동시켰다.

키아아아아아!!!

진의 발동과 동시에 대지에 오망성이 떠오르며, 반투명한 하얀 결계가 괴물을 감싸 안았다.

무속성의 마소에 삼켜진 괴물은 단말마의 비명을 지르며, 필사적으로 결계를 부수고자 몸을 부딪쳐왔다. 그러나 결계는 부서지지 않았고, 이윽고 괴물은 실이 끊어진 것처럼 강엾에 무너져 내려 그대로 흩어져 없어졌다.

"후우……."

그것을 끝까지 지켜보고 난 뒤, 레티시엘은 결계마술을 풀었다. 상공으로 피난해있던 정령들도 다시 지상으로 돌아왔다.

"……정말로 볼 수 있군요. 저 안개 괴물을."

안개 괴물이 소멸한 장소를 바라보던 남성 정령이 그 시선을 레티시엘에게 향하며 툭 그렇게 말했다.

"인간이건만 검은 안개를 소멸시킬 수 있는 힘을 가졌을 줄이야."

그 말을 듣고 레티시엘은 다시 한 번 괴물이 쓰러진 장소를 쳐다보았다. 지금은 흔적도 없었지만, 방금 전까지는 분명히 보였었다.

"오히려 묻고 싶군요. 다른 사람에겐 보이지 않는 건가요?"

"예. 보통의 인간에게는 말이지요. 가시화하는 경우는 숙주가 외부에 자발적 혹은 자각 없이 발산한 경우이거나 혹은…… 볼 수 있는 사람이 검은 안개와 동조할 수 있는 자일 경우……."

"하아……."

아무래도 검은 안개라는 것은 특수한 상황이 아니면 인간에게는 보이지 않는 것이며, 뭔가의 형태로 가시화하기 위해서는 숙주의 힘이 필요하다는 것 같았다. 그렇다면 왜 자신은 볼 수 있는지 신경이 쓰였으나, 지금은 일단 정령에게서 이야기를 듣기로 했다.

"하지만, 숙주는 보이지 않는데요."

"……."

레티시엘의 의문에 남성 정령은 말없이 어느 한 방향을 가리켰다. 그가 가리키는 끝에 뭔가 검게 물든 건물이 보였다. 저건 분명히…….

'왕가의 별궁이 있는 방면이잖아……?'

분명히 로시포드가 지금 그곳에서 요양하고 있다고 들은 적이 있는 것 같기도 하고, 아닌 것 같기도 하고.

"원래 검은 안개가 있던 저 장소에서 기척이 사라졌습니다. 아마도 그 건물에 있던 숙주에게서 안개가 분리된 것이겠지요."

만약 로시포드가 숙주라고 한다면, 그 괴물이 검은 안개가 구현화한 모습인 것일까……. 레티시엘이 거기까지 생각했을 때 그녀의 뇌리에 문득 한 가지 신경 쓰이는 점이 스치고 지나갔다.

"실례합니다. 이전에 제가 학원에서 검은 안개를 두른 괴물을 쓰러뜨린 적이 있는데요, 혹시 그것도 저것이었을까요?"

“이럴 수가……! 구현화한 괴물까지 쓰러뜨리다니…….”

질문의 내용이라기보다 레티시엘의 고백에 놀란 남성 정령은 한층 눈을 크게 떴다. 그러나 곧바로 표정을 다잡았다.

“과연. 그 학원의 숲에서 검은 안개가 사라진 것은 그런 이유였군요…….”

남성 정령은 턱에 손을 대고 뭔가를 납득한 것처럼 작게 고개를 주억거렸다. 그러나 이쪽을 바라보는 그의 시선은 아직 뭔가의 의문을 호소하고 있었다.

“하지만 이 정도로 강력한 마술을 당신은 어디서 익힌 겁니까? 지금 시대의 인간은 마술 같은 것은 이미 한참 전에 쓸 수 없게 돼 버렸는데.”

“아, 그러니까…….”

뭐라고 대답을 할까. 천 년 전의 기억이 있습니다, 라고 고백할 수는 없어서 레티시엘은 조금 고민한 끝에 화제를 전환하기로 했다.

“저기, 저는 정령의 적이 아니었나요?”

“…….”

함께 싸우고 이야기를 듣는 사이에 잊어버릴 뻔 했지만, 인간은 정령의 적이라고 그들은 말했다. 이렇게 여러 가지 일을 알려줘도 괜찮은 것일까.

“당신을 신용한 것은 아닙니다만…….”

눈을 내리깔며 남성 정령은 똑똑하게 그렇게 말했다.

"다만, 다른 인간과는 어딘가 다른 것은 분명하다…… 그것뿐입니다."

그렇게 간략한 말만 남기고, 남녀의 정령은 다시 한 번 하늘로 날아올라서는 인사도 하지 않고 재빨리 서쪽 하늘로 날아갔다.

"저기, 고마워, 언니."

"미안해, 누나. 밥, 같이 먹을 수 없어."

티나와 디트가 두 사람의 뒤를 쫓듯이 공중에 떠올라 이쪽을 힐끗힐끗 신경 쓰면서 그렇게 말했다.

"신경 쓰지 않아도 돼. 조심해서 돌아가렴."

"""응."""

쌍둥이는 꾸벅 고개를 끄덕이고는 손을 맞잡고 남녀 정령의 뒤를 따라갔다.

그 뒷모습이 사라지는 것을 지켜본 뒤, 레티시엘은 푹 파인 땅을 원래대로 복구하고 자신의 저택으로 돌아갔다.

"아, 아가씨?! 어디에 가셨던 겁니…… 무슨 일이신가요?"

완전히 피폐해진 표정으로 저택으로 돌아온 레티시엘의 모습에 루빅과 다른 고용인들이 놀란 것은 말할 것도 없었다.

"응…… 조금 지친 것뿐이에요."

"예? 지, 지치셨나요? 대체 무슨 일이……."

검은 안개의 모습은 평범한 인간에게는 보이지 않는 모양이니, 루빅과 노엘과 클라우드는 방금 전의 소동을 뭔가의 자연재해라고 생각해 저택으로 돌아온 레티시엘을 무척이나 걱정했다.

그런 고용인들에게 레티시엘이 안개의 괴물에 대해 말하지 않은 것은 당연한 일이었다.

2장 초대받지 않은 방문자

그날, 왕도 니르반은 전례가 없을 정도로 떠들썩했다…… 라고 말하면 조금 과장이란 느낌도 들지만, 적어도 레티시엘이 이 시대에 오고 난 뒤로 가장 떠들썩한 것 같았다.

평소에는 사람들과 마차가 오가는 큰길에도 오늘은 노점들이 늘어섰고, 차도에서는 마차와 통행인들이 사라져 있었다. 그 대신 왜인지 사람들은 길의 양옆에 모여 있었다.

"……? 오늘 뭔가 이벤트라도 있었나?"

그런 불가사의한 상황의 왕도에 레티시엘은 고개를 모로 꼬았다. 오늘 레티시엘은 루빅과 함께 장을 보기 위해 마을에 나와 있었다.

"아가씨, 모르셨습니까? 오늘은 제2왕자 전하 라이오넬 님의 귀국을 축하하는 퍼레이드가 열린답니다."

"……흐음."

들뜬 기색의 여자아이들 집단이 레티시엘의 옆을 지나갔다. 그 모습을 흥미 없다는 듯이 바라보고는 레티시엘은 노점에 진열된 물건들을 유심히 살폈다. 퍼레이드보다 이쪽이 더 재미있을 것 같았다.

"예상은 했습니다만…… 역시 관심이 없으신가요?"

"예. 없어요."

애초에 제2왕자…… 라이오넬과는 일전에 공작저택에서 막 만난 참이라, 귀국 축하 퍼레이드라고 해도 별 실감이 나질 않았다.

천 년 전에도 전쟁에서 돌아오면 백성들이 모두 나와 맞이해주는 일이 있긴 있었다. 그러나 이런 식으로 날을 정해놓고 일부러 퍼레이드를 연다는, 정말이지 시간적으로도 금전적으로도 헛되 보이는 일은 하지 않았다. 이 때문에 두 번이나 귀국을 하는 꼴이 된 제2왕자 전하도 큰일이다 싶었다.

"……!"

갑자기 거리에 악기 연주가 울려 퍼졌다. 그 음량이 예상보다 컸기 때문에 레티시엘은 저도 모르게 경계 태세를 취하고 말았다.

아무래도 퍼레이드가 시작된 모양이었다. 레티시엘은 인파의 가장 뒤쪽에 있었기 때문에 차도의 상황은 잘 보이지 않았다. 그렇지만, 소란스러운 소리에 섞여 발소리니 마차의 바퀴소리니 하는 것들이 들려오는 것을 알 수 있었다.

"아이 참. 전혀 안 보이잖아!"

"역시 앞으로 가지 않으면 전하의 얼굴은 뵐 수가 없는 거구나……."

"아…… 보인다! 라이오넬 님이셔! 근사해~."

""진짜?!""

레티시엘의 앞쪽에 있던 여성들이 라이오넬의 모습을 볼 수 있었다며 기뻐하고 있었다. 그 외에도 큰길 여기저기에서 라이오넬의 이름을 부르는 목소리가 어지럽게 들려왔다.

라이오넬을 태운 마차가 마침 레티시엘의 정면에 해당하는 위치를 통과하면서, 통행인의 머리 틈 사이로 힐끗 라이오넬의 얼굴이 보였다.

화려한 예장으로 몸을 감싸고 천장이 없는 타입의 마차에 탄 라이오넬은 부드러운 미소를 지으면서 퍼레이드를 견학하는 국민들에게 우아하게 손을 흔들고 있었다.

"……."

이쪽에 있는 사람들에게 손을 흔드는 라이오넬과 레티시엘의 눈이 한 순간 마주쳤다. 무시하는 것도 마음에 걸렸기 때문에, 레티시엘은 일단 작게 고개를 숙여 인사를 했다.

"어쩌시겠습니까? 퍼레이드, 보고 가시겠습니까?"

"됐어요. 마을을 돌아보는 쪽이 더 즐거운 걸요."

천 년 전 왕족의 개선 때처럼 백성과 서로 가까이에서 접하는 것도 아니고, 그저 마차에 탄 왕족이 백성들에게 손을 흔들 뿐인 이벤트라면 오래 머물 필요도 없었다.

"정말로 아가씨는 일관되시네요……."

퍼레이드에는 관심도 보이지 않고 주위를 둘러보며 이 정체 상황에서 빠져나갈 방법을 찾는 레티시엘에게, 루빅은 저도 모르게 곤란하다는 듯한 미소를 띠고 말았다.

"큰길은 지날 수 있을 것 같지가 않네요…… 길을 돌아가죠. 루빅, 뭔가 지름길이 있나요?"

"그렇군요. 그럼 이쪽으로 갈까요."

퍼레이드의 소란스러움에 등을 돌리고 레티시엘은 루빅과 함께 인파를 피해 가까운 뒷골목으로 들어갔다. 그 뒷모습을 마차 위에서 라이오넬이 흥미롭다는 듯이 바라보고 있다는 사실은 알아차리지 못하고.

"겨우 조용해졌네요."

루빅의 길안내로 레티시엘은 큰길에서 벗어난 골목길을 나아갔다. 퍼레이드 현장에서 조금 멀어진 것만으로도 거리는 단순에 정적을 되찾았다.

"오늘은 다들 큰길 쪽에 모여 있으니까 말이죠."

"그렇게 재미있나요? 퍼레이드가."

"저희 서민이 왕족분들의 얼굴을 가까이에서 뵐 수 있는 기회는 거의 없으니까요. 게다가 라이오넬 전하는 차기 국왕으로서 촉망받는 분이시기도 하니, 모두들 열광하는 것도 무리는 아닐 겁니다."

"흐음……."

아무래도 제2왕자는 평판이 좋은 모양이었다. 가령 로시포드가 귀국 퍼레이드를 한다고 하면, 과연 마을 사람들이 이렇게까지 환희할까…… 아니, 안 하겠지.

레티시엘은 골목길을 걸으면서 무심하게 거리를 둘러보았

다. 지금까지 레티시엘은 사람의 통행이 많은 비교적 넓은 길을 걸었고, 이런 좁은 골목 쪽으로 와 본 일은 별로 없었다.

하지만 루빅의 말에 따르면 큰길의 화려한 상점보다 이런 골목에 있는 작은 가게들이 의외로 더 싸고 좋기도 한 모양이다. 마을 구경은 심오한 면이 있었다.

"……?"

골목에 가득 늘어선 건물 틈새로 기묘한 건조물의 지붕이 보였다. 바늘처럼 날카로운 삼각지붕이 하늘을 향해 뻗어있었고, 그 끝에는 여 보란 듯이 커다란 십자가가 자리를 잡고 있었다.

"저건, 교회……?"

뭔가 충격이라도 가해진다면 뚝 부러질 것 같은 십자가였다. 너무나도 불균형적인 그 외관에 레티시엘은 저도 모르게 그것을 응시하고 말았다.

"저 건물 말씀이십니까? 교회라고 할까, 수도원입니다."

"수도원?"

"예. 크로비스 수도원입니다. 잊어버리신 겁니까?"

피리아레기스 공작가와도 연이 깊은 수도원인 듯, 스컬로의 3대 정도 전의 당주가 투자해 설립에 관여했다는 것 같았다. 건물이 서 있는 주변은 빈민가이며, 수도원에서는 빈곤한 사람들에게 무상으로 의료나 식사를 제공하거나 한다고 했다.

아트리스 강으로 귀족거리와 분리된 평민거리의 한 구석에 타국에서 넘어온 난민이나 직업을 잃고 있을 자리가 없어진 사람들이 사는 빈민가가 있었다.

"제가 아가씨를 모시기 시작한 무렵에는 아가씨도 자주 발걸음을 하셨죠. 반갑네요."

"……그러게요……."

루빅은 빈민가 출신인 것일까. 「도로셀」과 어떻게 만나 것일까. 묻고 싶은 일은 많았지만, 레티시엘은 그것을 꾹 눌러 삼켰다.

루빅은 「도로셀」에게 말하고 있는 것일 터였다. 몸을 빌리고 있는 것에 불과한 자신이 묻는다면, 지금의 관계가 무너져버릴 것 같은 느낌이 들었다.

오늘은 일용품을 사러 마을에 나온 것이었기 때문에, 루빅은 여기저기 가게를 돌아다니며 이것저것 사들였다.

그런 루빅의 뒤를 따라다니며 레티시엘도 가게 안을 관찰했다. 천 년 전에는 본 적도 없는 상품들로 가득한 가게 안의 모습에 레티시엘의 흥분이 한계를 돌파한 것은 말할 것도 없었다.

"이걸로 됐, 다. 루빅, 이걸로 필요한 것은 전부 산 건가요?"

"아, 음…… 예. 그런 것 같습니다."

대여섯 군데 가게를 돌아본 뒤 레티시엘과 루빅은 큰길로 돌아왔다. 레티시엘이 묻자, 루빅은 쇼핑 목록을 꼼꼼히 확인하고는 고개를 끄덕였다.

필요한 것은 전부 샀기 때문에 두 사람은 저택으로 돌아가기로 했다. 레티시엘로서는 좀 더 찬찬히 마을을 돌아보고 싶었지만, 기회는 또 얼마든지 있었기에 이번에는 여기서 끝내기로 했다.

참고로, 장보기를 마치고 돌아가는 길임에도 두 사람의 손에 짐이 하나도 없는 것은 어딘가에서 잃어버린 것이 아니었다. 레티시엘이 짐들을 마술로 아공간에 수납했기 때문이었다.

"아가씨. 모처럼 마을에 나오셨으니 뭔가 사가시겠습니까?"

"고마워요. 하지만 괜찮아요. 지금은 보는 것만으로도 재미있으니까."

남문을 향해 걸으면서 두 사람은 시시한 잡담을 나누었다.

두 사람은 올 때에는 마차를 타고 왔지만, 장을 보느라 마차는 남문 근처의 주차관리소에 맡기고 왔다.

"야. 너, 뭐라고 말 좀 해 봐!"

지금 막 지나친 뒷골목에서 무슨 소리가 들려왔다. 레티시엘은 저도 모르게 발길을 멈추고 목소리가 들린 쪽으로 돌아가 길 안쪽을 들여다보았다.

벽을 따라 이어진 어슴푸레한 뒷골목에서 몇 명의 남자가 변변치 못한 복장을 한 허니 블론드의 소녀에게 당장에라도 달려들려고 하는 광경을 목격할 수 있었다.

소녀는 남자들을 지긋이 바라보면서도, 자신의 키보다도 큰 원통을 이것만큼은 절대로 손에서 놓을 수 없다는 듯 소중하게 끌어안고 있었다.

"뭘 하는 건가요?"

소녀를 향해 내리치던 남자의 손목을 어느샌가 등 뒤에 와서 선 레티시엘이 탁 잡아챘다.

루빅은 레티시엘과 자신의 옆을 번갈아 바라보고 있었다. 대체 어느 틈에, 라는 경악의 빛이 얼굴에 드러나 있었다. 마술로 순간적으로 가속했을 뿐이었기에 레티시엘은 딱히 설명은 하지 않았다.

"뭐, 뭐냐, 너!"

"신경 쓰지 마세요. 그저 지나가던 사람입니다."

남자는 붙잡힌 손목을 풀려고 했으나 구속은 꿈쩍도 하지 않았다. 당연했다. 레티시엘은 자신에게 신체강화마술을 걸어놓았기 때문에, 평범한 인간이 저항할 수 있을 리 없었다.

"그, 그렇다면 아무 상관없잖아! 놔라! 이 녀석이 이 나한테 부딪쳐 놓고는 사과도 안 한 게 잘못이라고!"

"거절하겠습니다. 놓으면 당신들, 그녀를 폭행할 생각이죠? 그건 그냥 지나칠 수 없네요. 놀이 상대가 필요하다면 내가 상대해 드릴까요?"

"사, 사람을 바보 취급하다니!!"

무뢰배 일당 중 두 사람이 인내의 한계를 넘은 것인지, 분노한 모습으로 레티시엘에게 덤벼들었다.

하지만 레티시엘은 그 자리에서 움직이지도 않고 그 손에 구속하고 있던 무뢰배의 리더격인 남자를 둘 중 한 명에게 있는 힘껏 떠밀었다.

"우와?!"

레티시엘에게 덤벼들려던 그 남자는 눈앞으로 기세 좋게 쓰러진 리더를 피하지 못하고, 떠밀리듯이 함께 땅바닥을 나뒹굴었다.

그 사이 레티시엘은 또 한 명의 남자의 주먹을 피한 뒤, 그대로 남자의 오른팔을 붙잡고 발을 걸어 땅바닥에 깔아 눕혔다.

"아야야야야!!"

뒤로 꺾인 오른팔이 아픈 듯, 남자는 왼손으로 땅을 두드리면서 비명을 질렀다.

"……두, 두고 보자!!"

3류 악당의 대사를 내뱉고는 남자는 수하들을 데리고 허둥지둥 꼬리를 말고 도망쳤다.

그들의 모습이 모퉁이를 돌아 보이지 않게 되자, 레티시엘은 곧바로 소녀에게로 달려갔다.

"괜찮니?"

"……."

레티시엘은 소녀에게 말을 걸었지만, 소녀는 레티시엘의

얼굴을 쳐다보면서 아무 말도 하지 않았다.

"부모님은? 아니면, 같이 온 사람은 없니?"

"……."

"……어, 저기."

"……."

글렀다. 전혀 말을 할 기색이 보이지 않았다. 의사소통이 되지 않을 뿐 아니라, 당장에라도 울 것 같은 눈으로 쳐다보는데 어떻게 해야 좋을까. 말을 하지 못하는 것일까.

"메이!"

레티시엘이 내심 고민하고 있으려니, 골목 안쪽에서 다급한 목소리가 들리더니 밤색 머리카락을 포니테일로 묶은 한 소녀가 이쪽으로 달려왔다. 목소리가 들린 순간, 허니 블론드의 소녀가 움찔 반응해, 기쁘다는 듯이 미소를 지으면서 외쳤다.

"아— 짱……!"

메이라고 불린 소녀가 그녀를 부른 소녀 쪽으로 달려갔다.

그보다, 이 아이, 말할 수 있었구나.

"괜찮아? 혹시, 무슨 일을 저지른 거니?"

"메이…… 아무 일도 안 저질렀어……."

밤색머리의 소녀는 걱정스럽다는 듯이 메이라 불린 소녀에게 말을 걸었다. 메이가 레티시엘 쪽으로 힐끗 시선을 주자, 또 한 명의 소녀도 이쪽을 알아차렸다. 그녀는 메이와 한두 마디 말을 나누더니, 바로 이쪽으로 다가왔다.

"도와주셔서 정말로 고맙습니다! 자, 메이. 제대로 인사를 해."

"……."

메이는 밤색머리 소녀의 뒤에 숨어 얼굴을 반만 내밀고 있었다. 그렇게 잠시 아무 말도 하지 않고 이쪽의 모습을 살피고 있었지만, 이윽고 머뭇머뭇 입을 열었다.

"……고맙습니다."

가느다란 목소리로 감사인사를 하는 메이. 낯을 가리는 것일까.

"제가 돕고 싶어서 도운 것뿐이니 인사를 할 필요는 없습니다. 그보다, 왜 이런 곳에 있던 거죠?"

메이가 있던 장소는 큰길에서 벗어난 꽤 어두운 뒷골목이었다. 여성 혼자 오기에는 위험한 장소가 아닐까.

"사람을 찾고 있었습니다. 조금 전까지 같이 있었습니다만, 눈을 뗀 사이에 없어져서……."

정말이지 그 사람은 금방 자기 멋대로 어디로 가 버린다니까…… 포니테일의 소녀는 그렇게 불만의 목소리를 흘렸다. 아무래도 두 사람이 찾는 사람은 일행과 잘 헤어지는 모양이었다.

"그랬나요. 괜찮다면 같이 찾아줄까요?"

"아, 아뇨! 괜찮습니다. 마음만 받겠습니다."

두 사람만으로는 위험하지 않을까? 그렇게 생각해 제안한 것인데, 포니테일 소녀는 당황해서 고개를 가로저었다.

"그런가요. 하지만 이제 곧 해가 질 거예요."

"예. 그래서 오늘은 이제 이 정도로 일단락 짓고, 이 앞에 있는 수도원에서 하룻밤 신세를 지려고 합니다."

"알았습니다. 찾는 사람을 무사히 발견할 수 있으면 좋겠네요."

"예! 정말로 고맙습니다!"

소녀들에게 작별을 고하고 레티시엘은 루빅을 데리고 다시 큰길로 돌아갔다.

"저런 무리는 어느 시대든 있는 법이네……."

무뢰배들을 떠올리면서 레티시엘은 기가 막힌다는 듯이 한숨을 쉬었다. 그런 주인의 모습에 루빅이 말했다.

"저 무뢰배들은 마이야 상회가 최근 고용한 경호원이 아닐까 싶습니다."

왕도 니르반에는 무수한 상회가 있었는데, 그 중에서도 1, 2위를 다투는 규모와 매출을 자랑하는 것이 마이야 상회였다. 원래는 지방의 중간 규모의 상회였는데, 왕도로 본점을 옮긴 지 몇 년 만에 점포수와 매출을 단숨에 몇 배로 늘렸다고 한다.

그러나 그 억지스러운 수법에는 악평도 많아서, 언제부터인지 상품의 질이 열악해졌다느니, 뇌물로 귀족을 매수했다느니, 도적과 손을 잡고 있다느니 하는 시커먼 소문이 끊이 질 않았다.

"……전쟁이 없다고 꼭 평화롭기만 한 것은 아니네요."

"그렇지요…… 전쟁은 없어도 평민의 생활이 힘든 것은 변함이 없습니다. 그런 무리는 빈민가에서는 자주 찾아볼 수 있었으니까요……."

루빅 역시 옛날에는 빈민가에서 살았다고 했다. 「도로셀」인 이상 자세히는 물을 수 없었기 때문에, 레티시엘은 적당히 맞장구를 치며 이야기를 흘렸다.

루빅은 어떤 경위로 도로셀을 모시게 된 것일까. 도로셀은 왜 루빅을 옆에 둔 것일까. 신경 쓰이는 점은 계속 늘어나기만 했다.

"어! 손님. 안목이 있으시군요! 감사합니다!"

"……?"

조금만 더 가면 남문에 도착하려는 참에, 레티시엘은 어떤 것을 발견하고 걸음을 멈추었다. 그녀의 시선의 끝에서는 부자로 보이는 중년 남성을 상대로 한 행상인이 쾌활하게 이야기를 하고 있었다.

머리에 터번을 두른, 붙임성이 좋아 보이는 다박수염을 기른 청년이 커다란 배낭을 옆에 내려놓고 있었다.

레티시엘은 그 행상인이 아니라, 그가 가진 상품에 무척이나 흥미를 느꼈다.

"……아가씨? 남문은 이쪽입니다만?"

"잠깐만 들렀다 갈게요."

그 행상인이 옆구리에 끼고 있던 것은 명백히 오래되고 희귀해 보이는 고문서였다. 레티시엘에게 이것은 상당히 강렬한 유혹이었다.

"……응? 손님! 우리 상품에 관심이 있으신가요?"

짐을 정리하기 시작하던 행상인은 레티시엘을 보고는 손을 멈추었다.

예상했던 것보다 훨씬 싹싹한 행상인이었다. 생글생글 미소를 짓는 그를 보며 레티시엘은 그렇게 생각했다.

"오늘은 이미 폐점한 건가요?"

"예. 슬슬 이동하려고 생각해서 말입니다."

"그런가요. 그런데, 그 책은 무슨 책인가요?"

"예?"

레티시엘이 고문서를 가리키자, 행상인은 놀란 것처럼 눈을 껌벅이더니 옆구리에 낀 고서들에 시선을 주었다.

"……손님. 혹시 이것에 흥미가 있으십니까?"

"예. 무척이나요. 얼마인가요?"

"이야…… 이건 파는 물건이 아닙니다. 전 골동품 마니아로, 이런 걸 개인적으로 수집하고 있어서 말이지요."

겸연쩍다는 듯이 웃으면서 행상인은 머리를 긁적였다.

"그런가요…… 유감이네요."

"죄송합니다, 하하하. 다른 것도 많이 있답니다! 보고 가시렵니까?"

"아뇨. 그 책이 파는 물건이 아니라면 됐어요."

레티시엘은 얼굴에 드러내지는 않았지만 내심 의기소침해졌다. 하지만 파는 물건이 아니라면 어쩔 수 없었다. 그녀는 고문서는 포기하고 루빅의 곁으로 돌아갔다.

"괜찮으신 겁니까?"

"억지로 팔게 할 수는 없죠. 유감스럽지만 포기하겠어요."

그렇게 말하고 레티시엘은 눈을 감았다가 곧 다시 떴다. 그 눈에는 반짝반짝하는 빛이 깃들어 있었다.

그것을 본 루빅은 순간적으로 깨달았다. 이것은……또 그녀의 이상한 스위치가 켜진 것이리라.

"그러니까 지금부터 왕립도서관에 가겠어요."

그리고 그 예감은 적중했다.

"잠깐 기다려 주십시오. 어떤 논리로 그런 결론에 다다르신 겁니까?"

"고서를 보는 바람에 지금 엄청나게 책을 읽고 싶어요. 그곳이라면 마음껏 책을 읽을 수 있잖아요? 딱 좋지 않나요?"

"……그런가요."

"루빅은 먼저 돌아가도 좋아요. 피곤하지 않나요?"

"아뇨. 함께 가겠습니다."

혼자 두는 편이 오히려 더 무섭다, 라는 마음의 목소리를 루빅은 간신히 삼켰다.

체념한 것처럼 한숨을 쉬는 루빅과는 반대로, 레티시엘은 눈을 빛내면서 온 길을 되돌아가기 시작했다. 루빅의 복통이 오랜만에 다시 도진 것은 말할 필요도 없었다.

그런 레티시엘의 뒷모습을, 행상인은 흥미롭다는 듯이 바라보았다.

***

"후우……즐거웠어요."

"그러시다니 다행입니다……."

크게 기지개를 펴며 개운한 얼굴을 하는 레티시엘과 달리, 뒤를 따라오는 루빅은 매우 피곤한 것 같았다.

왕립도서관에 왔을 때에는 아직 해가 높았건만, 지금은 서쪽하늘이 새빨갰다. 저녁때의 폐관 시간이 다 될 때까지 틀어박혔던 탓에 시간이 꽤 늦어지고 말았다.

"미안해요, 루빅. 같이 따라오게 해서. 먼저 돌아가도 괜찮았어요."

"아뇨. 아가씨를 두고 혼자 돌아갈 수는 없습니다."

레티시엘을 태운 마차는 왕도 나르빈의 교외를 내달렸다. 아담하면서도 기품 있는 디자인의 마차가 저택의 정문을 통과해 현관 앞에서 멈추었다.

"아가씨. 발밑을 조심하십시오."

"고마워요…… 어머?"

레티시엘은 루빅이 열어준 문으로 마차에서 내렸다. 그리고 그대로 저택으로 들어가려던 참에 현관 앞에 서 있는 낯선 마차에 눈이 갔다.

레티시엘의 마차가 정차한 위치의 반대쪽에는 요란하게 장식된 호화로운 마차가 서 있었다. 마부석에는 챙이 넓은 모자를 쓴 남자가 앉아 있어서, 레티시엘에게 작게 인사를 했다.

"누가 왔나요?"

"……! 아, 아마도 공작가의 어느 분이신가가 오신 것이 아닐까 싶습니다……."

그 마차를 보고 루빅은 눈을 크게 뜨고는 표정을 굳히면서 그렇게 말했다.

그 말에 레티시엘은 다시 한 번 차체에 시선을 주었다. 그러자 분명히 문 부분에는 금색 도료로 독수리가 새겨진 방패의 엠블럼에 장검과 깃발이 교차한 피리아레기스 가의 문장이 그려져 있었다. 레티시엘은 눈썹을 찌푸렸다.

'새삼스럽게, 누가 무슨 용건으로 이곳에 온 걸까…….'

경계심은 들었지만 집에 안 들어갈 수는 없는 노릇이었다. 레티시엘은 작게 한숨을 쉬고는 저택으로 들어갔다.

"자, 잘 다녀오셨나요, 아가씨……."

현관홀에 들어서자, 평소보다 얼굴빛이 약간 안 좋은 니콜이 레티시엘을 맞이했다.

"다녀왔어요. 괜찮아요?"

"아, 예. 괜찮습니다……."

그렇게 말은 했지만, 니콜의 얼굴빛은 도저히 괜찮은 것처럼 보이지 않았다.

"공작가의 마차를 봤어요. 누가 왔나요?"

"……세리냐 님이, 오셨습니다……."

'세리냐?'

레티시엘은 눈썹을 모았다.

세리냐와는 전생 첫날에 공작가의 저택에서 딱 한 번 만나고, 그 뒤로는 만난 적이 없었다.

"……혹시, 무슨 말을 들었나요?"

"아, 아뇨! 조금 질문을 하셨을 뿐입니다……."

"무슨 질문을 하던가요?"

"어, 그게…… 금전 관리는 어떻게 하고 있느냐 라든가, 청소나 저택 관리는 어떻게 하고 있느냐 라든가……."

"……."

「초대면」 때에 레티시엘에게 그다지 우호적인 눈을 하지 않았던 사실은 막연하게나마 기억하고 있었다. 방문 목적은 불투명했으나, 별로 좋은 예감은 들지 않았다.

"그 세리냐 님은 어디 계시죠?"

"응접실로 모셔서 그곳에서 기다리고 계십니다……."

"그래요. 고마워요."

니콜을 신경 쓰면서 레티시엘은 응접실로 가 문을 확 열어젖혔다. 문이 열린 그 너머에서 세리냐는 소파에 앉아 홍차를 마시고 있었다. 그 뒤에서는 종자가 대기하고 있었다.

방에 들어온 레티시엘의 모습을 보자, 세리냐는 들고 있던 찻잔을 내려놓고 부드럽게 미소를 지었다.

"어머…… 도로셀. 건강해보여서 다행이구나."

세리냐는 자애로 가득 찬 표정을 지으며 소파에서 일어났지만, 레티시엘의 표정을 보고는 약간 못마땅한 것처럼 눈썹을 찡그렸다.

"어머. 왜 그러니? 그렇게 무서운 얼굴을 하고는."

"……오랜만에 뵙습니다. 세리냐 님."

"어머…… 세리냐 님이라니 서먹서먹하구나. 옛날에는 언니라고 불렀잖니."

레티시엘의 말…… 정확히는 호칭에 대해 세리냐는 놀란 것처럼 눈을 크게 떴다.

"신경 쓰지 마시길. 단순한 변덕입니다"

"……그래."

세리냐는 의혹을 감추지 못하는 것 같은 기색이었으나, 곧 아무 일도 없었다는 것처럼 다시 소파에 앉았다. 레티시엘도 원형 테이블을 사이에 두고 건너편 소파에 자리를 잡았다.

"그래서, 무슨 용건이신가요? 간략하게 부탁드립니다."

"박정한 소리 하지 말아 주렴. 아버님에게 얘기를 듣고 걱정이 돼서 상태를 보러 온 거란다."

아이 참! 하고 큰 소리를 내면서 입을 가리고는 세리냐는 걱정스러운 듯이 말을 걸어왔다.

"이곳에서의 생활은 어떠니?"

"즐겁게 지내고 있습니다."

레티시엘은 솔직한 감상을 그대로 늘어놓았다. 그러나 세리냐는 더더욱 더 불안하다는 듯이 말을 이었다.

"뭔가 불편한 것은 없니? 필요한 것이 있다면 말하렴. 뭐든 보내줄 테니까."

"아뇨. 그렇게까지 해주시지 않아도 괜찮습니다."

"어머. 사양하지 않아도 된단다? 아버님에게 부탁하기 어렵다면 내게 의지해도 좋아."

"필요 없습니다."

얼른 돌아가 줬으면 하는 마음에 쌀쌀맞은 태도를 취하고 있건만, 세리냐는 지금 생활에 대해 꼬치꼬치 캐물었다. 곤란한 일은 없느냐, 고용인 수는 부족하지 않느냐, 돈은 필요하지 않느냐, 등등.

"학원에서의 일은 들었단다. 그 일로 국왕 폐하께서 신경을 써 주셨다고."

"단순한 우연입니다."

언뜻 보기에는 좋은 언니인 것 같았지만, 그녀가 던지는 말에서는 이쪽의 반응을 살피며 뭔가를 이끌어내려고 하는 의도가 확실하게 느껴졌다.

"로시포드 전하께서는 이미 요양을 하러 가신 것 같던데, 그 소동 뒤로 만나 뵈었니?"

"아뇨. 제가 문안을 가봤자 상황은 복잡해질 뿐이라서요."

"어머. 그럼 안 되지. 로시포드 전하는 너의 전 약혼자이시고, 또 네 탓에 몸을 해치셨잖니?"

"저와 전하의 약혼은 이미 파기되었습니다. 게다가, 정말로 제1왕자 전하의 병환이 제 탓이라 생각하신다면 그건 잘못 아신 겁니다. 어떻게든 제 탓이라고 생각하고 싶으시다면 부디 폐하께라도 여쭤보시면 어떠신가요?"

어디에서 그런 얘기가 퍼진 것인지. 뱃속을 살피는 것처럼 밉살스럽게 에둘러 말하는 세리나에게 레티시엘은 어처구니가 없다는 듯 한숨을 내쉬었다.

"……."

레티시엘의 말에 세리나는 딱히 반론하지도 않고, 표정을 바꾸지 않은 채 이야기에 귀를 기울였다.

"애초에 전하가 저를 싫어하시던 것은 잘 아실 테지요. 싫어하는 인간이 병문안을 가 봤자 역효과라고 생각하지 않으시나요?"

무슨 말을 들어도 담담하게 응수하는 레티시엘을 세리냐는 진지한 얼굴로 물끄러미 바라보았다.

"……너, 한동안 못 보는 사이에 또 변했구나."

"그런가요. 전 평소대로랍니다."

"2년 전 생일파티를 경계로 너는 완전히 변해버려서 학원에 들어갈 때까지는 주위 사람들에게 화풀이를 하고 짜증을 내는 것이 걱정이었는데…… 다행이구나. 개운해진 것 같아서. 그 조용한 언동, 옛날의 도로셀의 모습이 돌아와서 기뻐."

세리냐가 기쁜 것 같은 표정을 지었다. 그런 그녀를 보면서 레티시엘은 2년 전의 생일 파티 때 「도로셀」에게 뭔가 있던 것이리라, 하고 전혀 다른 생각을 했다.

초대면 때에는 험악하게 이쪽을 노려보았던 세리냐가 「도로셀」을 격찬하는 것에는 위화감이 느껴졌다. 뭔가 꿍꿍이가 있는 것은 아닐까.

"그런데 세리냐 님. 슬슬 실례해도 될까요? 제 컨디션이 별로 좋지 않아서요."

이대로 내버려두면 언제까지고 떠들어댈 것 같았기 때문에 레티시엘은 적당한 때를 보아 세리냐의 말을 잘랐다.

게다가 정말로 컨디션이 좋지 않았다. 그녀의 안에서는 세리냐에게서 전력으로 도망치고 싶은 충동이 피어오르고 있었다.

레티시엘은 세리냐를 전혀 알지 못했다. 그렇다면 이것은

「도로셀」의 기억이고, 「도로셀」의 감정이었다. 이 자매 사이에 무슨 일이 있었는지 레티시엘은 알지 못했고, 알 수 있을 리도 없었다. 다만, 지금은 눈앞의 여성에게서 떨어지고 싶다는 그 마음뿐이었다.

이야기를 중단당한 세리냐는 딱히 기분이 상한 기색도 없이 진지한 얼굴로 잠시 침묵했다. 그러나 이윽고 가면 같은 미소를 띠었다.

"……어머, 그러니. 변함없이 몸이 금방 안 좋아지는구나. 미안하구나. 길게 이야기를 늘어놔서. 그럼 난 이만 가볼게."

세리냐가 응접실을 나섰다. 그런 그녀의 뒤를 이어, 레티시엘은 저택의 현관 앞까지 나왔다.

세리냐는 마차에 올라탔다. 그녀는 마부가 연 문에 손을 댄 채 레티시엘을 돌아보았다.

"곤란한 일이 있으면 언제든지 본가에 의지하렴. 가족이잖니."

"마음만 감사히 받겠습니다."

"그럼, 나중에 또 들릴게."

세리냐를 태운 마차의 문이 닫혔다. 철썩 하고 채찍을 휘두르는 소리와 말 울음소리가 겹치고, 마차는 조용히 움직이기 시작했다.

세리냐는 창문으로 얼굴을 내보이며 이쪽을 향해 손을 흔들었다. 그 얼굴에는 상냥한 미소가 떠올라 있었지만, 레티시엘에게는 그것이 속이 보이지 않는 가면의 미소처럼 보였다.

마차가 정문 밖으로 사라지자, 레티시엘은 크게 한숨을 내쉬면서 저택으로 돌아갔다. 결국 세리냐의 목적이 무엇이었는지는 알 수 없었다. 하지만 가족이라는 관계를 방패로 삼아서 사욕을 채우는 것이 목적이라면 이제 더 만나는 것은 사양하고 싶었다.

"저, 저기, 아가씨. 저녁 식사를 준비해 오겠습니다!"

세리냐가 없어져서 마음이 편안해진 것이리라. 니콜이 조금씩이지만 평소의 기운을 되찾는 것 같았다.

"……루빅도 가서 좀 도와줘요. 나는 방에 있을 테니까."

주방으로 향하는 니콜을 배웅하면서 레티시엘은 루빅에게 지시를 내렸다.

"알았습니다."

고용인 두 사람이 자리를 뜨자, 레티시엘은 자신의 방으로 돌아왔다. 그리고 서랍에서 오르골을 꺼내 태엽을 돌렸다. 예전에 시계를 수리해 준 보답으로 골동품 가게 점장의 아들에게서 받은 것이었다.

오르골에서 음악이 흐르기 시작하자, 레티시엘은 긴 한숨을 내쉬고는 소파에 깊숙이 몸을 묻었다. 귀에 낯선 음색에 그리움도 느껴지지 않았건만, 왜인지 이 오르골을 듣고 있으면 기분이 진정되었다.

소파와 낮은 테이블을 사이에 둔 건너편, 벽 앞의 책상 위에 놓아둔 거울에 자신의 얼굴이 비치는 것이 보였다.

레티시엘이 알지 못하는 「도로셀」의 이야기를 듣게 될 때마다, 이 몸이 자신의 것이 아니라는 사실을 좋든 싫든 뼈저리게 느끼게 되었다.

거울로 몇 번이나 봐왔을 터인 얼굴이, 갑자기 낯선 누군가의 것처럼 생각되었다. 이 몸은…… 「도로셀」은 대체 어떤 과거를 갖고 있으며, 어떤 사람들과 얽혀 있던 것일까.

그날 밤, 레티시엘은 꿈을 꾸었다. 세리냐가 등장하는 꿈이었다.

대체 언제 본 광경일까. 적어도 「레티시엘」은 본 기억이 없는 「도로셀」의, 소리가 없는 풍경이었다.

저택의 복도, 전방에서 걸어오는 세리냐. 그 앳된 티가 완전히 빠지지 않은 용모를 보건데, 이때의 세리냐는 지금의 「도로셀」과 비슷한 정도였는지도 몰랐다.

「도로셀」은 세리냐의 존재를 돌아보지도 않았다. 발걸음을 조금 빠르게 해서, 한시라도 빨리 세리냐의 옆을 지나려 하고 있었다.

「…….」

스쳐지나가는 한 순간, 세리냐의 입이 움직였다.

모든 소리가 사라졌을 터인 세계에서, 그 한 마디만은 가슴을 직접 후벼 파는 것 같은, 그런 숨 막히는 괴로움을 갖고 있었다.

머릿속이 새하얗게 돼서 정신을 차리고 보니, 무의식중에 달리고 있었다.

달리고, 달리고, 떨어지지 않고 계속 달라붙는 말을 떨쳐내고자 그저 오로지 달리기만 했다. 세리냐의 말이 아직 마음속에서 메아리치고 있었다.

이, 살인자…….

***

저녁 무렵에 도로셀의 저택을 나온 세리냐는 동반했던 종자와 함께 자신의 마차에 몸을 실었다. 저택이 보이지 않게 되자, 세리냐는 곧바로 형태뿐이던 미소를 거두었다.

"하아. 드디어 끝났네."

"……고, 고생하셨습니다, 아가씨."

동승한 종자가 머뭇머뭇 입을 열었다. 세리냐는 창밖을 바라보면서 방금 전까지의 동생의 태도를 돌이켜보았다.

'그 아이, 역시 소문대로 뭔가 이상하네. 무슨 사정이라도 있는 걸까……?'

도로셀은 옛날부터, 물론 2년 전에 성격이 변모하기 전의 이야기였지만 조용하고 말수도 많지 않은 소녀였다.

언뜻 그 무렵의 그녀로 돌아간 것 같았지만, 지금의 그녀에게서는 공작가에 대한 관심이 전혀 느껴지지 않았다. 또, 세리냐를 봐도 겁을 내기는커녕, 거리낌없이 말을 던져왔다.

그것은 세리냐가 지금까지 한 번도 본 적이 없는 도로셀의 모습이었다.

"있죠, 당신."

"예, 예!"

"도로셀의 생활에 대해 뭔가 아는 정보는 없나요? 아무리 서로 접점이 없어도 소문 정도는 들을 거 아니에요?"

주인의 물음에 질문을 받은 종자의 시선이 허공을 헤맸다. 그 자신, 저택에 있을 무렵의 도로셀과 접점이 거의 없었다.

"어, 저기…… 그, 친구 분이 있다고 들은 적이 있습니다."

"어머. 그 아이에게 친구가? 도저히 믿기지 않는데."

"어떤 분들인지 그것까지는…… 그, 알지 못합니다만…… 크리스타 님이 등교하실 적에 모시고 갔다가 먼발치에서 뵌 적이 있습니다."

종자는 도무지 자신이 없는 태도였다. 그것을 바라보면서 세리냐는 한 손을 뺨에 대고 흥미롭다는 듯이 눈을 가늘게 떴다.

'친구, 란 말이지…… 흐응.'

그러고 보니, 크리스타도 도로셀은 학원에 사이가 좋은 인간이 몇 명 있다고 말했다.

"저, 아가씨, 이 뒤에는……."

"크로비스 수도원으로 가 줘요."

이 뒤의 예정을 물은 종자에게 세리냐는 그렇게 고했다. 그것에 대해 종자는 의문스럽게 생각하지 않고, 그 행선지를 그대로 마부에게 전했다.

왕도의 남문을 통과한 마차는 그대로 대로를 벗어나 빈민가에 가까운 크로비스 수도원에 도착했다. 마차에서 내린 세리냐가 현관홀에 발을 들여놓자, 그곳에는 이미 수녀 복장을 한 초로의 여성이 기다리고 있었다.

"잘 와 주셨습니다, 세리냐 님."

"어머, 마중 나와 주셔서 감사해요, 원장님."

나와서 맞아준 수도원의 원장에게 세리냐는 생긋 온화하게 미소를 지어보였다.

"사제님을 좀 뵙고 싶어서 말이죠. 자크 사제님은 계신가요?"

"예. 마침 이틀 전에 돌아오셨습니다. 기도이신가요?"

"예. 그리고 늘 그렇듯이 이야기를 좀 들어주셨으면 해서 말이지요."

"알았습니다. 그럼 참회실로 안내해 드리지요."

"예. 그렇게 해 주시겠어요?"

세리냐는 원장의 말에 고개를 끄덕이고는 함께 따라온 종자에게 말을 걸었다. 공작가가 지원하는 이 수도원에는 지금까지 몇 번 방문한 적이 있었다.

"나는 이제부터 원장님과 늘 하던 시찰을 다녀올 거예요. 돌아올 때까지 대기하고 있으세요."

"예, 예! 알았습니다."

종자는 순순히 명령에 따라 안내역의 수녀와 그 자리를 떠났다.

세리냐도 원장과 같이 1층 복도를 나아갔다.

1층의 왼쪽 복도, 그 막다른 곳에 참회실이 있었다. 이곳은 수도원인 동시에 교회로서의 기능도 일부 겸하고 있었다.

"이쪽입니다."

세리냐를 참회실로 안내하자 원장은 인사를 하고는 방을 떠났다.

참회실 안은 어둑어둑했고, 입구 맞은편의 벽에는 촘촘한 나무 창살을 댄 작은 창문이 달려 있어서, 건너편의 광경은 거의 보이지 않았다.

혼자 남겨진 세리냐는 의자에 앉아 기다렸다. 이윽고 작은 창문 건너편에서 발소리와 문이 열리는 소리가 들리고, 열쇠가 풀리는 소리와 함께 작은 창문이 열렸다.

"이야. 오랜만이시군요, 세리냐 님."

오른쪽 눈에 갈색의 단안경을 낀 청년이 가면 같은 미소를 띠며 그녀를 맞이했다.

"당신도 건강한 것 같군요, 자쿠도. 아니, 지금은 자크 사제님이라고 불러야 할까요?"

"하하. 세리냐 님이 기도 혹은 참회를 하러 오셨다면, 그렇겠지요."

자크 사제, 아니, 자쿠도는 세리냐의 목적이 그것이 아니라는 사실을 알면서도 너스레를 떨어보였다.

"오늘은 어떤 용건이신지요?"

"알아봐줬으면 하는 사람들이 있어요. 정보를 모아줘요."

열린 작은 창문을 사이에 두고 두 사람은 얼굴을 마주보았다.

'도로셀의 친구란 말이지…… 살짝 수작을 걸어볼까요.'

참회대 위에 턱을 괴면서 세리냐는 장난꾸러기 같은 옅은 미소를 지었다.

3장 마법의 궤적

여름 방학이 끝나고 가을 학기가 시작된 첫날, 복수의 마차가 차례차례 루크레치아 학원의 정문을 통과했다.

레티시엘도 루빅이 말을 모는 마차를 타고 학원에 왔다. 어차피 학교가 시작되든 말든 레티시엘은 수업에는 출석하지 않으니 별로 관계는 없었지만.

"아, 도로셀 님. 오랜만이세요!"

"도로셀 님이다! 안녕하세요!"

현관홀에 들어서자, 먼저 와 있던 미란다레트와 히르메스가 바로 말을 걸어왔다.

등교 시각까지는 아직 시간이 있었다. 하지만 개학 첫날이기 때문인지, 현관홀에는 꽤 많은 수의 학생들이 흩어져 있었다. 그 대부분은 여학생들이었다. 신학기라서 긴장했는지 안절부절 못하고 있었다.

"시작되었네요, 새로운 학기가……. 도로셀 님은 여름 방학, 어떻게 지내셨나요?"

"글쎄요. 별로 새로운 일은 안 하지 않았을까. 아, 그렇지만 고용인을 새로 한 사람 늘렸네요."

"어. 그거, 어떤 사람인가요? 같이 훈련을 하는 건가요?"

"아뇨. 안 하는데요."

"리프. 그런 근육 바보 같은 고용인은 거의 없어."

눈을 반짝이는 히르메스에게 약혼자밖에 부르지 않는 그의 미들네임을 입에 올리며 미란다레트가 물 흐르듯이 태클을 걸었다. 이 두 사람의 이런 대화도 오랜만이었다.

"도로셀 님은요? 이번 학기에 뭔가 하고 싶은 일이 있으신가요?"

"아뇨. 지금까지와 아무것도 달라질 생각은 없어요."

"아하하. 여전하시네요."

수업에 참가할 예정은 없으며 독서와 연구와 조사를 하면서 자유롭게 지낼 것이다. 레티시엘의 대답에 미란다레트는 소리를 내어 웃었다.

"꺄—! 오셨어요!"

갑자기 등 뒤가 소란스러워졌다. 그 소리에 레티시엘은 뒤를 돌아보았다. 그러자 현관홀에 흩어져 있던 여학생들이 왠인지 일제히 정문에까지 모여들기 시작했다.

"……? 무슨 일이죠?"

지금도 계속해서 모여드는 여학생들의 집단에서 가만히 떨어지면서 레티시엘은 눈썹을 찌푸렸다. 그녀는 소란스러운 것과 사람이 붐비는 것에는 약했다.

"어머? 도로셀 님? 못 들으셨나요?"

"응? 뭘요?"

의외, 라고 말하고 싶은 것처럼 미란다레트가 눈을 크게 떴다. 그러나 레티시엘의 의문에 대꾸한 것은 그녀가 아니라, 어린아이처럼 눈을 빛내는 히르메스였다.

"듣고 놀라지 마십쇼! 무려! 오늘부터 이 학원에……."

히르메스의 말과 거의 같은 타이밍에 여학생들의 집단을 뚫고 어른스러운 외모의 소년이 현관홀에 들어섰다. 그 남색의 머리카락과 회색의 눈동자에 레티시엘은 눈을 천천히 깜빡였다.

"라이오넬 전하께서 다니시게 됐습니다!"

등 뒤에서 새된 소리를 지르는 여학생들에게 신사적으로 손을 흔들고 정면으로 돌아선 라이오넬과 레티시엘의 눈이 마주쳤다.

"또 뵙게 되었군요, 도로셀 양."

라이오넬은 레티시엘의 앞에까지 다가와 온화한 미소를 지었다.

그와 만나는 것은 공작저택에서의 클라우드 구출 사건과 개선 퍼레이드 이후로 처음이었다.

"전하께서도 이곳에 다니시게 될 줄은 몰랐습니다."

"오늘부터 동급생으로 합류하게 되었습니다. 도로셀 양의 소문은 익히 들었습니다. 교실에서 이야기를 나눌 수 있을지 없을지 알 수 없으나, 부디 잘 부탁합니다."

아무래도 라이오넬은 초등생으로서 2반에 소속되었다는

것 같았다.
참고로 레티시엘도 일단 학적은 초등2반으로 돼 있었다. 첫날 이후 거의 거의 얼굴을 내밀지 않고 있지만.
"저는 학원장님에게 한 마디 인사를 드리러 갈 터이니 이것으로 실례하겠습니다. 또 이야기를 나누게 되는 일을 기대하겠습니다."
"고맙습니다. 또 기회가 된다면 뵙지요."
처음부터 끝까지 신사적이고 온화한 태도를 무너뜨리지 않고 라이오넬은 복도 저편으로 걸어갔다. 그것을 지켜보는 여학생들의 한숨 섞인 칭찬의 목소리가 여기저기에서 들려왔다.
"정말로, 근사하세요, 라이오넬 님."
"예…… 그렇고말고요! 또 이야기를 나눌 수 있을까요."
"저기요! 들어봐요! 저, 방금 전하와 눈이 마주쳤답니다! 그 분, 제게 미소를 지어주셨어요!"
"라이오넬 전하, 멋지다……."
여학생들에게 섞여 있는 친구인 남학생의 감탄도 들려왔지만, 레티시엘은 신경 쓰지 않고 미란다레트에게 말을 걸었다.
"……제2왕자 전하는 영애들에게 꽤 인기가 많네요."
"신사적이고 문무를 겸비한 분인데다가, 뭣보다 약혼자가 없으시니 인기가 있는 것도 당연하다고는 생각하는데요."

이 시대, 귀족의 자녀들은 대부분 거의 어릴 적부터 약혼자를 정해놓곤 했다. 특히나 왕족이라면 더더욱 일찌감치 정혼자를 골랐다.

그러나 라이오넬은 열여섯 살이나 되었어도 약혼자가 정해질 기미가 없다고 했다.

이 약혼자의 자리를 노리는 영애가 많은 것도, 그의 인기가 높은 이유 중의 하나인 것 같았다.

"세 분의 왕자님 중에서 가장 장래가 유망하다고도 하세요. 제1왕자 전하는 도로셀 님도 이미 잘 아시는 대로이고, 제3왕자 전하도 색다른 분이라는 소문이 돌고 있으니까요."

"색다른 분? 제3왕자 전하가요?"

"예. 여하튼 이상한 힘의 연구에 빠지셔서 전국을 방랑하고 계신다고…… 정치적인 일에는 일체 얼굴을 내밀지 않고 자신의 저택 지하실에만 틀어박혀 계신데, 때때로 저택에서 폭발음이 들려오는 일도 있다든가 뭐라든가."

"……."

그야말로 자기들 좋을 대로 말하고 있었다. 하지만 그 소문이 사실이라면 분명히 상당한 괴짜였다.

"하지만 어쩔 수 없다고 생각해요. 여동생이신 공주님이 돌아가신 뒤로 그렇게 되셨으니까요."

현재 플라티나 왕국의 왕족은 국왕과 왕비 둘, 그리고 왕자가 셋.

이 정보밖에 알지 못했던 레티시엘에게 죽은 왕녀의 정보는 금시초문이었다.

왠지 들어서는 안 되는 말을 들어버린 것 같은 복잡한 기분이었다.

“그건…… 뭐랄까, 참 유감이네요…….”

그것이 진실인지 거짓인지는 알지 못했지만, 제3왕자의 소문은 들을 수 있었다. 그러나 결국 제2왕자의 인품은 잘 알 수 없었다.

과연 주위의 평가는 정말로 본인이 우수해서 좋은 것인가, 그렇지 않으면 다른 두 사람의 평가가 나빠서 상대적으로 좋게 보이는 것뿐인가…….

“히르메스 님은 제2왕자 전하를 동경하고 계신가요?”

“헤?”

방금 전 여학생들에게 섞여 라이오넬의 등에 존경의 시선을 보내던 히르메스는 레티시엘의 질문에 순간적으로 얼빠진 대답을 했다. 그러나 곧 만면의 미소를 지으며 크게 고개를 끄덕였다.

“물론임돠! 뭐니뭐니 해도 라이오넬 전하는 문무겸전! 거기에, 신사적이고 온화하기까지 하시죠! 또 성적은 늘 톱클래스에, 검술도 엄청 강하다는 평판이니까요!”

“하아……”

레티시엘은 이야기를 따라갈 수가 없었으나, 예상 밖으로 이 화제에 미란다레트도 희희낙락해서 참가했다.

레티시엘은 라이오넬 관련된 이야기에 열을 올리는 두 사람의 얼굴을 살짝 실룩거리며 지켜보았다. 레티시엘은 왕족이라는 신분에 크게 관심이 없었지만, 아무래도 라이오넬은 이성만이 아니라 동성에게도 인기가 있는 것 같았다.

"어머, 도로셀 님도 완전 남의 일만은 아니에요. 최근에 꽤 듣는 편이에요, 도로셀 님의 소문."

"어? 내 소문이요?"

미란다레트가 뜻밖의 이름을 꺼냈기 때문에 레티시엘은 그만 눈이 점이 되었다.

"그래요. 들으신 적 없나요?"

"의식한 적도 없네요."

도로셀은

레티시엘은 주위 사람들의 대화에 귀를 기울여보았다. 그러자 라이오넬의 화제에 섞여 드문드문 도로셀의 이야기를 하고 있는 사람이 있었다. 아무래도 레티시엘도 라이오넬에 지지 않는 유명인인 것 같았다.

"이봐…… 라이오넬 전하가 도로셀 양에게 말을 거셨어. 역시 도로셀 양은 굉장한 분이시로군."

"하지만, 바로 얼마 전까지 그렇게나 횡포를 부리던 사람이 이렇게까지 바뀌다니…… 이상해요."

"도로셀 님은 아름다우시죠. 성적도 우수하시니 전하가

먼저 말을 거시는 것도 이해가 돼요."

"무슨 말을 하시는 건가요. 저 사람, 마법도 쓰지 못하는 무능한 자라고요. 저건 전하에게 교태를 부리는 것뿐이에요. 저 사람의 지금까지의 소행을 잊으신 건가요?"

확성 마술을 사용해 그 속삭이는 목소리들을 주워 담아 보니 대충 이런 느낌이었다.

이전의 악평은 지금도 약간 남아 있어서 평가는 이도 저도 아니었지만, 레티시엘은 자신의 평가에는 전혀 관심이 없었다.

'상류 귀족이란 모두의 주목을 받는 대상이라고 할까, 수다의 화제 거리가 되기도 하는 것이 지금 시대이구나.'

돌이켜 보면 로시포드의 사건이 있은 직후 무렵에도 주위에서 자신에 대해 소곤거리는 것을 들을 수 있었다. 과연, 상류귀족이란 그런 모양이었다.

"오늘부터 전하도 같은 학년에 다니실 테니, 말을 걸러 가 보면 어때요?"

"예?! 아, 아뇨아뇨! 저 같은 게 전하와 이야기를 하다니 송구스러울 따름입다! 멀리서 보는 것만으로 충분해요! 아하, 아하하하!!"

"아이 참, 리프도 여자아이도 아니고……."

당황하면서 머뭇머뭇 대답하는 히르메스의 태도에 미란다레트가 어이가 없다는 것처럼 탄식조로 한숨을 내쉬었다.

"그럼 저희는 슬슬 가볼게요."

"그래요. 나중에 봐요."

미란다레트와 히르메스가 자신들의 교실로 가기 위해 레티시엘과 헤어져 걷기 시작했다.

그 뒷모습이 보이지 않을 때까지 지켜보던 레티시엘은 불현듯 정면 현관을 돌아보았다. 방금 전까지 모여 있던 여학생들은 이미 없어지고 현관홀에는 아무도 없었다.

'……그러고 보면, 지크는 어디 있는 걸까?'

오늘은 아직 한 번도 지크를 보지 못했다. 그는 수업에는 참석하지 않아도 등교시간에는 언제나 여유를 두고 오곤 했는데, 아직 오지 않았다니 별일이었다.

신경이 쓰였지만, 레티시엘은 일단 평소처럼 대도서실로 향하기로 했다. 본관에서 대도서실이 있는 별관으로 향하기 위해, 두 개의 건물을 잇는 연결 복도를 걸었다.

연결 복도는 직각으로 꺾어져서, 그 모퉁이 부분에는 시계탑의 입구도 있었다. 2층에도 연결 복도가 있었지만, 1층의 연결 복도는 벽이 없어서 건물의 앞쪽으로도 뒤쪽으로도 나올 수 있게 되어 있었다.

그 연결 복도로 통하는 입구까지 왔을 때, 마침 전방에서 라이오넬이 걸어오는 것이 보였다.

"……아, 도로셀 양. 또 뵙는군요."

먼저 말을 걸어온 것은 라이오넬 쪽이었다. 그 뒤에는 왜인지 크리스타의 모습도 있었다.

"……."

크리스타는 레티시엘의 모습을 보자, 날카로운 시선으로 이쪽을 노려보고는 부리나케 가 버렸다.

왜 크리스타가 라이오넬과 같이 있는지 의문스럽기도 했지만, 레티시엘은 이 두 사람의 관계에 그렇게까지 흥미는 없었다. 그래서 딱히 신경 쓰지 않기로 했다.

"안녕하신가요, 전하. 방금 뵙고 다시 뵙습니다."

"후후. 그러네요. 도로셀 양은 어디에 가시는 길입니까?"

"대도서실이에요."

"그러신가요. 저도 얘기가 막 끝난 참이라 이제부터 교실로 가려는 중입니다."

그렇게 말하고 라이오넬은 회중시계를 꺼내 시간을 확인했다.

"이미 슬슬 수업이 시작될 시간일 텐데요."

"예. 크리스타 양이 형님의 일로 상담을 해오셨는데, 그것이 조금 길어져 버렸습니다."

라이오넬은 회중시계의 뚜껑을 닫아 주머니에 집어넣고는 레티시엘에게 말했다.

"그럼 저는 이만 가보겠습니다. 기회가 있다면 다시 뵙지요."

라이오넬이 레티시엘의 옆을 지나쳤다. 레티시엘도 이 이상은 용건이 없어서 다시 그대로 복도를 똑바로 나아갔다.

호쾌하게 자리를 뜨는 레티시엘의 모습을 지켜보면서 라이오넬은 옅은 미소를 띤 채 턱에 손을 갖다 대고 뭔가 생각에 잠겼다.

***

대도서실 안은 여전히 서적의 향기로 가득 차 있었고, 조용했다. 접수처에는 늘 그곳에 있을 터인 데이비드의 모습이 보이지 않았지만, 그대로 안으로 들어가자 안쪽의 책장에서 말소리가 들려왔다.

"음냐? 누구십니까?"

책장 정리라도 하고 있는 것일까. 레티시엘은 데이비드에게 대꾸를 했다. 실내는 조용해서 큰 소리를 내지 않아도 목소리가 잘 울렸다.

"도로셀입니다."

"오오. 도로셀 님이십니까! 아아아. 잠깐 기다려 주시지요…… 영차."

부스럭부스럭 덜컥덜컥…….

책을 치우는 소리가 잠시 이어지고, 이윽고 책장의 그늘에서 데이비드가 빠져나왔다. 여전히 신장은 레티시엘의 허리 정도까지밖에 오지 않았고, 얼굴의 절반은 푹신푹신한 수염과 눈썹에 가려져 있었다.

"오랜만입니다. 뭘 하고 계셨나요?"

"홋홋. 며칠 전 오래 알고 지내던 상인에게서 보기 드문 고문서 몇 권을 양도받아서 말입니다. 그것을 책장에 꽂고 있던 참입니다."

데이비드는 좌석의 위치가 높은 흔들의자에 기어 올라가 카운터 위로 쏙 얼굴을 내밀었다. 카운터 뒤의 흔들의자는 데이비드의 정위치였다.

"오늘은 무슨 일이신 겁니까?"

"뭐, 평소처럼 독서를 하려고 왔어요. 조금 신경 쓰이는 일도 있고요."

레티시엘이 신경 쓰이는 일은 한 가지가 아니었다. 검은 안개와 괴물, 라피스 국의 기묘한 힘 등등…… 신경이 쓰이는 일은 많았다.

그 괴물에 대해서는 정령들에게 여러모로 이야기를 들었으나, 그저 기다리고 있을 수만은 없었다. 자신도 가능한 한 정보를 모아야 했다.

"그러신가요, 그러신가요. 장서 검색이 필요하십니까?"

"예. 마법계의 내용을 중심으로 부탁드려요."

로시포드 때에 싸운 괴물도, 요전에 싸운 안개 형태의 괴물도 검은 안개와 관련이 있다는 것밖에 알지 못했다.

다만 마술이 아닌 다른 뭔가의 힘일 가능성이 높았기 때문에, 이 세계에서 가장 널리 보급된 마법에서 뭔가 힌트를 얻을 수 있지 않을까 라고 생각한 것이다.

라피스 국이 11년 전에 전쟁에서 사용했던 힘과도 관련이 있을지도 모르지만, 이전에 찾아본 바로는 라피스 국과 관련된 서적은 애초에 많지 않았다. 그래서 그 내용은 굳이 데이비드에게는 부탁하지 않았다.

"알았습니다. 잠시 기다려 주시지요."

데이비드는 레티시엘이 두 손으로 겨우 끌어안을 수 있을 것 같은 크고 두꺼운 책을 카운터에 턱 올려놓더니, 눈에 보이지 않을 정도의 속도로 페이지를 넘기며 옆에 준비한 종이에 문자를 써 나갔다.

루크레치아 학원의 대도서실은 국내에서 두 번째로 많은 장서량을 자랑했기 때문에 그 장서를 기록한 이 장서일람서도 상당한 두께였다. 그곳에서 원하는 책을 찾는 것도 보통 사람에게는 한 고생이리라.

"예! 일단은 이 정도일까요."

하지만 데이비드는 5분도 지나지 않아 일람서를 닫고, 책의 이름을 적은 종이를 건네 왔다. 데이비드는 오랜 세월 대도서실의 사서를 맡고 있던 사람답게 검색 속도가 빨라서, 이 정도는 식은 죽 먹기인 것 같았다.

"고맙습니다."

"흠냐. 필요한 일이 있으면 언제든지 말씀해 주시지요."

레티시엘은 데이비드에게 감사 인사를 하고 그가 검색해

준 책을 찾으러 책장 사이를 누비며 걸었다.

목적한 책은 하나의 책장에 집중되어 있어서 찾는데 그렇게까지 고생하지 않았다. 대신에 책의 양이 많았기 때문에, 레티시엘은 이번에도 예외 없이 자신에게 신체강화마술을 건 뒤, 대량의 책을 갖고 테이블로 향했다.

자리에 앉자 레티시엘은 곧바로 조사를 시작했다. 검은 안개와 괴물에 대해서 어느 정도 정보가 있는지는 알 수 없었지만, 지금은 어떤 사소한 정보라고 알고 싶었다.

'으—음…… 그 힘은 결국 검은 안개라고밖에 알지 못하니까 말이지.'

마법의 구조에 대해 읽어나가면서 레티시엘은 그 검은 괴물이 힘을 사용하던 장면을 떠올렸다.

정령들과 함께 싸운 그 검은 괴물은 힘을 발동하기 위해 검은 안개를 배출하며 몸이 흐려졌다. 아마도 괴물은 자신의 에너지를 방출해 싸운 것이리라.

'……체내의 에너지를 방출한다니, 마치 마법 같잖아.'

마법은 체내에 있는 마력을 술식을 통해 일정한 형태로 만들어 밖으로 방출해 이용하는 기술이었다. 레티시엘은 자리에서 일어나 마법관련서적을 더 찾아서 있는 대로 모아왔다.

애초에 마법이라는 힘에 레티시엘은 의문을 품고 있었다. 레티시엘이 살던 천 년 전, 마력이라는 개념은 있었으나 누구도 그것을 활용하는 기술을 확립하고 있지 않았다.

마술에 사용하는 마도술식을 그대로 마력에 쓸 수는 없었다. 그것이 가능했더라면, 천 년 전에 이미 실천했을 것이다.

'……하지만, 지금 내가 연구하는 마도술식은 마법에 전용할 수 있지.'

그랬다. 실용화할 수 없으면 오스왈드도 애초에 이런 연구를 지시하지 않았을 것이다. 즉, 「마법」의 기술에는, 마도술식을 다룰 수 있는 장치가 숨겨져 있다는 것이다.

'마법에는 있고, 마술에는 없는 것…… 설마 그 장황한 영창……?'

가령 그렇다고 한다면, 그 영창이라는 것은 어디에서 태어난 것인가, 라는 또다른 의문이 생겨났다. 레티시엘은 일단 서적을 읽으며 마법 탄생의 기원을 더듬어 올라가 보았다. 그러나 뜻밖에도 남아있는 것은 최근 수 백 년 동안의 마법의 역사뿐, 탄생에 얽힌 이야기는 어디에도 실려 있지 않았다.

'하지만 그 괴물의 힘, 마법과도 마술과도 다른 인상이었지…….'

자료를 읽는 것을 일단 멈추고, 레티시엘은 한숨을 내쉬면서 대도서실의 천장을 올려다보았다.

이렇게 되면, 소거법으로 라피스 국이 사용했다는 미지의 힘이 연상되었다. 그러나 현재로서는 그 두 가지 사이에 공통점은 보이지 않았다.

라피스 국에 대한 정보는 거의 없었다. 히르메스는 분명히 루카스가 11년 전의 전쟁에 참가했다고 말했다. 그에게 물어보면 뭔가 가르쳐줄까. 자신이 알지 못하는 천 년 동안 무슨 일이 있던 것일까, 레티시엘은 매우 신경이 쓰였다.

'일단 생각이 미쳤으니, 학원장님을 찾아서 이야기를 들어볼까.'

레티시엘은 우선 책을 정리하고 루커스를 찾으러 가기 위해 도서실 입구로 향했다.

"오오. 도로셀 님. 조사는 다 끝나셨습니까?"

레티시엘이 카운터 앞을 통과하자, 뭔가 작업 중이던 데이비드가 고개를 들었다.

"아뇨. 잠깐 생각난 일이 있어서 학원장님께 이야기를 들으러 가려고 하던 참이에요."

"홋홋. 그러신가요."

"데이비드 씨는 그거, 뭘 하고 계신 건가요?"

레티시엘은 데이비드의 손을 힐끗 쳐다보고는 그렇게 물었다. 작은 노인은 양손에 공구를 들고 오래된 책과 격투를 하고 있었다.

"으음? 오오. 이것 말이십니까? 책을 수선하고 있습니다."

"수선?"

"그렇습니다. 기증받았으나 그대로 읽을 수 없는 책은 이렇게 문자를 수복하거나 종이를 보강하는 등 수선할 필요가 있습지요."

"흐응……."

수선 중인 책을 보자, 분명히 종이나 표지의 풍화 정도가 꽤 진행된 것 같은 것이 이대로 책을 읽으면 흐슬부슬 다 부스러질 것 같았다.

"……그러고 보니, 데이비드 씨. 이전에 페이지가 찢겨나간 책을 발견한 적이 있는데요."

손상 이야기를 들으니 기억이 났다. 전에 대도서실에서 라피스 국에 대해 조사했을 때, 한 페이지만 뜯겨나간 책을 본 적이 있었는데 보고하는 일을 까맣게 잊어버리고 있었다.

"우호?! 그것이 사실입니까요? 어떤 책입니까?!"

"잠깐 기다려 주세요. 지금 가져 올 테니까요."

아무래도 그것은 데이비드도 몰랐던 모양이었다. 레티시엘은 서둘러 책장으로 돌아가, 목적한 책을 꺼내들고 카운터로 되돌아왔다.

"……."

데이비드는 책을 건네받자 곧바로 내용을 확인했다. 그리고 예의 페이지에까지 도달하자 그곳을 물끄러미 관찰했다.

"흠……."

문제의 페이지 앞뒤를 확인한 뒤, 데이비드는 천천히 고개를 들었다. 그의 눈은 여전히 하얗고 몽실몽실한 눈썹에 가려져 보이지 않았다.

"알려주셔서 고맙습니다, 도로셀 님."

"아뇨. 전하는 것이 늦어져서 죄송합니다."

데이비드는 척척 도구를 준비해 바로 책의 수선에 착수했다. 물론, 찢겨나간 페이지는 찾을 수 없었으므로 복원은 불가능했지만, 그 이외의 상처는 수선할 필요가 있었다.

"……그러고 보니 데이비드 씨."

그 모습을 멍하니 견학하고 있던 레티시엘은 문득 방금 전에 조사하던 내용에 대해 질문을 해 보았다.

"방금 전까지 마법에 대해 알아보고 있었는데요, 마법의 기원에 대해 적힌 책은 없는 건가요?"

마법 관련의 서적이 꽂혀 있던 책장에는 분명히 방대한 양의 책과 자료들이 있었지만, 그 안에는 마법의 시작에 대해 언급한 것은 없었다.

정확하게는 마법이 생겨난 계기나 발명한 사람 등을 알 수가 없었다.

"마법의 기원 말입니까요?"

작업하던 손을 멈추고 데이비드는 잠시 수염을 쓰다듬으며 생각에 잠겼다. 그러더니 이윽고 의자에서 뛰어내려서, 카운터 밑에서 뭔가를 꺼내들었다.

"그것이라면 이 서적이라도 봐 보시겠습니까? 이제 막 기증받아서 아직 책장에는 꽂지 않은 것입니다만."

카운터 밑에 있던 그것들은 모두 오래된 고문서들이었다.

꽤 오래 전에 쓰인 서적들 같았다.

"……응?"

그 중 한 권을 아무 생각 없이 손에 든 레티시엘은 그 책의 표지에서 기시감을 느꼈다.

'이거, 전에 어디선가 봤지……?'

분명히, 요전에 왕도에서 만난 행상인이 같은 책을 갖고 있던 것 같기고 하고…….

"실례합니—다!"

레티시엘이 열심히 기억을 더듬고 있으려니, 갑자기 대도서실의 문이 열렸다.

대도서실로 들어온 것은 검은 머리에 다박수염을 기른 행상인 청년이었다. 등에는 커다란 배낭을 짊어지고, 양손에는 몇 권이나 되는 책을 끌어안고 있었다.

"데이비드 씨. 오늘도 기증 예정인 책을…… 어라?"

데이비드에게 말을 걸며 이쪽으로 걸어오던 행상인 청년은 레티시엘의 모습을 보자 걸음을 멈추고 고개를 갸우뚱했다.

"오. 이거이거…… 에디 님."

"먼저 온 손님이 계셨나요. 이거 실례했습니다."

청년은 곧바로 자세를 바로하며 고개를 숙였다. 레티시엘은 그의 모습을 본 기억이 있었다.

"……혹시 요전에 마을에서 만났던 행상인 씨?"

"어. 기억해 주신 겁니까?! 영광입니다!"

레티시엘이 되묻자 행상인 청년은 머리에 손을 대고 하하하 웃었다. 이전에 만났을 때에는 터번에 머리카락이 감춰져 있었는데, 지금은 검은 머리카락이 그가 웃는 리듬에 맞춰 함께 흔들렸다.

"이 학원에 다니셨군요. 설마 이런 곳에서 만나 뵐 줄이야! 아, 저, 에디 알렉시스라고 합니다! 앞으로 잘 부탁합니다."

에디라고 이름을 댄 행상인은 그렇게 말하고 씩 하고 호쾌하게 웃었다.

"친절하게 감사합니다. 도로셀 노아 피리아레기스라고 합니다. 에디 씨는 오늘 무슨 일로 여기 오신 거죠?"

"보기 드문 고문서를 손에 넣어서 기증하려고 왔습니다."

며칠 전의 책도 기증했답니다. 손에 든 서적들을 카운터 위에 내려놓으면서 에디는 말했다. 과연, 기증 예정이었기 때문에 살 수 없던 것인가. 레티시엘은 납득했다.

어느 서적이나 오래 돼서 하나같이 표지의 문자가 흐릿해졌거나 페이지 끝이 누렇게 변해서 쭈그러들었지만, 책이 쓰인 연대나 언어…… 그러니까 책이 쓰인 장소는 모두 달랐다.

"다양한 지역과 연대의 책들을 이렇게나 많이…… 어디서 손에 넣으신 거죠?"

"이건 이리스 제국과 라피스 국경 부근에서 입수한 겁니다. 옛날에는 그 근처에 많은 나라들이 있던 모양이라, 지금도 옛 건물들의 자취를 찾아볼 수 있고, 시장에서는 이렇게 다양한 물건들을 발견할 수 있답니다!"

"그렇군요……."

레티시엘은 흥미진진하게 책의 제목을 바라보았다. 그 옆에서, 에디와 데이비드는 잡담을 나누었다.

"데이비드 씨. 최근에 허리 다치거나 하지는 않았어?"

"홋홋. 노구는 아직 건강합니다. 에디 님이야말로 별일 없으신 겁니까?"

"그럼! 여기 저기 여행하면서 돌아다니고 있어."

가벼운 농담을 주고받는 것을 보건대, 두 사람은 꽤 친한 관계인 것 같았다.

"도로셀 님은 늘 이곳에 오시는 겁니까?"

"예. 거의 매일 오네요."

"매일이요……?! 그거 굉장하네요……."

레티시엘의 대답에 에디는 깜짝 놀라 눈을 크게 뜨고는, 감탄했다는 듯이 입을 반쯤 벌리고 말했다.

"그렇다는 건, 오늘도 책을 읽으러 오신 겁니까?"

"오늘은 조사할 게 있어서 왔어요. 마법에 대해서 조금 말이죠."

그러고 보면, 방금 데이비드가 내어준 책을 아직 읽지 않았다.

"그거라면 제가 모은 책이 도움이 될지도 모르겠습니다……."

"……어머, 정말인가요?"

"흥미가 있으십니까?"

"예. 무척이요."

즉답이었다. 지금은 어떤 정보나 서적이라도, 자신이 알고 싶은 것에 조금이라도 가까이 다가갈 수 있는 것이라면 대환영이었다.

"그러시다면 다음번에 가져오겠습니다! 제가 갖고 있어 봤자 별 쓸모는 없는 것들이니까요."

"고맙습니다. 그거 기대가 되네요."

어딘가 즐거운 듯이 그렇게 말하는 에디에게 레티시엘도 쿡 웃음을 흘렸다.

"그러고 보니, 도로셀 님. 학원장님을 찾으러 가시는 것이 아니셨습니까?"

"……아. 그랬네요."

데이비드에게 지적을 받은 레티시엘은 겨우 자신의 당초의 목적을 떠올렸다.

"바쁘신 걸 붙잡아서 죄송하게 됐습니다. 도로셀 님."

"아뇨. 신경 쓰지 마세요. 그럼 저는 이만 실례하겠습니다."

레티시엘은 에디에게 작별을 고하고, 발걸음을 돌려 대도서실의 문으로 향해 그것을 열었다.

"……마침내, 까마귀들이 움직이기 시작했나……."

문득 등 뒤에서 무슨 말인가가 들려왔다. 그 소리에 레티시엘은 휙, 뒤를 돌아보았다. 하지만 눈이 마주친 에디가 미소를 지으며 손을 흔들고 있는 것 외에는 아무도 보이지 않았다.

'……? 기분 탓인가?'

고개를 약간 갸우뚱하면서도 레티시엘은 그 이상 신경 쓰지 않고 대도서실을 나갔다.

자, 학원장님을 어떻게 찾을까.

루카스가 어디 있을지 짚이는 곳이 있는 것도 아니었기 때문에, 레티시엘은 루카스가 있을 것 같은 장소를 머릿속으로 늘어놓으면서 연결 복도로 나아갔다. 그랬더니 웬걸. 난데없이 찾던 사람의 모습을 발견할 수 있었다.

본관 뒤편에는 커다란 호수가 있었는데 루카스는 그 호수 가장자리에 있었다. 그런데 그 혼자가 아니었다. 루카스의 가까이에는 미술 교사인 바우리오가 있었고, 또 지크의 뒷모습도 있었다. 세 사람이서 뭔가를 이야기하고 있는 것 같았다.

지크의 표정은 보이지 않았고, 또 무슨 이야기를 하는지도 전혀 들리지 않았지만, 교사 두 사람의 표정으로 보건대 분위기는 상당히 심각한 것 같았다. 레티시엘이 보고 있는 것은 알아차리지 못하고, 이윽고 세 사람의 모습은 건물의 그림자 속으로 사라져갔다.

'……왜 지크가 저 두 사람과 같이 있지? 무슨 일이 있는

걸까?'

쫓아갈까. 레티시엘은 그렇게도 생각했지만 그녀가 건물 뒤쪽으로 돌아들어갔을 때는 이미 아무도 없었고, 결국 방과 후가 될 때까지 루카스는 붙잡을 수 없었다.

같은 시각, 도로셀이 퇴실한 대도서실에는 에디와 데이비드만이 남았다.

"이야. 설마 이런 곳에서 우연히 도로셀 님을 만날 줄이야."

"인생, 무슨 일이 일어날지 모르는 겝니다."

기증받은 고서들을 재빨리 수선하면서 데이비드는 에디의 말에 대꾸를 했다.

"그러고 보니, 연구동 구획에 뭔가 새로운 건물이 생긴 것 같던데, 그건 뭐야?"

데이비드가 책을 수선하는 동안의 심심풀이로, 에디는 카운터에 턱을 괴면서 그렇게 물었다.

"이런이런. 보셨습니까?"

"응. 멀리서이지만. 이전에 납품하러 왔을 때로부터 시간이 꽤 지났으니까, 살짝 돌아보고 왔어."

"그것은 폐하께서 새로 개수하신 연구기관입니다요. 도로셀 님의 연구를 위해서 말이지요."

데이비드의 말에 에디는 놀란 것처럼 눈을 깜박였다.

"……도로셀 님이라면, 방금 전의 그 도로셀 님? 피리아레기스 공작가의.”

“그러합니다요.”

에디는 방금 만난 도로셀을 다시 떠올렸다.

“흐음. 도로셀 님은 무슨 연구를 하시는데?”

에디의 질문에 데이비드는 잠시 입을 다물었다. 그러나 이윽고 작게 말을 했다.

“……마술에 대해서, 입니다.”

그 대답에 에디는 아무 말도 하지 않고 턱에 손을 댄 채 생각에 잠겼다.

***

그 뒤. 결국 루카스를 찾을 수가 없어서 11년 전의 힘에 대해 듣지 못한 채 방과 후가 돼 버렸다.

레티시엘은 일단 루카스 찾는 일은 일단락 짓고, 우선 여느 때처럼 자신의 연구동으로 향했다. 오늘도 서클 멤버들이 다 모이지 않았기 때문에 부활은 쉬었다.

자신의 연구동 1층, 홀 소파에 앉은 레티시엘은 쌓이고 쌓인 자료를 정리했다. 슬슬 정리하지 않으면 자신의 연구실에 들어가는데 종이의 바다를 헤엄쳐야 하게 될지도 몰랐다.

“저, 도로셀 님! 이 하급마법의 원래 자료는 어디에 있나요?”

그때 발소리를 내며 1층으로 달려 내려온 츠바루가 조금

숨을 헐떡이며 그렇게 물어왔다.

"응? 어느 술식을 말하는 건가요?"

"아, 이겁니다!"

"이건…… 분명히 제 연구실에 있었네요. 여기서 기다려요. 가져올게요."

츠바루를 그 자리에 대기시키고 레티시엘은 곧바로 연구실로 향했다. 다만 일일이 계단을 올라가는 것은 귀찮았기 때문에, 이번에는 전이로 샥 다녀왔다.

"츠바루 님, 오래 기다리셨어요. 이거죠?"

"예! 그렇습니다!"

돌아올 때에는 자료를 들고 있느라 전이를 사용할 수 없었기 때문에 걸어서 1층으로 돌아왔다. 목적한 자료를 건네자 츠바루는 기쁘다는 듯이 웃었다. 하지만 불현듯 그 미소를 거두고, 레티시엘을 바라보았다.

"응? 왜 그러시죠?"

"아, 아뇨. 이전부터 생각했던 것입니다만, 도로셀 님이 사용하시는…… 그, 뭐냐, 전이? 라는 힘은 참 신기해서 말입니다."

"그런가요?"

"그렇다니까요. 공간이동계의 마술은 전 지금까지 본 적이 없습니다."

그 말을 듣고 레티시엘은 생각에 잠겼다. 자신은 전생에서

부터 일상적으로 이 마술을 사용했기 때문에 아무렇게도 생각하지 않았지만, 분명히 주위 사람들이 본다면 진귀할지도 몰랐다.

'……게다가, 나오와 선생님이 없었더라면 나도 생각하지 못했을 테고 말이야.'

원래 마술에는 단거리의 공간이동마술은 있었지만 전이라는 술식은 존재하지 않았다.

공간이동마술은 원래는 레티시엘이 어릴 때 마술의 선생님에게 배운 기술이었다. 최대 십 수 미터밖에 이동할 수 없는 마술이었지만, 당시에는 순간이동 할 수 있다는 것 자체가 재미있어서 자주 사용했었다.

그 뒤 나오가 오게 되고, 그에게서 그의 고향과 고향의 기술에 대해 듣고 배우면서 그것을 토대로 공간이동마술을 개량한 것이 전이라는 마술이었다.

다만 전이의 술식은 복잡해서 방대한 연산능력과 처리가 필요로 했기에, 당시 이 마술을 쓸 수 있던 것은 레티시엘뿐이었다. 가족이나 일부의 친구에게 말한 적은 있지만, 누구도 발동하지 못했다.

"도로셀 님은 어디서 그런 굉장한 힘을 익히신 건가요?"

"……옛날에, 선생님에게 배운 적이 있어요."

전생의 일을 말할 수는 없었기 때문에, 레티시엘은 우선 그렇게 말하며 애매하게 웃어넘겼다.

"호오! 그러셨군요."

그 대답에 츠바루는 딱히 의심을 품지 않은 것 같았다.

"도로셀 님에게도 스승님이 계셨군요!"

"……예."

「스승」이라는 단어에, 불타오르는 오두막의 풍경이 레티시엘의 뇌리를 스쳤다.

한 순간 말문이 막혔다. 그러나 그 기억을 레티시엘은 곧바로 머리 한구석으로 몰아냈다.

"어쨌든, 이것을 정리하죠."

"어—이. 도로셀. 있냐?"

화제 전환의 의미도 담아 자료 정리를 재개하려고 한 레티시엘을 홀에 날아 들어온 목소리가 불러 멈춰 세웠다.

"오랜만에 뵙네요."

"그래. 너도 건강해 보이는구나."

노크도 없이 당당히 이 마술연구동에 들어올 수 있는 인간은 한 사람 정도였다. 레티시엘이 마중을 나갈 것까지도 없이 루카스가 홀에 발을 들여놓았다.

"이거, 뭘 하고 있는 거냐?"

"보시다시피, 연구 자료를 정리하려던 중이었답니다."

그렇군. 그렇게 말하면서 루카스는 자료의 산을 팔락팔락 들쳐보았다. 그 모습을 보면서 레티시엘은 조금 전에 루카스를 찾고 있었다는 걸 기억해 냈다.

"학원장님. 좀 갑작스럽습니다만, 질문을 해도 될까요?"

"응? 별로 상관없다. 뭐냐?"

"11년 전의 전쟁에 대해, 그때 사용되었다던 정체불명의 힘에 대해 알려주실 수 있나요?"

루카스는 11년 전의 전쟁 때 예의 힘을 상대한 적이 있었다. 무언가 알고 있는 것은 아닐까, 라고 생각해서 레티시엘은 그에게 그렇게 물었다.

"그 힘 말이냐…… 솔직히 나도 자세한 원리는 잘 모른다만, 관계있는 것이 아닐까 하고 신경이 쓰이는 일은 있다."

"신경이 쓰이는 일, 이요?"

"그래. 전장에서 꼬맹이를 본 적이 있다"

"……예?"

예상했던 것과는 전혀 다른 정보에, 레티시엘은 저도 모르게 미간에 주름을 잡으며 루카스를 응시했다.

"뭐냐, 그 눈은. 딱히 장난을 치는 게 아니라고?"

레티시엘의 시선을 받은 루카스는 곤란하다는 듯이 머리를 긁적이고는 이야기를 계속했다.

"전장에서 적의 본진에 돌격했을 때, 딱 한 번 봤다. 대여섯 살쯤 되었을까 싶은 어린애가 암벽 위에서 전장을 내려다보는 걸 말이지."

그렇게 말하고, 루카스는 당시 상황을 이야기해 주었다.

스피리아 전쟁이 개전하고 한동안은 왕국 쪽이 유리했다.

그때 한 번, 루카스가 이끄는 부대가 적진을 격파하고 가장 안쪽의 대본진까지 깊숙이 치고 들어간 적이 있다고 했다.

적진 안쪽으로 들어가면 갈수록 하얀 머리카락에 붉은 눈을 가진 불길한 분위기의 병사들이 늘어났다.

그런 가운데, 루카스는 대본진 뒤쪽에 우뚝 솟은 암벽 위에 앉아 분투하는 왕국군을 무표정하게 바라보는 아이를 발견했던 것이다.

"게다가 그 아이, 전장에 있는데도 방어구를 걸치지도 않고 정말로 그 주변에서 놀 때 입을 법한 가벼운 차림을 하고 있었다. 생기가 없다고 해야 할까, 어쩐지 기분이 나빴지."

거리가 멀었던 것과 역광이었던 탓에 그 아이의 얼굴은 잘 알 수 없었지만, 그 아이의 머리카락은 정체불명의 병사들과 똑같이 백발이었다는 것 같았다.

"그건…… 분명히 이상하네요."

"부하 한 명이 그 아이에게 화살을 쏘았는데, 그 아이에게 닿기 직전에 불타서 먼지가 돼 버렸다. 그 뒤 갑자기 백발 적안의 병사들의 공격이 거세져서, 뭔가 여러모로 부자연스러워서 잘 기억하고 있다."

"……그 뒤에는, 어떻게 됐나요?"

"왕국군이 적의 대본진까지 깊숙이 치고 들어갈 수 있던 건 그게 처음이자 마지막이었으니까 말이다. 나도 그때의 부상으로 팔을 쓸 수 없게 됐고, 예의 아이도 그 뒤로는 보지 못했다."

루카스는 왼손에 끼고 있던 장갑을 벗었다. 그 밑에는 피부가 아니라 회색의 기계로 구성된 의수가 있었다.

아무래도 루카스 부대의 공격이 있은 뒤부터 라피스 쪽은 그때까지의 열세가 거짓말이었던 것처럼 백발적안의 병사들을 투입하기 시작했고, 전황은 단숨에 역전되었다고 한다.

"그랬군요……."

새로운 정보를 알게 된 것은 좋았으나, 뭔가 오히려 복잡해진 것 같은 느낌도 들었다.

어쨌든, 그 불길한 느낌의 아이와 정체불명의 병사들과는 뭔가 큰 관계가 있다는 것은 틀림없는 것 같았다. 밑져야 본전이라는 생각으로 다음번에는 그것에 대해 조사해볼까 하는 생각이 들었다.

"그런데 그 의수, 혹시 마법으로 움직이고 계신 건가요?"

레티시엘은 루카스의 의수를 물끄러미 바라보았다.

천 년 전에도 전쟁 시에 육체가 손상되는 사람이 많아서 의지(義肢)의 기술연구는 급선무였다. 다만 의수의 형태로는 목제로 된 손가락도 움직일 수 없는 타입이 일반적이었다. 이런 기계장치인 것은 없었다.

나오가 고향의 의지 기술을 재현해보고자 해서 루카스의 의수와 같은 금속제도 제작했던 적은 있었지만, 완전히 자유롭게 움직일 수 있는 것을 실용화하는 것에는 이르지 못했다.

이 의수는 그것과 비슷한 것일까. 구조는 어떻게 돼 있는 것일까.

“응? 아니, 이건 지금의 마법기술로는 만들 수 없는 물건이다. 나도 남에게 받은 것이라 만드는 법을 모른다.”

“받은 물건……인가요?”

“그래. 전후에 영지에서 요양을 하고 있을 때, 잠자리를 빌려줬던 사람이 감사 선물로 달아주고 갔다.”

결국 그 사람이 어떤 자였는지는 알지 못하고 끝나서 의수의 구조도 해명되지 않았지만. 루카스는 그렇게 덧붙이고는 의수를 꽉 쥐었다.

“그러셨군요……그 의수, 분해해 보는 건, 안 되겠죠?”

“……될 리가 없잖냐. 너는 내 팔을 가져갈 생각이냐? 대체할 것도 없다고.”

또 무슨 당치도 않은 소리를 하는 건지……. 루카스는 간만에 머리가 아파 와서 미간을 문질렀다.

“아뇨, 여쭤본 것뿐입니다. 분해 같은 건 하지 않아요.”

“네가 그렇게 말해도 뭔가 신용이 안 된다…….”

그녀가 그런 말을 할 때에는 반드시 뭔가 안 좋은 일을 생각하는 경우가 많다는 사실은 이미 루카스를 포함해 교사 일동이 그 몸으로 직접 경험한 바였다.

물론 레티시엘도 진심으로 분해하자고는 생각하지 않았다.

‘하지만 구조에는 흥미가 동하는걸…… 나중에 또 기회가 있다면 보여 달라고 하자.’

분해는 하지 않겠지만, 연구를 하지 않겠다고는 말하지 않았다. 루카스의 불길한 예감은 멋지게 적중했다.

한차례 질문을 마치고, 거기서 레티시엘은 루카스의 용건을 물어보는 것을 잊어버렸다는 사실을 기억해냈다.

“……그러고 보니, 학원장님. 갑자기 질문 공세를 해 버렸습니다만, 무슨 볼일이 있어서 오신 건 아닌가요?”

“응? 아아, 맞다! 방금 전까지 박물관에 가 있었는데, 그때 네 앞으로 전언을 부탁받아서 말이다. 돌아가는 길에 들렀다.”

그 말에 레티시엘은 고개를 갸우뚱했다.

뭔가 전언을 들을 만한 일을 박물관에 부탁했던가.

“이전에 맡아두었던 것에 대해 여러 가지로 알게 되었으니, 가능하면 만나서 이야기하고 싶다. 길름이라고 하는 학예사로부터의 전언이다.”

“……아.”

그러고 보면 연구동을 막 손에 넣었을 무렵, 레티시엘의 연구실 앞에 떨어져있던 수수께끼의 방울을 길름에게 보인 적이 있었다. 그 뒤 길름은 조사를 위해 방울을 받아갔는데, 루카스에게 전언을 부탁했다면, 조사가 끝났다는 것이리라.

"그런가요. 고맙습니다, 학원장님."

"아니, 인사는 필요 없다."

용건은 그것뿐이었던 듯, 루카스는 힘내라—라는 응원의 말을 남기고 연구동을 떠났다.

"츠바루 님, 제가 없는 사이에 잠시 연구동을 맡겨도 될까요? 박물관에 다녀오겠습니다."

"예! 괜찮습니다. 맡겨 주세요!"

츠바루가 힘차게 고개를 끄덕였다. 그런 그에게 일단 자료 정리를 맡기고, 레티시엘은 박물관으로 향했다.

연구동에서 박물관까지는 다소 거리가 있었기 때문에 이동수단은 물론 전이였다.

박물관 입구 앞으로 전이해 온 레티시엘은 재빨리 관내로 들어갔다. 마침 길름이 바인더를 옆구리에 끼고 홀을 가로지르던 참이었다.

"아. 도로셀 님, 안녕하세요."

"안녕하세요. 학원장님에게서 전언을 듣고 왔습니다만, 그 방울에 대해서인가요?"

"예. 지금은 실물을 가지고 있지 않으니, 우선 제 연구실에서 말씀을 나누지 않으시겠습니까?"

"예. 상관없어요."

이 박물관은 반지하 구조로, 반지하 1층, 지상 3층으로 구성 돼 있었다. 반지하 1층은 주로 창고, 1층과 2층이 전시장, 그리고 3층이 직원들 방이었다.

평소라면 3층에 출입하는 일은 없겠지. 그렇게 생각하며 레티시엘은 길름을 따라 3층의 복도를 걸었다. 널찍한 복도 양편에는 같은 간격으로 많은 문이 늘어서 있었고, 때때로 사람들이 드나들었다.

“여깁니다.”

길름이 가장 안쪽에 있는 관장실에 가까운 위치에 있는 문을 열었다.

안에 들어가자, 방에는 소파와 테이블, 연구 책상과 의자, 그리고 책장과 찬장이 놓여 있을 뿐, 여분의 자질구레한 물건은 일체 없이 매우 간결했다.

“방울을 가져오겠으니 앉으십시오. 뭔가 드시겠습니까?”

“아뇨. 신경 쓰지 마세요.”

레티시엘이 소파에 앉고 그렇게 시간이 오래 걸리지 않아서 길름은 방울을 가지고 와 소파 앞의 테이블에 내려놓았다.

방울 자체는 진귀한 것이 아니었으나 꽤 오래 전에 만들어진 것인 듯, 역사적 가치는 높다고 했다.

“이 방울의 표면을 봐 주십시오.”

길름에게 방울을 받아들고, 레티시엘은 그가 말한 대로 그 표면을 물끄러미 바라보았다.

주웠을 당시에는 신경 쓰지 않았는데, 엄지손톱만한 크기의 방울 표면에는 뭔가 문양이 새겨져 있었다. 표면에 있는 탓인지, 일부가 닳아서 지워져 가까스로 반원의 가장자리 같은 것만이 보였다. 그 밑은 뭔가의 기호나 문장이었던 것일까.

“사실을 말하자면, 그 문양에 대해서는 손상이 너무 심해서 저도 자세히는 알 수가 없었습니다. 다만 도로셀 님이 가장 봐 주셨으면 하는 것은 방울 안입니다.”

“방울 안이요?”

“예. 안을 좀 들여다 봐 주십시오.”

방울에는 반드시 구체의 측면에 빈틈이 있었다. 그 틈새로 레티시엘은 안을 들여다보았다.

길름이 불빛과 확대경을 빌려주었기 때문에, 흐릿하게 방울의 내벽이 보였다.

“……? 뭔가 보이네요.”

레티시엘은 금속의 벽 안쪽 면에 뭔가 새겨져 있는 것을 발견했다.

방울의 크기가 작았기 때문에 무척 보기 힘들었지만, 방패 위에 날개를 펼친 쌍두의 새가 새겨진 문장이 보였다. 왠지 묘하게 낯이 익은 것 같기도 하고…….

“방패와, 쌍두의 새…….”

“예. 조사해 본 바, 아무래도 그것은 초대 피리아레기스 공작가의 문장인 것 같습니다. 자료로 추측하건대, 아마도 왼쪽의 커다란 머리는 독수리, 오른쪽의 작은 머리는 까마

귀나 그런 것이 아닐까 싶습니다."

"……예? 피리아레기스 가의 문장이요?"

길름이 준비한 자료를 곁눈으로 바라보면서 레티시엘은 정보를 정리했다.

그의 설명에 따르면 「도로셀」의 본가인 피리아레기스 가는 건국왕과 함께 싸운 공적으로 공작이 되었고, 그때 초대 당주가 하사받은 문장이 이것이라는 것 같았다.

'어쩐지 본 적이 있는 것 같더라니…….'

지금의 피리아레기스 가의 문장은 방패 엠블럼에 장검과 깃발이 하나씩 교차하고 있고, 엠블럼 안에는 날개를 펼친 독수리가 그려져 있었다. 장검과 깃발을 제외하면 분명히 이 문장과 비슷했다.

왜 피리아레기스 가 초대의 문장이 새겨진 방울이 레티시엘의 연구실 앞에 떨어져 있던 것일까.

"이 방울, 앞으로 어떻게 하실 건가요?"

"글쎄요…… 방울에 피리아레기스 가의 오래된 문장이 새겨져 있고, 떨어져 있던 장소도 감안해 보면, 역시 도로셀 님의 물건이 아닐까요?"

이 방울은 레티시엘의 연구실 앞에 떨어져 있었다. 그렇게 생각하는 것이 자연스러울 것이다. 다만 레티시엘은 조금 납득이 되질 않았다.

"……이런 방울, 차고 있었던가?"

"공작가의 물건을 저희가 함부로 맡을 수는 없으니, 도로셀 님이 갖고 계셔 주십시오. 연구 등으로 필요한 때에는 또 빌리러 가겠으니."

길름의 말을 듣고 레티시엘은 손바닥 위에서 달랑 구르는 방울을 바라보았다.

뭐, 이 구슬을 받는다고 해서 난처할 일은 없으니까…….

"알았습니다. 그럼 이 방울은 제가 가지고 가도록 하겠습니다."

자신의 물건인지는 알 수 없었지만 공작가와 관련된 물건인 것은 틀림없는 것이리라. 길름에게 이야기를 듣고 한층 더 의문점이 생겨났다.

나중에 다시 한 번 찬찬히 조사해보자. 그렇게 생각해 레티시엘은 길름의 말에 고개를 끄덕이고는 방울을 주머니에 집어넣었다.

막간 소녀의 유혹, 소년의 의지

지크의 본가는 플라티나 왕국 서쪽에 있는 구릉 지대에 위치한 빌스 마을이라는 작은 마을이었다. 직물이나 낙농, 방목을 생업으로 삼고 있는 곳으로, 작으면서도 마을은 번창하고 있었다.

특히 직물업이 성했던 빌스 마을에는 과거, 마을을 대표하는 특산품이 있었다.

그것이 메이블 꽃무늬였다.

어느 장인이 설계해 한 땀 한 땀 정성스럽게 수를 놓은 메이블 꽃무늬는 고급 브랜드로 분류되는 상품으로 상류 계급에서 인기가 높았다.

그러나 어느 날 장인이 팔을 다쳐 양산할 수 없게 되었다. 많은 사람들이 이 사실을 애석하게 여겼지만 이윽고 귀족계에서 잊혀졌다.

그래도 마을에서 만드는 직물은 질이 좋다는 평판이 여전했고 상품 가치도 높아서 많은 상인들이 빌스 마을과 거래하였고, 매출은 더할 나위 없이 좋았다.

그런데 언제부터일까……. 아마 여름 방학 종반 무렵일 것이다. 갑자기 주문이 격감했다.

처음에는 거래처의 재무 상태가 나빠졌다고 생각해 어쩔 수 없다고 여겼다. 그렇지만 시간이 지나도 회복의 낌새가 전혀 보이지 않는다는 것을 알았을 때 예삿일이 아니라는 것을 깨달았다.

"예…… 거래를 중지했으면 하신다고요……?"

품질은 떨어지지 않았을 텐데 왜 갑자기 그런 일이 일어났는지 짐작도 되지 않았으나, 지금 지크가 할 수 있는 일은 거래해 줄 상대를 찾는 일뿐이었다.

이날, 왕도 최대의 상회인 슈레메일 상회를 찾은 지크는 상회의 회장이 고한 말에 경악했다.

"미안하다…… 우리 상회는 지금 이 이상 거래를 늘릴 수 없게 됐어."

"하지만, 요전날 상품 주문을 늘려주시겠다고……."

슈레메일 상회와는 사흘 전 정도 전에 추가로 거액의 거래 계약이 성립됐을 터였다.

지크가 거래처를 찾아 여기저기 뛰어다닌 뒤로 처음으로 성립한 상담(商談)이었다. 오늘은 그 협의를 하러 왔었다.

"정말로 미안하다. 너희의…… 빌스 마을의 직물은 상품가치가 높아서 우리도 가급적 너희와 거래를 늘리고 싶어."

그 말이 거짓말이 아니라는 것 정도, 회장의 분해 보이는 표정을 보면 싫어도 알 수 있었다.

"하지만 어제 저녁, 우리 상품을 실은 캐러밴이 왕도로 향하던 도중에 습격을 당했다. 캐러밴의 차량은 대파, 짐은 모두 잃어버렸지…….”

“예……?!”

“너라면 이해할 거라 생각한다만, 이 일로 인한 우리 상회의 피해는 막대하다. 지금은 이 이상, 새로운 거래를 늘릴 만한 금전적 여유가 없어. 미안하구나.”

“그러, 셨나요…….”

지크도 본가에서는 상회 일을 자주 도왔기 때문에, 회장의 말의 무게는 이해할 수 있었다.

캐러밴 하나를 통째로 잃는 것은 동시에 복수의 상담이 물거품이 돼 버리는 것을 의미했다. 게다가 슈레메일은 왕도 최대의 상회답게 캐러밴의 규모도 컸다. 지금은 금전적 손실에 대응하는 것만으로도 상회의 재무는 빠듯하리라.

“……최근, 도적의 습격이 잦네요.”

“그래. 우리 상회의 건도 포함하면 벌써 네 건째다. ……참나. 어떻게 돼 가고 있는 건지.”

부아가 치민다는 듯이 회장은 주먹을 쥐었다. 확실히 최근에는 상회의 캐러밴이나 행상인이 습격당했다는 이야기를 자주 들었다.

지난 달…… 하계 휴가 때부터 늘어나기 시작했지만, 자세한 사정은 잘 알지 못했다.

“한 번 약속을 했는데, 이런 식으로 저버려서 미안하다.

이쪽의 혼란이 진정되면, 다음에야말로 빌스 마을의 천을 사마."

"아뇨. 저희야말로 감사합니다. 또 기회가 있다면 잘 부탁드립니다."

회장에게 정중하게 머리를 숙이고 지크는 슈레메일 상회를 뒤로 했다.

회장에게 잘못은 없었지만 입에서는 억누르지 못한 한숨이 새어나왔다. 자연히 발걸음도 무겁게 느껴졌다.

'모처럼 한 건 계약이 성립됐다고 생각했는데 말이지…….'

이걸로 신규 거래는 또다시 0건. 시작 지점으로 되돌아오고 말았다.

이미 왕도의 상인이나 상회에는 거의 대부분 타진을 해보았기 때문에, 앞으로 어떻게 해야 할지 생각이 나지 않았다.

일단 학원장인 루카스와 미술 담당인 바우리오에게 사정을 설명해서, 두 사람도 어떻게든 사태를 타개할 수 없을까 바쁘게 뛰어다녀주고 있었다. 그렇지만 오늘까지 그다지 밝은 정보는 손에 들어오지 않은 것 같았다.

'차라리 도로셀 님이나 다른 분들께 상담을 해보면…….'

거기까지 생각했다가 지크는 곧바로 그 생각을 머릿속에서 깨끗하게 털어냈다. 이것은 자신의 마을 문제였다. 친구들을 휘말리게 할 수는 없었다.

게다가 여름 방학 마지막에 도착한 어머니로부터의 편지

에 메이블 꽃무늬의 창시자가 이쪽으로 온다고 적혀 있었다. 설계자가 함께 프레젠테이션을 해준다면, 어쩌면 거래에 응해줄 사람도 나타날지 몰랐다.

그렇게 자신을 고무하며, 지크는 루크레치아 학원으로 돌아왔다.

이날은 휴일이었기 때문에 학원 안에 학생들의 모습은 없었다.

서민이나 하위 귀족 계급의 학생들이 지내는 백은관 앞까지 온 지크는 기숙사 출입구 옆의 벤치에 앉아있는 인물을 보고 저도 모르게 발걸음을 멈추었다

"……어머, 돌아왔군요."

벤치에 앉아 멍하니 하늘을 올려다보고 있던 핑크 블론드의 소녀…… 크리스타도 지크를 알아차리고, 벤치에서 벌떡 일어나 이쪽으로 걸어왔다.

"안녕하세요. 지크 비올리스."

"……안녕하세요."

휴일에, 그것도 기숙사생이 아닌 크리스타가, 왜 낮은 신분의 학생들이 사는 기숙사 앞에서 일부러 지크를 기다리고 있던 것일까.

"잠깐 이야기 좀 할 수 있을까요?"

그렇게 묻고는 있었지만, 최상위 귀족인 공작의 딸인 크리스타의 말을 평민인 지크가 거절할 수 있을 리 없었다.

"……무슨 용건이신가요?"

"그러네요…… 우선 자리를 옮기죠."

지크의 질문에는 대답하지 않고, 크리스타는 그렇게 말하고 걷기 시작했다.

그 의도를 파악하지 못한 채, 지크는 그녀의 뒤를 따라갔다.

크리스타가 향한 곳은 학원 대지 안에 있는 숲속이었다.

이곳은 학생 기숙사에서 가장 가까운 숲이었다. 남쪽으로 내려가면 마법훈련장과 검술연습장으로 갈 수 있는 지름길도 있었다.

"자, 이 근처로 하죠."

숲에 들어서 걷기를 잠시, 크리스타는 겨우 멈춰 서서 지크를 돌아보았다.

무슨 말을 꺼내려는 것인가. 지크는 굳은 표정으로 그녀의 말을 기다렸다.

"대단한 용건은 아니에요. 지크 비올리스, 나와 손을 잡지 않겠어요?"

"……예?"

크리스타가 무슨 말을 하는지 지크는 한 순간 이해할 수가 없었다.

"당신의 본가, 지금 꽤 힘들다고 들었어요. 그 부분에 도움을 줄게요."

"……."

왜 크리스타의 입에서 지크의 본가의 이야기가 나오는 것일까.

지크는 되도록 마음을 진정시키며 크리스타의 표정과 언동을 관찰했다.

설마, 본가의 일은 그녀가 뒤에서 조종하고 있기라도 한 것일까.

"……목적이 뭡니까?"

"어머. 이해가 빨라서 다행이네요."

그 추측이 사실인지 어떤지는 알 수 없었지만, 일단 지크는 크리스타의 말을 들어보기로 했다.

"도로셀 언니에 대한 정보. 내가 원하는 건 그것뿐이에요."

선뜻, 별 일도 아니라는 것처럼 말하는 크리스타에게 지크는 저도 모르게 눈을 크게 떴다.

"그쪽이 아는 언니에 대한 일을 모두 알려준다면, 당신 본가의 사업은 내가 돌봐주겠어요."

그렇게 속삭이면서 크리스타는 한 걸음, 그리고 또 한 걸음, 지크에게 다가섰다.

"당신, 언니와 친하죠? 하지만 언니는 궁지에 처한 당신을 도와주지 않고 있어요. 그런 건, 우정도 뭣도 아니에요."

지크의 눈앞까지 다가와, 밑에서 그 얼굴을 올려다보면서 크리스타는 청초한 미소를 지었다.

"그러니까 이건 어쩔 수 없는 배신이에요. 당신이 마음에

둘 필요는 전혀 없어요. 어떤가요? 나쁜 이야기는 아니라고 생각하는데요?"

크리스타의 어조에서는 절대적인 자신과 편견이 엿보였다.

평민인 지크가 자신과의 거래를 함부로 저버릴 수 없을 것이라는 자신.

도로셀이 낮은 신분에 속하는 자와 관계를 맺는 건, 분명히 꿍꿍이가 있을 것이라는 편견.

분명히 감정을 배제하고 듣는다면 좋은 제안일지도 몰랐다.

그러나, 그것은 지크가 바라는 미래가 아니었다. 자신의…… 의지가 아니었다.

"……거절하겠습니다."

"뭐라고요?!"

"거절하겠다고, 말씀드렸습니다."

크리스타의 눈을 똑바로 바라보면서 지크는 단호하게 그렇게 말했다.

"저를 너무 얕잡아 보지 말아 주셨으면 합니다. 그리고 그 분은 그런 분이 아닙니다."

지크만이 아니었다. 히르메스나 미란다레트, 베로니카나 츠바루, 그들을 대할 때의 도로셀의 표정이나 감정에는 거짓이 없었다.

그녀는, 뭔가의 타산으로 자신들에게 손을 뻗은 것이 아니었다.

애초에 지크는 아무에게도 집안일을 이야기하지 않았다. 그러니 도로셀이 아무것도 하지 않는 것은 당연한 일이었다.

지금까지 친구처럼 자신을 대해 준 도로셀을 배신할 수는 없었다.

"저는 제 눈으로 봐 온 도로셀 양을 믿습니다. 그러니 당신의 제안은 받아들일 수 없습니다. 그 말씀, 거둬주시기 바랍니다."

"……."

"그럼, 저는 이만 실례하겠습니다."

지크는 크리스타에게 가볍게 인사를 하고는 바로 그 자리를 떴다.

"평민, 주제에……."

때문에 크리스타가 분하다는 듯 중얼거린 것은 그가 알 바가 아니었다.

4장　파란으로 가득 찬 야외활동

귀족 학원이라고는 해도, 루크레치아 학원도 학생들이 모여 여는 연간 행사가 하나둘쯤은 있었다.

평소에는 수업이 진행되는 시간대. 레티시엘과 다른 학생들은 학원이 아니라 왕도에서 조금 떨어진 언덕 위에 있었다. 언덕은 아름다운 나무로 가득했고 나뭇잎 사이로 비쳐드는 햇살이 대지에 쏟아지고 있었다.

오늘부터는 루크레치아 학원 초등생 행사 중 하나인 야외활동이 진행되기로 되어 있었다. 언덕 중턱에 있는 학원 소유의 별장에 초등생 전원이 2박 3일간 머물며 친목을 도모하는 행사였다.

그렇다고는 해도 이 행사의 참가자는 귀족들뿐이었기 때문에 집단으로 큰 방에 모여서 자거나 하지도 않았고, 스스로 음식을 만들지도 않았다.

말하자면, 학교가 주최하는 바캉스였다.

"어머, 안녕하세요, 여러분."

"안녕하세요. 어머나, 그쪽이 그쪽 집안의 요리사인가요?

루크레치아 학원의 학생들은 별장의 아름다운 앞뜰에 모여 각자 담소를 나누었다.

이 행사는 교복 착용이 필수가 아니었기 때문에 대부분의 학생들은 사복차림이었다.

그들은 전원, 혼자가 아니라 등 뒤에 몇 명의 고용인으로 추정되는 사람들을 데리고 있었다.

"예. 맞아요. 우리 요리사는 어떤 지방의 요리라도 다 만들 수 있어요."

"어머…… 하지만 우리 집의 요리사는 이리스의 궁정에 유학을 다녀온 적이 있답니다."

"우리 요리장은 요전의 국내요리대회에서 우승을 했어요."

"내 이 윗옷, 멋지지 않나요? 궁정재봉사가 만들었답니다."

"호오. 하지만 내 이 옷은 한 벌 전체가 국내에서 가장 고가인 벨벳 실크로 돼 있는데요."

학생들은 평범한 잡담 속에 찔끔찔끔 자신의 소유물만이 아닌 주방장이나 고용인들도 자랑하는 대화를 집어넣으며, 상대의 모습이나 대답에 일희일비했다.

그 모습을 레티시엘은 조금 떨어진 장소에서 어처구니가 없어하며 바라보고 있었다.

이 시대의 귀족들은 입만 열면 바로 자랑대회를 시작하는 습성이 있는 것 같았다.

"옷이나 장식품 같은 걸 서로 자랑해서 뭐가 재미있죠? 복장도, 교복이라는 편리한 것이 있으니 그걸 입으면 되잖아요."

"……도로셀 님은 아마도, 특수한 케이스가 아닐까요."

미란다레트도 사복을 입고 왔었다. 레티시엘 혼자만 교복을 입고 있었다.

교복을 선택한 이유는 한 가지. 옷을 갈아입는데 고민하지 않아도 되기 때문이었다. 교복이라면 사흘 동안 차림이 바뀌지 않아도 이상할 것 없었고 입기도 간편했다. 최고로 편하지 않은가.

'니콜과의 공방은 쉽지 않았지만…….'

사복을 입지 않는 것을 니콜이 달가워했느냐면, 전혀 그렇지 않았다.

어제 저녁부터 오늘 출발 직전까지, 어떻게든 귀여운 사복으로 갈아입히고자 온갖 수단을 획책하는 니콜과 「싸움」을 벌여야 했다.

실외 활동도 있으니까 옷을 더럽히고 싶지 않아, 라는 이유를 들자 니콜은 마지못해 꺾여주었다.

"이런 행사는 좀 더 멋진 옷을 입고 많은 사람들에게 자랑하며 돌아다니는 것이 일반적입니다, 스승님!"

"……히르메스 님도 남 말은 할 수 없는 처지라고 생각하는데요?"

그렇게 말하는 히르메스도 「일반적」인 차림이 성가셨던 듯, 옷을 입고 벗는데 수고가 들지 않는 간결한 다운 웨어를 걸치고 있었다.

"어? 저 말입까? 저는 괜찮아요! 그게, 이쪽이 윤지이기

편하지 않습니까?"

"잠깐만, 리프. 소란 떨지 마. 봐, 소매가 뒤집어졌어."

"어라? 진짜네! 고마워, 루루."

호쾌하게 웃어넘기는 히르메스에게 미란다레트가 날카롭게 태클을 걸었다. 이 두 사람의 대화도 여전했다.

"아, 안녕하세요, 여러분."

거기에 베로니카가 합류했다. 그녀는 레티시엘과 달리, 풍성하게 부푼 긴 소매의 귀여운 원피스를 입고 있었다.

"안녕하세요. 베로니카 님. 그 드레스, 잘 어울리시네요."

"헤? 고, 고맙, 습니다……!"

레티시엘이 솔직한 감상을 늘어놓자, 베로니카는 기뻐하며 밝은 표정을 지었다.

하지만 곧 부끄러운 듯, 얼굴을 붉게 물들이며 고개를 숙이고 말았다.

최근의 베로니카는 자연스러운 표정을 내보일 수 있게 되었다는 느낌이 들었다. 조금씩 마음을 열어주고 있는 것 같아서, 레티시엘도 흐뭇했다.

"남은 건 지크 님뿐이네요."

별일이게도 지크의 모습이 보이지 않았다. 그는 늘 시간에 여유를 두고 오곤 했는데, 오늘 지크가 모습을 나타낸 것은 집합 시간이 거의 다 되어서였다.

"죄송합니다. 제가 가장 마지막이었던 모양이군요……!"

"지크 님이 늦으시다니, 별일이네요."

"예. 부끄럽게도 늦잠을 자고 말아서……."

평소 신사적인 태도를 무너뜨리지 않는 지크가 작은 목소리로 변명을 하듯이 우물우물 말했다. 이것 또한 보기 드문 장면이라, 레티시엘은 저도 모르게 쿡 웃고 말았다.

곧 집합 시간이 지나고 이윽고 귀족들의 임간학교가 시작되었다. 집합 시간이 정오에 가까웠기 때문에, 첫 프로그램은 점심밥을 만드는 일이었다.

"아— 점심 식사는 몇 명씩 그룹을 만들어 실시해 주십시오. 요리 재료는 각자 가지고 온……."

반들반들한 머리에 햇빛을 반사시키면서 발트라나가 학생들을 향해 자세히 설명을 했다.

조리장은 별장 뒤쪽의 정원에 있었다. 교원들이 책상이나 의자 등을 부지런히 준비하고 있었다.

학생들에게는 회장의 준비가 끝날 때까지 그룹을 정하고 사전 협의를 해 두라는 지시가 전달되었다.

"있죠, 당신. 괜찮다면 나와 함께 하지 않겠어요?"

"어머. 모처럼 제안해줘서 고맙지만, 나는 여기 이 사람과 같은 그룹에 들어가게 되어 있어서 말이죠."

"아, 있다 있어. 같이 그룹을 짜죠!"

발트라나의 설명이 끝나기 무섭게, 학생들은 곧바로 자신의 그룹 멤버를 모으기 시작했다.

"도로셀 님. 저희는 어떻게 할까요?"

"그러네요…… 우리 다섯 명이서 그룹을 짜도록 하죠."

본래는 이 그룹을 정하는 단계에서 많은 말썽이 일어나고 상당한 시간을 소비하는 경우가 많은 듯했지만, 레티시엘과 친구들의 경우에는 개시 10초 만에 멤버가 정해졌다.

"멤버가 정해졌다면, 다음에는 만들 요리와 사용할 재료를 정해야죠."

지크가 그렇게 말했다. 이 점심 식사 준비는 되도록 재료를 현지 조달해서 식사를 만들어 보길 권하고 있었으나, 실제로는 학생들이 데려온 요리사들이 대리로 요리를 하는 것에 그칠 뿐이었다.

요리 재료도 대부분의 학생들이 자신의 저택에서 가져온 것들을 사용했지만, 레티시엘의 그룹은 달랐다.

"현지 조달할 요리 재료를 찾으러 가 볼까요."

"그러네요. 전원이 가는 것도 뭣하니, 역할을 분담하죠."

요리사를 데려온 멤버는 없었고, 갖고 있는 요리 재료도 지급받은 채소와 달걀, 베이컨 정도였다.

"아! 그, 그렇다면…… 저는 재료조달조가 좋습, 니다."

평소에는 소극적인 베로니카였지만 오늘은 왠지 적극적이었다.

"저, 식물을 좋아해서, 산나물이라든가, 먹을 수 있는 식물이라든가, 그런 것은, 잘 알고 있어요!"

"어머. 그러셨군요. 그거 듬직하네요."

"좋았—어! 강에서의 낚시는 제 실력을 보여줄 차례로군요!"

그 뒤로도 잠시 더 서로 상의한 결과, 베로니카와 남자 두 사람…… 히르메스와 지크가 사냥 담당 겸 짐꾼으로서 같이 요리 재료를 찾으러 가기로 했다.

"그럼, 얼른 다녀오겠습다!"

"예. 잘 다녀오세요."

식재료 조달조는 한 사람에 하나씩 작은 바구니를 들고 곧바로 숲으로 출발했다.

정원에 남은 레티시엘과 미란다레트는 무엇을 만들지 상의하면서 모두가 돌아오기를 기다렸다.

30분 정도 지났을까. 그렇게 긴 시간이 지나지 않아, 베로니카와 두 사람은 바구니를 끌어안고 돌아왔다.

갈 때에는 텅 비었던 바구니가 지금은 여러 가지 재료가 담뿍 담겨 있었다.

그와 거의 동시에, 논의가 가열되고 있던 다른 그룹들도 겨우 의견이 정리된 듯 각자의 테이블로 안내되었다.

실외활동에는 매년 요리 재료의 안전 확인을 위해 전문가가 동행했다. 하지만 요리 재료를 현지 조달하려는 별난 귀족 학생은 없었기에, 그들은 늘 남는 시간을 주체하지 못했다.

그러나 이번에는 레티시엘의 그룹 덕분에 전문가들은 일을 할 수 있어서 다들 기뻐했다. 그렇게 채취해 온 요리 재료를 지크와 베로니카와 전문가들이 감정했다.
"꽤나 많이 모았네요."
"예. 이 숲은 생태계가 꽤 풍부한 지 요리 재료도 상당한 양……."
그렇게 말을 하려는 지크의 옆을 한 남학생이 조심성 없이 지나갔다. 그때 어깨를 부딪친 듯 지크가 비틀거렸다.
"꺅!"
그리고 들고 있던 바구니가 가까이에 있던 여학생의 드레스에 닿아, 물색의 바탕에 진흙이 묻고 말았다.
"말도 안 돼……! 무슨 짓을 한 건가요?!"
옅은 색의 드레스라 작은 진흙 얼룩은 무척 눈에 띄었다. 여학생도 곧바로 알아차리고는 화난 표정으로 지크에게 호통을 쳤다.
"이 빌스천의 드레스, 비쌌단 말이에요!!"
"……! 죄송합니다……."
여학생의 한 마디에 흠칫 놀란 지크의 눈이 허공을 헤맸다.
"아아…… 그러고 보니, 당신. 빌스 마을 출신이었던가요?"
그런 지크의 사소한 반응도 놓치지 않고, 여학생은 눈을 가늘게 뜨며 팔짱을 끼었다.
"최근 빌스천의 평판, 꽤나 떨어졌다고 들었어요. 뭐, 관계자가 이렇게 무례하다면 평판이 떨어지는 것도 당연하네요."
그 대화에서 알 수 있는 것은 지크의 고향이 빌스 마을이라는 장소라는 것, 그 마을에는 빌스천이라는 특산품이 있으나 최근에는 평판이 떨어졌다는 것 정도였다. 하지만 그 여학생의 에두른 비아냥에 레티시엘은 짜증이 났다.

"……무슨 말이 하고 싶으신 건가요?"

레티시엘의 그 말에 여학생은 레티시엘 쪽을 쳐다보았다. 그러나 레티시엘의 얼음장과도 같은 시선과 눈이 마주치자마자 획 시선을 돌렸다.

"뭐, 뭐어, 오늘은 특별히 용서해 주겠어요. 고맙게 생각해요."

역시 평판이 떨어진 천으로 만든 드레스 같은 건 못 입겠어요. 여학생은 빙글 발길을 돌리고는 마치 일부러 그러는 것처럼 그렇게 말하면서 자리를 떴다.

"……뭔가요, 저건! 무례한 데에도 정도가 있는 법이에요."

"무척, 느, 느낌이 좋지, 않았어요……."

그런 여학생의 노골적인 태도에 미란다레트와 베로니카도 눈썹을 찌푸렸다.

여학생의 뒷모습을 노려보는 미란다레트를 한 손으로 제지하며 달랜 것은 뜻밖에도 지크였다.

"미란다레트 양, 괜찮습니다."

"하지만, 지크 님. 저런 말을 들었는데……."

"전 신경 쓰지 않습니다. 그것보다 빨리 요리를 시작할까요."

미란다레트는 불만스러운 듯이 지르퉁하게 얼굴을 찡그렸

으나, 지크는 미소를 지으며 침착한 모습으로 그렇게 말했다.

그런 지크의 모습에 미란다레트도 당사자가 그렇게 말한다면야, 하고 납득하고는 그 이상의 말은 하지 않았다.

"……?"

하지만 레티시엘의 눈에는 지크의 미소가 어딘지 어색하게 비쳤다.

적어도, 방금 전의 말이 그의 본심이라고 생각되지는 않았다.

"있죠, 지크."

"예. 왜 그러시나요?"

산나물을 씻으면서 레티시엘은 옆에서 채소의 껍질을 벗기는 지크에게 말을 걸었다.

"무슨 일이, 있나요?"

"……."

레티시엘의 말에 지크는 한 순간 손을 멈추고 뭔가 말하고 싶은 것처럼 레티시엘 쪽을 쳐다보았다. 그러나 이윽고 생각에 잠기는 것처럼 눈을 내리깔면서 천천히 고개를 가로저었다.

"……아뇨. 아무 일도 없습니다. 걱정을 끼쳤군요."

"그런가요……? 만약 뭔가 곤란한 일이 있다면 말해줘요."

"……고맙습니다."

지크는 온화한 미소를 지으며 다시 작업으로 돌아갔다.

그러나 어딘가 납득이 안 된 레티시엘은 손을 움직이면서도 한동안 지크의 모습을 지켜보았다.

"지크 님! 일단 얼추 씻어왔어요."

"아아. 고맙습니다."

그러나 지크는 그 이상 아무것도 말하려 하지 않았고, 레티시엘도 집요하게 추궁하지 않기로 했다.

그 뒤로 레티시엘의 반은 역할 분담을 하면서 척척 식사를 준비해갔다. 숲에서 요리 재료를 모아왔기 때문에 할 수 있는 요리는 한정되었지만, 그 조리 과정은 파란만장했다.

"미라 님. 거기 있는 하얗고 작은 병을 집어 주시겠어요?"

"이것 말인가요? 이쪽의 붉은 소스도 같이 넣는 편이 더 맛있을 거예요. 어떤가요?"

"……일단, 하얀 병만 주세요."

새로운 맛을 개발하려고 하는 미란다레트의 제안을 레티시엘은 즉석에서 각하했다.

그녀는 평소, 본가가 가난한 탓에 집안일을 직접 하고 있었기 때문에 식칼을 다루는 것이나 재료 준비는 솜씨가 좋았다. 그렇지만 맛을 내는 것에는 괴멸적으로 센스가 없다는 것이 판명되었다.

"이건 좀 더 달게 하는 편이 좋을지도……."

"응……응? 잠깐, 미란 님. 뭔가요? 그 대량의 하얀 가루는"

"어, 설탕인데요."

"그건 알겠는데요…… 그거, 명백히 양이 너무 많으니까 원래대로 돌려놓으세요. 9/10 정도는요."

레테시엘도 요리를 무척 잘하는 것은 아니었으나, 미란다레트에게 맡겼다가는 어떤 미지의 맛의 요리가 완성될지 무서워서 그녀를 화덕에 가까이 오게 두지 않았다.

"아얏!!"

서투른 손놀림으로 과일을 썰던 히르메스가 갑자기 식칼을 던져버렸다.

그의 왼손 검지의 살이 쩍 벌어진 것이, 아무래도 식칼에 베인 모양이었다.

"뭐 하는 거야! 리프. 괜찮아?"

"괜찮아. 이 정도는 그냥 놔둬도 다 나아!"

"안 돼. 검을 쥘 수 없게 될지도 모른다고. 잠깐 가만히 있어."

미란다레트가 히르메스의 왼손을 꽉 붙잡고 뭔가의 마술을 발동했다.

그녀의 주위에서 작게 바람이 일어나고, 히르메스의 손에 갖다 댄 손가락 끝에 빛이 모였다. 아무래도 빛의 마술의 발동을 시도한 것 같았다.

그러나 빛의 마술은 마술술식 중에서도 톱클래스의 난이도를 자랑했다. 미란다레트가 발동한 마술은 오래 지속되지 못하고 금방 꺼져버렸다.

"오오……!"

"으—음……. 깔끔하게 안 되네……. 조금 엉성하지만 참아 줘."

"아니아니! 낫게 해 줘서 엄청 기뻐! 고마워, 루루! 굉장해!"

"……치, 칭찬해도 아무것도 안 나와."

거짓 없는 미소를 지으며 그렇게 딱 잘라 말하는 히르메스의 말에 미란다레트는 고개를 휙 고개를 돌려버렸다. 그렇지만 그건 아마도 쑥스러움을 감추려는 것이리라.

"……좋아. 이 정도이려나?"

이러니저러니 해서 레티시엘이 만들던 찐빵도 완성되었다.

이것으로 점심 식사로 만들 예정이었던 메뉴가 전부 완성되었다.

"맛있을 것 같아—!"

"요리 재료는 그렇게 많지 않았는데, 이렇게 다양하게 만들 수 있었네요!"

식탁보가 깔린 테이블에 늘어놓아진 요리들에 히르메스는 벌써부터 침이라도 흘릴 것 같은 기세였다.

"선생님. 다 만들었으니 먹어도 될까요."

"응? 에? 아, 아아. 물론입니다."

다른 그룹의 요리사들은 누구 하나 조리를 끝마치지 않았기에, 요리가 잔뜩 늘어놓아진 레티시엘반의 테이블에는 발트라나도 놀라움을 감추지 못했다.

교사의 허가도 얻었겠다, 레티시엘과 친구들은 바로 식사를 시작했다.

요리의 고소한 냄새 때문일까. 왠지 주변에서 엄청나게 시선이 느껴졌으나, 레티시엘은 신경 쓰지 않기로 했다.

레티시엘은 찐빵을 찢어서 그것을 오물오물 씹었다.

'……이렇게 모두와 함께 식사하는 것도 즐겁네.'

전생에서 레티시엘은 마을에 내려가 백성들과 함께 농사를 짓거나 모닥불 앞에 둘러앉아 식사를 하거나 한 적이 있었다.

자신이 만든 요리를 친구들과 단란하게 먹는 일은 또 다른 맛이 있는 것 같았다.

***

점심 식사를 마치자, 그 뒤는 각자 자유 시간이었다.

대부분의 학생들은 귀족답게, 별장의 정원에서 우아하게 티타임을 갖거나 정원 구석에서 마법 연습을 했다.

"아! 버섯 발견!"

그런 가운데, 베로니카와 히르메스와 지크 세 사람은 별장을 둘러싼 숲을 헤치고 들어가 있었다.

"이 산나물도, 분명히, 먹을 수 있을 거예요."

"그럼 전부 갖고 갈까요. 어느 것이 쓸 수 있는 것인지 알 수 없으니까요."

"예, 예!"

베로니카는 그렇게 제안하는 지크의 말에 고개를 끄덕이고, 채집한 산나물을 바로 지크가 가진 바구니에 넣었다.

점심 식사 때와 마찬가지로, 일단 저녁도 본인들이 만들기로 돼 있었기 때문에 이틈에 요리 재료를 모으러 온 것이었다.

"이야. 뭔가 여러 가지로 찾을 수 있네요. 이게 요리가 될지도 모른다고 생각하니 즐겁습니다!"

소매와 옷단을 걷어 올리고 흙투성이가 된 히르메스는 천진난만한 미소를 띠었다.

베로니카도 히르메스도 요리는 전혀 하질 못했기 때문에 자진해서 요리 재료 모으는 역할을 떠맡았다.

"그건 그렇다 쳐도 스승님은 정말 굉장하네요. 문무를 겸비했는데 생활력도 높다니, 뭐랄까 여러모로 반칙이라고 생각하지 않으십니까?"

"그, 그래요. 도로셀 님의 요리, 무척 맛있, 었어요. 그런 특기도, 갖고 계셨네요."

"분명히 그렇긴 하군요. 도로셀 양이 우수한 분이라고는 알고 있었지만, 공작가의 영애이건만 스스로 요리를 하실 줄 아는 건 예상 외였습니다."

"그렇죠!! 게다가 그 화려한 식칼놀림…… 역시 내가 스승으로 기대했던 분임돠! 아, 과일 발견!"

그런 별 것 아닌 잡담을 주고받으며 세 사람은 발견한 요리 재료를 닥치는 대로 바구니에 담았다.

정신을 차리고 보니, 지크가 들고 있는 바구니에는 식재료들이 수북이 담겨 있었다.

"꽤, 깊은 곳까지 들어왔네요……."

요리 재료 채집으로 얼마나 시간을 보냈을까. 주위를 둘러보고 지크가 중얼거렸다.

요리 재료를 찾는데 열중했더니, 어느샌가 숲 안쪽까지 들어와 버린 모양이었다.

별장 부근보다 명백히 나무들의 밀집도가 높고 키가 큰 풀이 우거져서 시야는 좋지 않았다. 자칫하면 자신들이 온 방향조차 잃어버릴 것 같았다.

정오 무렵에는 때때로 보였던 순회경비대원들의 모습도 보이지 않았다. 혹시 학원이 소유하는 대지 밖으로 나와 버린 것일까.

"그, 그러네요. 슬슬, 돌아가는 편이 좋은…… 히르메스, 님?"

돌아가자고 말을 걸려던 베로니카는 히르메스가 어느 한 점을 바라본 채 움직이지 않는다는 사실을 알아차렸다.

"저, 저기…… 히르메스 님? 왜 그러시나요?"

"아니, 저기…… 뭔가 보이지 않나요?"

그렇게 말하고 히르메스는 자신이 보고 있던 방향을 가리켰다.

베로니카와 지크가 그 방향을 쳐다보자, 초목 사이에 숨

듯이 뭔가 검은 것이 보였다.

"천연동굴……일까요?"

"사, 사람이, 있어요."

지크의 말대로, 그 시커먼 것은 동굴의 입구였다.

그리고 그 입구에는 덩치가 좋은 남자가 주저앉아서 드르렁 드르렁 코를 골며 자고 있었다.

세 사람은 우거진 풀숲의 그늘에 숨어서 상황을 지켜보았다. 그러고 있으려니, 잠시 뒤, 자고 있던 남성과 비슷하게 레더 아머를 걸친 남자가 나와서 자고 있던 남자의 머리를 있는 힘껏 후려갈겼다.

"아얏! 무, 무슨 짓이야!!"

"무슨 짓이야, 가 아니야. 또 낮잠이나 처자고. 경비대 같은 녀석들이 이 주변을 어슬렁거리고 있다고. 연행되고 싶냐?"

자고 있던 남자가 통증에 몸부림치는 반면, 때린 남자 쪽은 그 태평한 태도에 기분이 상한 것 같았다.

"이 숲을 빠져나갈 때까지 긴장하라고 했잖아! 이곳에서는 우선 밤을 넘길 뿐이라는 것을 잊지 마라."

"예이예이. 알고 있습니다, 알고 있어요. 내일 해가 뜨기 전에 출발한다, 그렇죠? 기억하고 있습다."

방금 전까지 자고 있던 남자는 하품을 참으며 대충대충 대답했다.

"됐으니까 따라와라. 보스가 부른다."

두 남자는 동굴 안쪽으로 사라졌다. 아무도 없어진 동굴 입구를 바라보며 히르메스는 의아하다는 듯이 눈썹을 찌푸렸다.

"뭐지? 저 녀석들."

"글쎄요…… 별장 주변의 숲은 학원의 소유지 안이라 경비대도 순찰을 돌고 있고…… 이 근처는 도적이 없어서 안전하다고 사전에 들었습니다만……."

그러나 지금의 남자들은 명백히 무장 집단 같은 차림을 하고 있었다. 아무래도 학원의 소유지에서 벗어난 것 같았다.

전투를 상정한 레더 아머, 움직임의 편의성을 중시한 천으로 된 신발, 그리고 허리에 찬 장검, 게다가 남자들은 방금 보스라고 말했다. 즉, 그들에게 리더가 있다는 뜻이었다.

"어, 어어어떻게 할까요……?"

"우선 안의 상황을 보고 나서 바로 선생님에게 보고하러 돌아가죠!"

허둥대는 베로키나에게 히르메스가 그렇게 제안했다.

지크와 일행은 되도록 풀에 숨을 수 있는 위치를 고르면서 신중하게 동굴의 입구로 향했다.

"……."

처음 입구에 도착한 히르메스는 바위 뒤에 손을 대고 살그머니 안쪽을 들여다보았다.

"이럴……!"

그리고 안을 들여다보았나 싶었더니 경악한 소리를 지르며 몸을 뒤로 젖혔다.

"히, 히르메스 님?"

뭐에 그렇게 놀란 것일까.

"아, 안에 사람이 잔뜩……! 빨리 돌아가서 보고를……."

안의 광경을 목격하고 히르메스는 창백한 얼굴로 곧바로 온 길을 되돌아가려고 했다.

"어라? 외지의 쥐새끼가 숨어들려고 하고 있군 그래."

갑자기 등 뒤에서 낯선 남자의 목소리가 들리며, 베로니카의 등 뒤에 뭔가 차가운 것이 흘렀다.

베로니카는 굳어버려서 반응하지 못했다. 그런 그녀를 히르메스가 전력으로 옆으로 밀쳐냈다. 방금 전까지 그녀가 있던 장소에 검이 기세 좋게 내리 찍혔다.

"뭐야, 꼬맹이잖아……. 여긴 어떻게 안 거냐?"

세 사람을 습격한 남자는 양손에 검을 쥐면서 웃는 얼굴로 그렇게 물었다.

"뭐? 알다니, 뭘……."

"뭐, 됐어. 봤다면 그냥은 돌려보낼 수 없지."

야외활동 중이었기 때문에 현재 히르메스를 포함한 세 사람은 누구도 무기를 갖고 있지 않았다.

히르메스의 말이 끝나기도 전에 남자는 또다시 검을 쳐들고 덮쳐왔다.

첫 일격보다도 훨씬 빠르고 무거워서 피하기도 어려웠다.

"꺄아아아아!"

그것이 싸움과 전혀 인연이 없는 인간이라면 더욱 그랬다.

남자의 일격을 완전히 피하지 못한 베로니카의 다리를 남자의 한쪽 검이 덮쳤다.

베인 부위에서 피가 흘러나오고, 베로니카는 격통에 비명을 질렀다.

그녀는 곧바로 지크가 구해냈지만, 그 일격으로 세 사람은 둘로 갈라지고 말았다.

"괜찮으신가요?!"

베로니카의 상처를 알아차리고 지크가 곧바로 치유마술을 걸었다. 상처는 대강 사라졌지만, 통증은 가시지 않았다. 빛 속성의 마력이 제로인 그라도 치유마술을 온전히 다루는 것은 어려웠다.

"어라라? 아가씨, 다쳤어? 그렇다면 내가 편하게 해줄……게!"

"……윽."

남자가 그 자리에서 바로 추격하려고 육박해왔다.

그 모습을 보고 지크는 곧바로 두 사람 앞에 결계를 전개했다.

무속성의 반사마술이었다.

"끄억!"

반투명한 결계에 부딪힌 검이 요란하게 튕겨나고, 기세 좋게 찔러 들어간 반동도 있어서 남자는 크게 뒤로 몸을 젖히며 비틀거렸다.

"우오오오오오!!"

그 틈을 타 히르메스는 남자의 등을 향해 전력으로 돌진해 자세가 무너진 오른손의 검을 빼앗았다.

"이 자식, 이 꼬맹이가……."

"내 몸에 가득 찬 물의 마력이여, 이 손에 모여 적을 쓸어내라!"

눈을 치켜뜨면서 히르메스에게 다가가려는 남자를 향해 지크가 물의 마법을 발사했다.

숲 안이라 섣부른 마법을 쓸 수는 없었지만, 지크가 발사한 물 덩어리는 남자의 머리를 집어삼켰다. 호흡을 봉인당한 남자는 그 물 덩어리를 털어내려고 마구 검을 휘둘렀다.

증원이 오기 전에 이 산적을 쓰러뜨리고 도망쳐야 한다……. 검을 쥔 히르메스의 손에 힘이 들어갔다.

지크의 등 뒤에서 보호를 받던 베로니카도 초조해하고 있었다.

이대로 두 사람의 보호만 받고 있어서는 안 된다. 자신은 마법도 쓸 수 없고 마술도 다루지 못했다. 그래도 뭔가…… 뭔가 할 수 있는 일은 없을까.

'지, 진정하자…… 진정하고, 생각해야 해……'

눈을 꼭 감고, 마음을 진정시키기 위해 베로니카는 작게 노래를 읊조렸다.

어릴 때, 아직 공작가에 거둬들여지기 전에 지냈던 고아원의 원장님이 가르쳐 준, 어머니가 불러주었던 자장가.

마법이라도, 마술이라도, 그 외에 어떤 힘이라도 좋았다. 지금의 곤경에서 벗어날 수 있을 법한, 모두를 도울 수 있는 힘을, 갖고 싶었다.

"……헉. 베로니카 님. 그 힘……."

"……예?"

지크의 믿을 수 없다는 것 같은 목소리에 베로니카는 눈을 떴다. 그러자 자신의 손바닥에 작은 불덩어리가 떠올라 있는 것이 보였다.

밖에서 몸 안으로 향해 뭔가가 흘러들어오는 것이 느껴졌다.

있을 수 없어, 이런 일.

이, 이건, 마치, 마……술…….

"……베로니카 님?!"

다음 순간, 베로니카는 강렬한 구역질에 사로잡혀 몸을 ㄱ자로 구부렸다.

심장이 미친 듯이 두방망이질하고 온몸에서 식은땀이 뿜어져 올랐다. 숨마저 제대로 쉴 수가 없었다. 지크가 바로 곁으로 달려왔으나, 이 증상에 베로니카는 짐작 가는 것이 있었다.

미법 동호회의 다른 친구들이 활동하는 것을 줄곧 봐 왔기 때문에 알 수 있었다.

이것이, 마소에 의한 반동 현상이라는 것을…….

'그렇다면, 방금 전의 그 불꽃은, 정말로…….'

갑자기 쓰러진 베로니카에게 한 순간 남자의 주의가 쏠렸다.

결과적으로 생겨난 빈틈을 히르메스는 놓치지 않았다.

"폼으로…… 훈련을 한 게, 아니니까 말이지!"

히르메스는 자신이 가진 모든 힘을 내서 남자를 향해 검을 내리쳤다.

그 도신은 한 순간, 불꽃을 휘감은 것처럼 진홍색으로 빛나더니 남자의 레더 아머에 부딪치자 그것을 태워버렸다.

"크아악!!"

"좋았어!"

피부가 불타는 기분 나쁜 소리가 들려왔다.

한 손으로 배를 감싸며 무릎을 꿇는 남자의 모습에, 히르메스는 작게 승리 포즈를 취했다.

그러나 그 기쁨은 한 순간에 끝났다.

"아~, 외부인이다~."

히르메스의 등 뒤에 그림자가 드리워지고, 다음 순간 그의 몸은 마치 가벼운 공처럼 세차게 옆으로 날아가 암벽에 내동댕이쳐졌다.

"컥!"

언제부터 그곳에 있던 것일까. 하얀 피부를 가진 거구의 남자와, 그와 대조적으로 마르고 검은 피부를 가진 작은 체구의 남자 2인조가 서 있었다.

거무스름한 작은 남자의 손에는 아름답게 다듬어진 단궁이 들려 있었고, 피부가 하얀 거구의 남자의 손에는 방금 히르메스를 힘껏 후려친 거대한 곤봉이 쥐어져 있었다.

각각의 무기를 들고 피부가 검은 작은 남자는 히르메스 쪽, 피부가 하얀 거구의 남자는 지크 쪽으로 걸어왔다. 그 머리카락은 색이 빠진 것처럼 새하얬고, 눈동자는 피처럼 붉고 형형하게 빛나고 있었다.

"지크, 님! 베로니카 님을, 데리, 고, 여기서, 도망치십, 쇼!"

방금 전의 충격으로 일어나는 것도 고작일 터인데, 입에서 피를 토하며 히르메스는 그렇게 외쳤다.

쓰러진 베로니카를 돌보고 있던 지크는 흠칫 놀란 것처럼 눈을 부릅떴다.

"기다려 주세요! 히르메스 님을 두고는 못 갑니다!"

"난, 됐으니까! 돌아가서, 도와줄 사람, 을, 불러 줘!"

"……윽."

존댓말을 생략한 히르메스를 보는 것은 처음이었다. 그만큼 절박한 상태인 것이다.

평소와 다른 히르메스의 험악한 태도에 지크는 숨을 삼켰다.

"……알았습니다. 바로 도와줄 사람을 불러 오겠습니다.

그때까지 부디 무사하십시오……!"

고심한 끝에 내린 선택인 것이리라. 지크의 목소리는 다양한 감정이 뒤섞여 떨리고 있었다.

그래도 지크는 베로니카를 등에 업고 서둘러서 그 자리를 떠났다.

"놓치지 않아~."

달리기 시작한 지크의 등 뒤에서 거구의 남자가 쫓아왔다.

달리면서 힐끗 후방을 확인한 지크는 뒤를 돌아보면서 마술을 전개했다.

발동된 것은 단순한 섬광마법.

강렬한 빛을 만들어 내는 것 이외의 효과는 없었지만, 눈속임용으로는 안성맞춤이었다.

마술은 거구의 남자를 직격했다.

거구의 남자가 두 눈을 감싸고 버둥거리며 땅바닥을 굴렀다. 그런 남자는 뒷전으로 하고, 지크는 겨우 생겨난 기회를 놓치지 않고 재빠르게 숲 안을 달렸다.

이윽고 추적자를 따돌리고 동굴이 완전히 보이지 않는 장소까지 오자, 지크는 베로니카를 바닥에 내려놓고 다 낫지 않았던 다리의 상처를 천천히 치료하기 시작했다.

"지, 지크 님……?"

"죄송합니다. 제 치유마술은 아직 미숙해서, 완전히 치유할 수는 없습니다만……. 이걸로 다리의 상처는 괜찮을 겁니다. 저는 이제부터 히르메스 님에게로 돌아갈 겁니다. 베로니카 님은 이대로 가서 도움을 요청해 주세요."

면목 없다는 듯이 말하고 자리에서 일어나는 지크의 모습에 베로니카는 눈을 크게 떴다.

"그, 그런…… 위험, 해요!"

"압니다. 제가 돌아간다고 해서 싸움의 결과에 그렇게 큰 차이는 없겠지요. 하지만, 그렇게 큰 상처를 입은 그를 두고 갈 수는 없습니다."

그가 말하고자 하는 바는 베로니카에게도 전해져 왔다.

지금 히르메스에게는 상처를 치료해 줄 사람이 없었다. 지크는 몸소 히르메스에게로 돌아가려고 하고 있었다.

"이곳은 이미 별장에서 멀지 않습니다. 혼자 두는 것은 무척 죄송합니다만……."

"……괜찮아요. 저, 저, 바로, 도와줄 사람…… 불러올게요."

"예…… 부탁합니다."

미안하다는 듯이 미소를 지으면서, 그래도 결심을 굳히고 지크는 왔던 길을 달려서 되돌아갔다.

사실은 베로니카도 돌아가서 히르메스를 돕고 싶었다.

하지만 자신은 거치적거리기만 할 뿐이라는 것을 이해하고 그 말을 꾹 삼켰다.

그랬기에, 될 수 있는 한 뒤를 돌아보지 않도록 베로니카는 걷기 시작했다.

지크는 자신이 할 수 있는 일을 다하려 하고 있었다.

'나도, 내가 할 수 있는 일……을……!'

빨리 돌아가서 도로셀 님을 만나야 해…… 선생님들에게 전해야 해…….

완전히 낫지 않은 상처의 통증과 좋지 않은 몸 상태를 참고 베로니카는 무작정 별장을 목표로 했다.

***

그저 숲 안을 열심히 달렸다.

자신의 발이 지금의 두 배 정도 빨랐다면 얼마나 좋을까, 라는 터무니없는 생각을 했다.

초목을 헤치며 지크는 자신이 온 길을 가능한 한 전속력으로 되돌아갔다.

빨리 그…… 히르메스의 곁으로 돌아가야 했다.

머리를 스치는 것은 자신이 전장에서 떠나기 직전에 나타난 2인조의 남자.

그들이 갖고 있던 무기 자체는 알지 못하는 것이었으나, 그것에 대해서 지크는 짐작 가는 것이 있었다.

'……그때와, 똑같다…….'

과거, 아버지의 보호를 받으며 그 등 뒤에서 봤던 어렴풋한 광경. 그 안에 방금 전의 남자들과 똑같은 용모를 한 자들의 모습이 있었다.

백발에 붉은 눈을 가진 기분 나쁜 분위기의 남자들. 그들은 그 2인조처럼 언제나 각각의 무기를 휴대하고 다니며, 그것을 통해 칠흑의 힘을 사용하고 있었다.

무기의 형태는 다양했지만, 분명히 전부 공통된 문양이 있던 것 같기도 하고…….

'……틀렸어. 그다지 기억이 나질 않아…….'

그러나 그 문양을 떠올리려고 해도 그 이상은 불가능했다.

지크는 달리면서 작게 머리를 흔들었다.

지크에게는 어릴 적의 기억이 거의 없었다.

그러나 유일하게 선명하게 기억하는 것은 자신이 누군가에게 쫓기고 있었다는 것이었다.

정체불명의 자객에게 습격당할 때마다 자신을 구해준 것은 언제나 아버지의 뒷모습이었다.

언제나 그 등만 보고 있던 탓일까. 아버지의 얼굴은 이미 떠올릴 수 없을 정도로 희미해져 있었다.

지크의 아버지는, 생활이 곤궁했던 어머니를 도와준 것이 계기가 되어 결혼했다고 밖에 듣지 못했다.

지금은 어머니와 자신을 남겨두고 모습을 감췄기 때문에, 지크는 자신의 아버지가 어떤 사람이었는지 뚜렷하게 떠올릴 수 없었다.

'아버지…….'

다만, 기억 속에 있는 그 뒷모습은 틀림없이 지크를 지켜 주었다. 때문에 그 아버지의 전투방식이라면 그 2인조에게 대항할 수 있지 않을까 하는 희망을 지크에게 안겨 주었다.

지크가 방금 전 싸움이 있던 장소까지 돌아가자, 그곳에는 이미 아무도 없었다.

주위를 구석구석 살피자 풀숲에 가려져 지면에 뭔가를 끌고 간 흔적이 남아 있는 것을 알 수 있었다. 그것을 발견한 지크는 곧바로 그 흔적을 더듬어갔다.

흔적을 더듬어 다다른 그 끝에는 나무들에 가려져 찾든 그 동굴이 있었고, 그 입구에서 산적들이 히르메스를 막 동굴로 끌어들이려고 하던 참이었다.

"아~? 혹시 아까 그 녀석~?"

피부가 하얀 거구의 남자 쪽이 눈치 빠르게 지크를 알아차리고 히죽하고 크게 입을 벌리면서 웃었다.

피부가 검은 작은 남자 쪽도 이쪽으로 시선을 향하고는 함께 있던 산적들에게 짧게 지시를 내렸다.

산적들이 히르메스를 신속하게 동굴 안으로 데려가고, 남자들은 각자 무기를 거머쥐었다. 무기가 한 순간 검은 광채를 두르고, 두 사람은 백발에 붉은 눈으로 변화했다.

"!"

그것을 목격하고, 지크는 눈이 튀어나올 것처럼 눈을 크게 떴다.

2인조의 무기를 감싼 빛은 모두 하나의 장소에서 시작해 전체로 퍼져나갔다.

중심이 된 장소에는 돌이 있었고, 그것을 둘러싸듯이 검은 고리가 출현해 있었다.

어렴풋했던 문양의 기억은 그것을 보자 급속도로 선명해졌다.

틀림없었다. 그 고리에 그려진 문양이었다.

"친구를 구하러 온 거야~? 눈물 나네~."

피부가 하얀 거구의 남자가 말꼬리를 잡아 늘리는 것 같은, 약간 짜증나는 어투로 말하며 곤봉을 쥐었다.

지금도 자신을 습격했던 남자들이 누구였는지, 무엇이 목적이었는지는 알 수 없었다.

하지만 그때의 기억이, 현재 상황을 타개할 열쇠가 될지도 몰랐다.

'기억해 내……. 기억해 내는 거야……. 그때, 아버지는 어떻게 저 자들을 쓰러뜨렸는지…….'

지크는 예전에 아버지가 사용했던 힘을 필사적으로 떠올렸다.

지크의 주변을 바람이 감싸더니, 이윽고 회색의 입자가 되어 그의 양손에 모였다.

지크의 무속성 마력은 제로였지만 전 속성 중 최고 난이도인 무속성을 자유자재로 다루는 경지에는 아직 이르지 못했다. 그래도 할 수 있는 일은 다하고 싶었다.

「알겠니? XXX. 저 힘에 대항하는 것은 무다. 무속성으로 검은 광석을 부숴라. 설령 보이지 않더라도 검은 고리가 출현한 장소에 광석은 있다. 그곳을 무속성으로 공격해.」

기억 속에서 그렇게 말하는 아버지의 목소리는 쉬어있어서 잘 들리지 않았다.

그래도 지크는 유일하게 남은 단서를 토대로 술식을 전개해 그것을 피부가 하얀 거구의 남자에게 발사했다.

지크가 만들어낸, 회색의 독수리 같은 윤곽을 띤 술식은 그 날카로운 부리로 바람을 가르면서 남자들에게 육박했다.

"위험해~라."

술식은 거구의 남자의 무기에 직격했다. 그러나 위력이 약했던 탓일까, 남자는 곤봉질 한 방으로 그것을 떨쳐내 버렸다.

그 직후, 피부가 검은 남자의 후방 지원으로 날아온 화살이 맹렬한 속도로 지크의 어깨에 꽂혔다. 예상외로 강한 반동에 지크의 몸이 후방으로 날아가 나무줄기에 꽂혀 버렸다.

'역시, 지금의 내 힘으로는 아직 부족한 것일까……?'

남자들에게 다다르지 못했던 공격에 지크는 분하다는 듯이 얼굴을 찡그렸다.

결국, 자신이 돌아온 것은 헛수고였던 것일까.

"……윽."

아니, 아직 완전히 끝난 것은 아니었다. 지크는 마지막 힘을 쥐어짜 마술을 발사했다.

"어이어이. 이봐, 대체 어디에 대고 쏘는 거냐!"

적이 아닌 전혀 엉뚱한 방향으로 날아간 섬광마술에, 남자들은 바보취급 하듯이 킬킬 웃었다.

그러나 지크는 내심 마술을 무사히 쏘아 올렸다는 사실에 안도했다.

'이걸로 됐어…… 이걸로. 그녀는 분명히 알아차려 줄 거야…….'

중요할 때에는 자신도 포함해 친구들은 모두 그녀에게 의지했다.

이런 때에도 그녀에게 의지하지 않을 수 없다니. 한심하고 면목이 없었다.

그래도 숲을 뚫고 올라가 폭발하는 마술의 희미한 빛을 바라보며, 지크는 지금 별장에 있을 터인 백은발의 소녀에게 살며시 소망을 맡겼다.

***

바람에 지워질 것 같은 먹먹한 폭발음이 들리고 한 순간, 숲 쪽에서 빛이 번쩍였다.

큰 소리도, 강한 빛도 아니었으나, 레티시엘이 알아차리기에는 충분했다.

"……?"

레티시엘은 소리가 난 방향으로 휙 시선을 향했다. 방향으로 보면…… 숲 쪽에서였다.

"뭐, 뭘까요? 지금 그거……."

별장의 정원에 나와 있던 학생들 중 몇 명인가는 그것을 알아차렸다. 미란다레트도 걱정스럽다는 듯이 두 손을 가슴 앞에서 맞잡았다.

"모르겠네요. 무슨 일이 있는 걸까요?"

지금 지크와 히르메스, 베로니카는 숲에서 요리 재료를 조달하고 있었다. 왠지 불길한 예감이 가슴을 스치고 지나가서 레티시엘은 얼굴을 찡그렸다.

"꺄아아아!! 뭐, 뭔가요, 당신!"

"우왓! 뭐야, 이거!!"

갑자기 숲에 가까운 위치에 있던 학생들 집단에게서 비명이 들려왔다.

뭔가에 습격당한 건가?! 그런 생각에 레티시엘은 곧바로 그쪽으로 향했다.

"……!"

인파를 헤치고 나간 그 끝에서 레티시엘은 한 여학생이 쓰러져 있는 것을 발견했다.

그것은 레티시엘이 방금 전까지 보았던 소녀였다.

"베로니카 님?!"

레티시엘은 지면에 쓰러진 채 괴로운 듯이 숨을 쉬는 베로니카를 서둘러 부축해서 일으켰다. 그녀의 얼굴은 새파랗게 질려 있었고, 숨을 쉴 때마다 입에서는 갈라진 쉰 숨소리가 새어나왔다.

다리에 상처를 입은 것 같았지만, 그것이 원인인 것은 아닌 것처럼 보였다.

베로니카의 상처 자체는 비교적 가벼운 것이었기 때문이었다.

그녀의 몸에 대체 무슨 일이 일어난 것인가.

'……아니, 애초에 다른 두 사람은 어디 있는 거지?'

레티시엘은 바로 그 생각에 다다랐다.

요리 재료를 조달하러 간 것은 베로니카를 포함해 세 사람. 그러나 돌아온 것은 베로니카 뿐.

"베로니카 님, 제 목소리가 들리시나요?"

"……도로……셀…… 님……."

"무슨 일이 있은 건가요? 다른 사람은…… 지크와 히르메스는 어디에 있죠?"

외적 요인이 아닌 것 같으니 별로 효과는 없을지도 몰랐지만, 괴로운 것 같은 베로니카가 조금이라도 편안해질 수 있도록 회복마술을 걸면서 레티시엘은 그녀에게 물었다.

"……지크와 히르메스…… 님, 이…… 콜록."

"……!"

베로니카는 말하는 것도 괴로운 것 같았지만, 그 한 마디만으로도 충분했다.

지크와 히르메스는 뭔가의 사건에 휘말렸다. 방금 전의 빛도 지크와 히르메스가 일으킨 것이리라.

“무슨 일입니까?!”

폭발음과 소동을 듣고 레이븐이 이쪽으로 달려왔다.

“선생님. 친구들의 안부가 걱정되니 저는 현장으로 향하겠습니다.”

레이븐의 모습을 포착하자, 레티시엘은 간결하게 용건을 전하고는 곧바로 출발하려고 했다.

“예?! 아니, 마음은 이해합니다만, 위험합니다! 우선 학원장님에게…….”

레이븐이 흠칫 놀란 것처럼 눈을 부릅뜨더니 그렇게 반론했다.

“위험하니까 가는 겁니다. 친구들을 내버려 둘 수는 없습니다.”

물론, 위험이 있다는 것은 아주 잘 알고 있었다.

위험하기 때문에 지크와 히르메스가 걱정되었으니까.

“기다려 주십시오! 학원장님께 알려드리고 올 테니, 적어도 그때까지 기다려 주십시오.”

“아뇨. 시간이 아깝습니다. 지금 가지 않으면 안 돼요.”

분명히, 안전을 생각한다면 레이븐의 제안이 더 상식적이다. 하지만, 그래서는 늦는다.

루카스의 도착을 기다리는 사이 지크 일행의 몸에 무슨 일이 일어나지 않을 것이라는, 그런 보장은 어디에도 없었으니까.

"어, 어쨌든, 학원장님께 알리고 올 테니, 기다려 주십시오!"

교원으로서 학생의 몸에 위험이 닥칠지도 모르는 상황에 선뜻 고개를 끄덕일 수는 없었으리라. 그래도 레이븐은 레티시엘의 어깨를 붙잡고 애원하듯이 그 말만을 남기고는 전속력으로 별장으로 돌아갔다.

"미라 님. 베로니카 님을 부탁해도 될까요?"

레이븐의 모습이 별장 안으로 사라지자, 레티시엘은 미란다레트에게 베로니카를 맡겼다. 레이븐에게는 정말 미안했지만, 기다리는 시간이 아까웠다.

"어…… 하, 하지만, 저도 같이……."

"아뇨. 당신은 여기에 남아서 베로니카 님을 봐 줘요. 만약 누군가 돌아왔을 때 이곳에 아무도 없는 상황은 피해야 해요."

만에 하나 서로 엇갈리기라도 했다가는 쓸데없이 시간만 낭비할 수 있었다.

레티시엘은 미란다레트에게 베로니카를 맡기고, 곧바로 숲 안으로 뛰어 들어갔다.

레이븐이 루카스와 다른 교사들을 데리고 돌아온 것은

그로부터 몇 분이 지난 뒤였다.

"지금 돌아왔습니…… 어라? 도로셀 님?"

"저, 도로셀 님이라면 이미……."

"예에에?!"

"하여간에! 그 녀석……!"

머리를 감싸 쥐는 레이븐과 루카스의 비명이 레티시엘에게 닿는 일은 없었다. 그녀는 빛이 솟아오른 장소를 목표로 일직선으로 달리고 있었기 때문이다.

잠시 시간이 지나자, 레티시엘의 눈앞에 동굴 같은 것이 보였다.

빛이 솟아오른 위치를 생각하면, 이곳이 현장 근처일 가능성이 컸다.

레티시엘은 나무 그림자에 숨어 상황을 살폈다.

동굴 밖에 보초는 없었다. 입구 근처의 지면을 보니 새로운 발자국이나 파인 자국이 남아 있어서 이곳에서 싸움이 있었다는 사실을 알 수 있었다.

'이곳에서…… 지크와 친구들은 뭘 본 것일까……?'

주위에 사람이 없다는 것을 확인하자, 레티시엘은 입구까지 발소리를 죽여 접근했다.

"어이, 그 근처, 제대로 확인하고 온 거냐."

입구가 가까워지자 동굴 안에서 오가는 대화가 조금씩 들리기 시작했다.

"괜찮습다, 대장. 지금 부하들을 순찰 보냈으니, 빈틈없이 확인하고 올 겁니다."

"성실하게 해라? 그렇지 않아도 묘한 애송이들에게 발견됐다고. 경계를 늦추지 마."

"알고말고요."

묘한 애송이…… 지크와 히르메스를 말하는 것이다.

그렇게 직감하고, 레티시엘은 동굴의 입구에서 안을 들여다보았다.

"……!"

레티시엘은 눈앞에 펼쳐진 광경을 믿을 수 없어서 두 눈을 크게 떴다.

동굴 안 한쪽, 십 수 명의 사람이 비좁은 곳에 갇혀 있었다.

노인부터 어린아이까지 다양한 연령대의 사람들이 사로잡혀 있었고, 몇 명의 남자가 그 주변에서 보초를 서고 있었다. 갑옷과 검으로 무장한 점을 보건대, 방금 전의 그들은 산적의 부류인 듯했다.

완전히 초췌해진 사람들 속에 지크와 히르메스의 모습도 있었다.

특히 히르메스의 상처는 꽤 깊은 듯, 옆에서 지크가 열심히 돌봐주고 있었다.

'이건 대체…….'

"어라아? 누구냐? 너."

눈썹을 찌푸리는 레티시엘에게 누군가가 말을 걸어왔다.

사실 등 뒤에서 접근하는 기척은 이미 알아차리고 있었다. 그러나 이야기를 듣기 위해 레티시엘은 일부러 더 움직이지 않았다.

“혹시 미아냐? 그렇다면 이 오빠랑 같이 가자. 좋은 곳에 데려다 줄 테니까 말이야.”

말을 걸어온 것은 동굴 안에 있던 남자들과 같은 차림을 한, 비교적 젊어 보이는 남자였다.

“묻고 싶은 게 있어요.”

“아?”

“안에 있는 사람들을 어쩔 생각이죠?”

레티시엘의 질문이 이상했던 것일까, 남자는 한 순간 놀란 것처럼 멍한 얼굴을 하더니, 이어서 배를 끌어안고 폭소를 했다.

“귀족님이라는 건 세상물정 모르는 바보들뿐이로구만! 팔아넘기는 것이 당연하잖아! 지금 이 시대의 플라티나에서는 노예가 금지돼 있지만 말이지. 한 발만 밖으로 나가면 합법이라고, 합법! 옆 나라 이리스에서는 비싸게 팔려, 아가씨처럼 귀여운 아이는 말이지!”

득의양양하게 그리고 사람을 바보 취급하는 것처럼 나불나불 떠벌리는 남자의 태도에 레티시엘의 눈에서 슥, 빛이 사라졌다.

"아? 혹시 겁먹었어? 뭐, 너도 그렇게 될 테니까 무리도 아니지!"

장검을 어깨에 걸치고 빠른 박자로 통통 두드리던 남자는 레티시엘이 말이 없는 것을 겁먹은 것이라고 생각한 것일까. 낄낄 기분 나쁜 웃음소리를 냈다.

"……그래요."

불현듯, 고개를 숙이고 있던 레티시엘의 입에서 그런 말소리가 새어나왔다.

"엉?"

"정보, 고마워요."

그렇게 말하고 고개를 든 레티시엘의 눈에는 얼음보다도 차가운 분노의 불꽃이 일렁이고 있었다.

흠칫 놀란 남자가 반응하는 것보다 빠르게, 레티시엘은 남자와의 거리를 좁히고 그 오른팔에 통렬한 일격을 때려 박았다.

"끄억!"

신체강화마술이 붙은 일격이었다. 뼈 한두 개 정도는 부러졌으리라.

너무나도 강렬한 통증에 남자는 들고 있던 검을 떨어뜨렸다.

그것을 허공으로 한 번 차올리고는, 레티시엘은 재빠르게 남자의 등 뒤로 돌아섰다.

그리고 그의 다른 쪽 팔을 비틀어 올려 지면에 깔아 눕혔다.

"끄윽……."

방금 전 부러진 팔이 아픈지 남자는 불분명한 신음소리를 냈다.

자신이 왜 이런 상태가 됐는지 이해하지 못한 듯 멍하니 있었다.

"너, 너…… 뭘 하려는 거냐……!"

"딱히 이상한 일은 하지 않을 거예요."

허공으로 날아오른 검이 회전하면서 떨어져 레티시엘의 손에 쥐어졌다.

담담한 목소리로 말하면서, 레티시엘은 남자의 다리를 향해 검을 휘둘렀다.

"그저 당신들을 쓰러뜨리려는 것뿐입니다."

"끄아아아아!!"

남자의 비명이 주위에 울려 퍼졌다.

레티시엘은 남자를 내리 누르고 있던 손을 떼고, 핏방울이 떨어지는 검을 든 채 일어섰다.

"주, 죽고 싶지않아죽고싶지않아죽고싶지않아……."

"예. 죽이지는 않을 거예요. 안심하세요."

이 녀석들은 살아서 자신의 죄를 갚아야만 했다.

때문에 레티시엘은 남자를 죽이지 않고, 다리의 근육을 끊어서 도망칠 수 없도록 했을 뿐이었다.

"무슨 일이냐?! 무슨 비명이…… 어."

"이건 또 뭔 일이야?!'"

요란한 비명을 듣고 동굴 안에서 도적들이 쥐새끼처럼 떼를 지어 몰려 나왔다.

"이봐! 네가 한 짓이냐?!"

그 중 한 명이 레티시엘을 노려보았다.

"그렇다고 하면 어쩔 거죠?"

레티시엘은 피가 묻은 검을 바닥에 꽂으며 산적들 쪽으로 돌아섰다.

한층 화려한 차림을 한 남자를 필두로, 산적들은 각각의 자신의 무기를 꺼내들어 일제히 레티시엘에게 덤벼들었다.

그 공격들을 정확하게 피하면서 레티시엘은 재빨리 마술 준비에 착수했다.

"……!"

그러나 마술을 발사하기 전에, 어디선가 날아온 화살이 레티시엘의 앞을 스치고 지나갔다.

레티시엘은 화살이 날아온 방향 쪽을 보았다. 그러자 그곳에서는 단궁을 든 피부가 검고 체구가 작은 남자와 곤봉을 휘두르는 하얀 피부의 거구의 남자가 보였다.

하얀 머리에 붉은 눈이라는 유령과도 같은 모습을 한 두 남자는, 꾀죄죄하고 초라한 복장과는 어울리지 않게 형태와 색깔이 깔끔하게 다듬어진 무기를 들고 있었다.

'저 외모는 분명히…….'

모든 색이 빠진 것 같은 하얀 머리카락에 피처럼 붉은 눈.

그것은 과거 11년 전에 플라티나 왕국이 라피스 국과 전쟁을 했을 때, 전장에서 왕국군을 괴롭힌 병사들과 똑같은 신체적 특징이었다.

저 머리카락과 눈동자는 어떻게 된 것인지 신경이 쓰였지만, 지금은 먼저 원거리 무기의 사용자를 제거해야 했다. 그렇게 생각한 레티시엘은 남자들에게 접근했다.

"하아아아!"

그러나 피부가 하얀 거구의 남자의 휘두르는 곤봉이 방해가 되어 좀처럼 가까이 다가갈 수가 없었다.

레티시엘은 작전을 변경해 거리를 벌렸지만, 이번에는 피부가 검고 체구가 작은 남자의 화살이 추격해 왔다.

그렇다고 해서 원거리에서 공격을 하면, 피부가 검고 체구가 작은 남자의 단궁에 맞고 떨어지거나 거구의 남자가 휘두르는 곤봉 한 방에 사라지거나 했다.

뭣보다 마법보다도 훨씬 위력이 강할 터인 마술을 없애버리거나, 직격을 받아내도 상처 하나 생기지 않는 저 무기의 정체도 심히 궁금해졌다.

'저 2인조, 성가시네. 이 상황을 어떻게 타개할까…….'

레티시엘이 그런 생각을 했을 때였다. 갑자기 오른쪽에 있던 몇 명의 산적들이 충격파라도 먹은 것처럼 엉뚱한 방향으로 날아갔다.

무슨 일인가 해서 레티시엘이 그쪽으로 시선을 주었더니, 그곳에는 주먹을 내리는 루카스의 모습이 있었다.

'……응? 지금, 맨손으로……'

"이봐! 살아있냐, 도로셀!"

한 번의 주먹질로 수 명의 도적을 한꺼번에 날려버리고, 루카스는 천연덕스러운 표정으로 그렇게 물어왔다. 마법에는 신체강화 술식이 없을 터인데…… 역시나 강건한 육체를 가진 전(前) 영웅답게 무시무시한 힘이었다.

"손이 아프지는 않으신가요? 학원장님."

"전혀 관계없는 일을 여유롭게 물어볼 수 있는 걸 보니, 괜찮은 것 같구나."

"예. 괜찮습니다."

수많은 도적들에게 둘러싸인 가운데, 두 사람은 서로 등을 맡기듯이 등을 맞대고 섰다.

"하지만 네가 고전을 하다니 별일이군."

"고전이라고 할까요, 저 2인조가 좀 성가셔서 말이죠."

그렇지 않아도 저 두 사람의 협공은 성가신데, 그 이외의 송사리들도 우르르 모여드니 이만저만 방해되는 것이 아니었다.

"그렇다면 송사리는 내가 다 쫓아주마. 너는 그 틈에 네 목표를 쳐라!"

루카스는 그렇게 말하고는 레티시엘의 대답을 기다리지도 않고 산적들에게로 향했다.

이제 2인조 쪽에 집중할 수 있게 되었으니 고마울 따름이다.

“하아앗!”

루카스는 휴대하고 있던 검을 뽑아들고 산적들 속으로 뛰어들었다.

한 번 검을 휘두를 때마다 수 명의 적이 쓰러졌다. 그 용맹하게 싸우는 모습은 과연 「감벽의 사자」라는 별명에 잘 어울렸다.

멀리서 활과 화살로 저격을 시도하려는 무리도 있었다.

그러나 루카스는 날아오는 것들을 모조리 베어서 떨어뜨렸다.

“내, 내 몸에 가득 찬 열화의 소용돌이여! 미친 듯이 춤추어 모든 것을 재와 먼지로 바꾸어라! 카오스 버닝!”

그렇다면 마법으로, 라는 느낌으로 한 남자가 마법을 발동했다.

남자의 손에 불꽃의 용권이 출현하더니 온몸을 넘실거리며 루카스에게 육박했다.

그 공격을 루카스는 자신의 앞에 있는 도적을 검 손잡이로 기절시키는 동시에 눈도 주지 않고 왼손으로 받아냈다.

“워터 프레아.”

루카스의 왼손을 직격한 용권은 순식간에 그의 왼손을 삼켜버렸으나 다음 순간, 용권의 내부에서 솟아오르듯 흘러넘친 물에 꺼져버렸다.

루카스가 의수를 매개로 삼아 물의 마법을 사용한 것이었다.

불꽃이 사라진 뒤의 왼손은 옷이 그을려서 벗겨져 기계로 된 의수가 노출돼 있었다.

루카스가 마법명만의 영창으로 자유자재로 다루는 마법은, 지금까지 레티시엘이 봐 왔던 마법과는 수준이 다른 위력을 자랑했다.

바람의 칼날은 산적들의 무기를 파괴한 뒤에도 암벽에 깊은 잔흔을 새겼고, 대지는 산적들의 발밑을 정확하게 포착해 갈라졌다.

'혹시, 마법이란 영창이 짧을수록 효율이 좋은 것이 아닐까…….'

이 짧은 영창이 실용화된다면, 마법도 전장에서 활약할 수 있는 장소가 크게 늘어날 것이다. 그러나 그것을 다룰 수 있는 인간이 좀처럼 없다는 점에서, 상당히 어려울 것이라 추측할 수도 있었다.

"등 뒤가 텅 비었……."

"당신들 상대는 나예요."

2인조가 루카스의 등 뒤에서 기습을 시도했으나, 레티시엘이 발사한 바람의 칼날이 그 앞길이 가로막았다.

"잠깐, 방해하지 마~."

공격을 방해받아 하얀 거구의 남자는 기분이 나쁜 것 같았다.

"카구리게·네이·게루가."

정체불명의 영창과 함께 거구의 남자가 든 곤봉에 검은 불꽃이 모여들었다.

남자는 곤봉을 치켜들더니 그대로 그것을 대지에 꽂아 넣었다.

곤봉에 깃든 불꽃은 지면에 닿자 땅 속으로 녹아들며 퍼져나갔다.

검은 불꽃이 지면을 가르면서 뿜어져 올라 일제히 레티시엘에게 덤벼들었다.

"흐랴아아!!"

불꽃은 지상에까지 새어나왔지만 초목은 하나도 타지 않았다.

불꽃과 함께 거구의 남자도 전 체중을 실은 몸통 박치기를 시전하며 곤봉을 휘둘렀다.

검은 불꽃을 결계와 물의 마술로 상쇄하면서 레티시엘은 재빨리 가속마술을 이용해 거구의 남자의 몸통 박치기를 피했다. 뚱보는 의외로 몸놀림이 가볍고 민첩했다.

공격을 피해내고 착지하려는 레티시엘의 발밑에 섬광이 반짝였다.

칠흑의 번개를 두른 화살이 그곳에 꽂혀 있었다. 말할 것도 없이 검은 피부의 남자가 쏜 화살이리라.

'역시 이 녀석들의 협공은 성가셔……. 우선은 한 사람을

쓰러뜨려야 해.'

하지만 두 사람에게 빈틈이 전혀 없는 탓에, 어떻게 연대를 무너뜨려야 좋을지 알 수가 없었다. 레티시엘은 입술을 꼭 깨물었다.

"도, 도로셀 양!"

문득 도로셀을 부르는 목소리가 들렸다. 그 소리에 레티시엘이 목소리가 나는 쪽으로 시선을 주자, 동굴의 입구에 한쪽 뺨이 퉁퉁 부은 지크가 기대서 있었다.

"……지크?!"

"돌입니다! 저자들이 가진 무기의 어딘가에 검은 돌이 있을 겁니다! 검은 고리를 두른 그 돌을 파괴하면……!"

지크의 존재는 2인조의 남자들도 곧바로 알아차렸다. 두 사람 모두 일제히 그쪽으로 무기를 향했다.

"시끄러운 녀석이로군!"

"지크! 일단 그곳에서 피하세요!"

피부가 검고 체구가 작은 남자가 지크에게 마술을 사용하려고 했으나 그 전에 레티시엘이 남자에게 마술을 쏴서 견제했다.

'검은 돌, 검은 고리…… 저걸 말하는 것일까?'

레티시엘은 자신에게 원시(遠視)마술을 걸고, 남자들의 무기를 응시했다.

곤봉 쪽은 몸통에 손잡이가 붙어 있는 부분, 단궁은 시위에 화살을 메기는 장소에 검은 고리가 떠올라 있었다. 그것들은 모두 남자들의 손을 감싼 채 일렁이고 있었다.

'돌은 보이지 않지만, 저 고리를 노리고 공격하면 되는 거지.'

피부가 하얀 거구의 남자와 피부가 검고 체구가 작은 남자는 서로 약점을 보완하는 빈틈없는 연대플레이를 펼치고 있었다.

레티시엘은 우선 피부가 검고 체구가 작은 남자 쪽을 목표로 삼았다.

"촐랑촐랑 도망치지 마라!"

두 사람의 연대는 계속되었지만, 레티시엘은 그 모든 공격을 피하며 이동해 등 뒤에 있는 큰 돌의 뒤로 몸을 날렸다.

피부가 검고 체구가 작은 남자의 화살이 맹렬한 속도로 날아와 바위에 꽂히고, 그 표면에 금이 가자 곧바로 거구의 남자가 예의 몸통 박치기를 먹였다.

뭔가의 술식으로 강화한 것이리라. 커다란 바위는 몸통 박치기의 충격이 가해지는 것과 동시에 무수한 금이 가면서 순식간에 깨져버렸다.

"""!"""

그러나 그 앞에서 두 사람이 목격한 것은 레티시엘이 아니었다. 예상이 빗나간 두 사람의 움직임이 한 순간 멈추었다.

"……나는 여기 있어요."

레티시엘의 모습은 공중에 있었다.

모습을 감추는 것으로 생겨난 한 순간의 틈을 찔러 높이 도약해, 미리 전개해 둔 바람의 마술을 피부가 검고 체구가 작은 남자에게 발사했다. 바람의 칼날이 체구가 작은 남자에게 똑바로 날아갔다.

체구가 작은 남자는 곧바로 전방에 검은 결계와도 같은 것을 만들어 냈다. 그러나 바람의 칼날은 결계 그 자체를 갈라버리고 남자의 오른팔을 어깨에서 잘라 떨어뜨렸다.

사실은 고리가 있는 위치만을 노릴 수 있다면 그것이 가장 좋았지만, 여하튼 마술을 쏴서 떨어뜨리든가 후려쳐서 없애버리든가 할 정도로 튼튼한 무기였다. 파괴할 수 있다는 보장도 없었기 때문에 다소 거친 수단으로 사용자의 팔째로 잘라버리기로 한 것이었다.

"끼아아아아악!!!"

피부가 검고 체구가 작은 남자의 비명에 하얀 피부의 거구의 남자의 시선이 한 순간 그쪽으로 쏠렸다. 그리고 그 시선이 또다시 전방으로 향했을 때, 레티시엘은 이미 거구의 남자의 눈앞에까지 육박해 있었다.

"혼자가 되면, 당신 따위 상대가 못 돼."

이 지근거리에서는 곤봉을 휘두를 수 없어서, 거구의 남자는 곤봉을 버리고 맨손으로 덤비고자 자세를 바꾸었다. 그러나 그 전에 레티시엘은 신체강화마술을 이용해 반동을 주어 남자의 두 팔을 꺾어버렸다.

"도로셀! 그쪽은 무사히 정리됐냐?"

"예. 정리됐습니다…… 그쪽도 끝나신 것 같네요."

검을 들지 않은 루카스의 왼손이 허옇게 눈을 까뒤집은 산적의 목덜미를 붙잡고 있는 것을 보면, 아무 말을 하지 않아도 정리가 끝났다는 걸 알 수 있었다.

"경비대입니다! 도우러 달려왔습니다…… 어라?"

참으로 타이밍 안 좋게, 모든 적들을 다 쓰러뜨린 뒤에야 경비대라고 이름을 대는 집단이 달려왔다.

"정말이지…… 저 녀석들, 늦잖아!"

아무래도 그들은 루카스가 부른 경비대인 듯, 야외활동 중에 학생들을 경호하기 위해 동행했다고 했다.

루카스 자신은 경비대에게 출동 요청을 한 뒤, 한 발 앞서 달려왔다고 했다.

'하지만…… 그 힘은 대체…….'

레티시엘은 마지막의 마지막에 거구의 남자가 던져버린 곤봉 근처에 쪼그리고 앉아 물끄러미 그것을 관찰했다.

힘을 발동하고 있지 않으면, 어디를 어떻게 보나 근처에서 쉽게 볼 수 있을 것 같은 무기였다.

두 남자가 사용하던 정체불명의 힘에 대해 아무것도 알지 못했지만, 이 무기는 뭔가 단서가 될지도 몰랐다.

"그것이 신경이 쓰이는 거냐?"

바로 가까이에서 으르렁거리는 같은 목소리가 들려, 레티시엘은 자리에서 일어나서 뒤를 돌아보았다.

그녀의 등 뒤에서 루카스가 통증으로 기절한 피부가 검고 체구가 작은 남자의 목덜미를 움켜쥐고 그녀를 응시하고 있었다. 그러고 보니 남자들의 머리카락 색이 하얀 색이 아니게 된 것을 레티시엘은 새삼 알아차렸다.

"예. 무척이요."

"뭐, 그렇겠지. 하지만 그것들은 나라에서 증거품으로 압수할 거다. 이쪽에서 뭔가를 알게 되면 다시 알려주마."

"고맙습니다."

그렇게 말해준 루카스에게 레티시엘은 솔직하게 감사의 인사를 했다.

"결국, 저들은 뭐하는 자였던 것일까요? 산적이었던 걸까요?"

줄줄이 연행되어가는 산적들을 곁눈으로 바라보며 레티시엘은 중얼거렸다.

"저 녀석들, 전원 어딘가에 검은 천을 두르고 있지? 아마도 흑강 기사단의 잔당일 거다."

"흑강…… 기사단?"

"그래. 11년 전의 전쟁 때 크게 활약한 용병단이었는데 말이지."

라피스 국과의 전쟁 당시, 국내에서는 수많은 용병단이 조직되었고 흑강 기사단도 그 중 하나였다고 한다. 하지만 전쟁이 종결된 뒤, 용병업만으로는 조직을 유지할 수 없어서 국경 근처 마을에 침략을 반복하게 된 듯했다.

"그래서 몇 년 전에 왕국군이 아지트를 소탕했는데, 아직 잔당이 남아 있었군."

거기까지 설명을 하고, 갑자기 루카스는 한 손은 허리에 얹고, 다른 한 손은 턱에 댄 채 생각에 잠겼다.

"그렇지만 말이지……."

"학원장님, 혹시 이 힘은……."

"그래. 11년 전의 라피스 국의 그것과 똑같다."

루카스는 그렇게 말하고 복잡하다는 듯이 미간에 주름을 모았다.

그에게서 좀 더 이야기를 듣고 싶었지만, 레티시엘은 일단 구출된 친구들에게로 달려갔다.

"지크, 히르메스 님! 무사한가요?"

"저는 괜찮습니다. 그것보다 히르메스 님이……."

"나돕니, 다. 괜찮습다…… 하하."

"어디가 괜찮다는 건가요. 잠깐만 가만히 있어 주세요."

히르메스가 허세를 부렸으나 두 어깨가 베이고 갈비뼈를 비롯해 몇 군데가 부러진 상태였다. 괜찮을 리가 없었다.

이런 곳에서는 차분하게 치료할 수 없었기에, 우선 레티시엘은 치유마술로 응급처치를 했다. 이걸로 이동은 문제없어질 터였다.

문득 떠올라서 찾아보니 루카스는 동굴의 안쪽으로 이동

해 있었다. 그는 팔짱을 낀 채 서서 동굴의 가장 안쪽에 쌓여있던 대량의 물품을 바라보고 있었다.

의류나 가방 같은 소박한 것부터 금이나 보석 등의 고가품까지 다양했다.

"학원장님. 이것들은?"

"응? 아아. 이건 저 녀석들의 짐이다. 아마도 다 훔친 것들이겠지. 피해자들의 짐도 있을 게다."

"……!"

그때 산더미처럼 쌓인 산적들의 짐에서 뭔가를 발견한 듯, 지크가 눈을 크게 뜨고 숨을 삼켰다.

"지크? 왜 그러나요?"

"윽. 아, 아니, 아무것도 아닙니다."

레티시엘이 말을 걸자 지크는 비로소 제정신을 차린 것 같은 기색이었다.

무엇을 보고 있던 것일까. 그렇게 생각해 레티시엘은 그의 시선이 향한 끝을 더듬어 따라가 보았다. 그러자 그곳에는 대량의 천이 내던져져 있었다. 어느 천에든 좌우대칭의 품위 있고 고운 문양이 수놓아져 있었는데, 종류는 천에 따라 달랐다.

"너희는 먼저 별장으로 돌아가서 쉬어라. 아…… 그리고 가는 김에, 별장에서 쉬고 있는 교사들에게도 도우러 오라고 전해다오."

"괜찮으신가요? 손이 부족하다면 돕겠습니다만."

"지크나 히르메스에게는 휴식이 필요할 거 아니냐. 됐으니까 돌아가라. 이건 내 할 일이야."

양손을 허리에 대고 루카스가 상냥하게 미소를 지었다. 이 이상 주제넘게 참견하는 것도 미안했고, 히르메스와 지크의 치료나 요양도 해야 했다. 신체강화마술이 있으면 소년 한 명을 옮기는 정도 어렵지 않았기 때문에, 레티시엘과 지크는 히르메스를 업은 채 별장으로 돌아왔다.

"……."

도중에 지크는 줄곧 말이 없었다. 뭔가를 고민하는 것 같았다. 레티시엘도 어떻게 말을 걸어야 할지 알 수 없어서 결국에 별장에 도착할 때까지 일행은 아무 말도 하지 않았다

"……아, 도로셀……님……."

별장에 도착하자 곧바로 미란다레트가 레티시엘 일행을 알아차렸다. 그러나 레티시엘의 등에서 기절한 히르메스를 보고 그녀는 작게 비명을 질렀다.

"리프…… 리프?!"

레티시엘의 등에서 힘없이 약한 숨을 쉬는 히르메스의 모습에 미란다레트의 안색이 변했다.

"미라 님. 히르메스 님의 상처는 심각해요. 의무실까지 안내해 주시겠어요?"

"예, 예!"

"지크. 당신에게도 응급처치를 할 테니까 같이 가요."

"……아, 예."

지크는 변함없이 마음이 다른 데 가 있는 것 같았지만, 그래도 순순히 레티시엘과 다른 사람의 뒤를 따라왔다.

미란다레트의 안내로 의무실에 도착하자, 레티시엘은 입구에서 가장 가까운 침대에 히르메스를 뉘였다.

안쪽 침대에는 베로니카의 모습도 보였지만, 지금은 안정된 듯 조용히 숨소리를 내며 자고 있었다.

"지크. 잠깐 그 근처에 앉아서 기다려 줄래요?"

"예. 괜찮습니다. 그를 먼저 봐 주세요……."

지크는 미소를 지으며 고개를 끄덕이고는, 의무실 안쪽에 있는 소파에 앉았다.

그 모습을 곁눈으로 살피며, 레티시엘은 가까이에 있던 의자를 침대 옆으로 이동시키고 그곳에 앉아서 치료를 시작했다. 미란다레트도 그녀를 따랐다.

방금 동굴 근처에서 사용했던 것은 응급처치 정도의 효과만 있는 가벼운 치유마술이었다. 히르메스의 상처를 완전히 낫게 하려면, 보다 고도의 술식으로 장시간 치료를 해야 할 필요가 있었다.

레티시엘이 들어 올린 손에서 천사의 날개와도 같은 순백의 광채가 뿜어져 나왔다. 그것은 풀솜처럼 천천히, 그리고 부드럽게 히르메스의 몸을 감싸 안았다.

이것은 전생에 레티시엘이 독자적으로 개발한 술식 중 하나였다. 이 날개는 진짜 날개가 아니라, 몇 백이나 되는 마도술식이 압축 결합되어 그렇게 보이는 것뿐이었다.

본래 치유마술은 상처를 치유할 뿐 그 뒤의 일까지는 책임지지 못했으나, 이 마술이라면 흉터나 후유증을 남기는 일 없이 상처를 완전히 치료할 수 있었다.

술식연산이 복잡하고 너무 방대해서 레티시엘 정도만이 제대로 사용할 수 있었고, 치료에 걸리는 시간도 일반 치유마술보다 길었지만 그 효과는 컸다.

"……저도 좀 더 치유마술을 잘 구사하고 싶어요."

치유마술을 이용한 치료를 한창 진행하는 가운데, 옆에 앉아있던 미란다레트가 그렇게 중얼거렸다. 무릎 위에 올려놓은 그녀의 두 손은 피가 통하지 않아 새하얗게 될 정도로 꽉 쥔 채 가늘게 떨리고 있었다.

"리프나…… 다른 분들의 그런 모습을, 보고 있기만 하는 자신이 싫어요……."

"……그래요."

분해서 눈물을 흘리는 미란다레트에게 해 줄 말이 없어서, 레티시엘은 짧게 그렇게만 대꾸했다.

열어놓은 창문으로부터 부드러운 바람이 흘러 들어와 레티시엘과 미란다레트의 앞을 빠져나갔다. 그렇게 올해의 야외활동은, 대규모의 노예 밀매 적발소동 덕분에 중지되었다.

막간 쇠퇴한 성당에서

쌍둥이 언니 도로셀의 주위에는 늘 익숙한 얼굴의 낙오자들이 있었다.

그것을 크리스타는 알고 있었지만, 지금까지 자신이 먼저 그들에게 접촉한 적은 없었다.

그런 그녀가 지크에게 접촉하려고 결심했던 것은 세리냐의 꼬드김과 충고가 있었기 때문이었다.

세리냐가 도로셀의 저택에 방문하고 며칠 뒤, 크리스타는 그 일에 대해 격렬한 어조로 추궁한 적이 있었다.

크리스타 이상으로 도로셀과 사이가 나빴던 세리냐가 이유도 없이 도로셀의 저택에 가다니, 그런 일은 생각할 수도 없었다.

「자자, 크리스. 이유 같은 건, 뭐든 상관없지 않니.」

방문의 이유을 물어도 세리냐는 대답을 피할 뿐이었다. 하지만 그 대신에 세리냐는 크리스타에게 다른 일을 가르쳐 주었다.

「그것보다 크리스. 네게 좋은 걸 알려줄게.」

크리스타의 귓가에 입을 가까이 대고 세리냐는 천천히 온화한 어조로 속삭였다.

「도로셀은 학원에 소중한 친구들이 있는 것 같아. 방금 친하게 지내는 정보상에게 들었는데, 그 중 한 사람이 요즘 본가의 일로 고민이 있다는 것 같더구나.」

바로 최근에, 어떤 마을의 특산품인 직물의 평판이 갑자기 나빠져서 거래가 격감했다는 얘기는 풍문으로 듣고 있었다.

「너도 최근의 도로셀은 이상하다고 생각하고 있지? 그 아이를 우리 편으로 잘 끌어들일 수 있으면, 분명히 도로셀에 대해 가르쳐 줄 거야.」

분명히, 세리냐의 말에는 일리가 있었다.

도로셀이 학원에서 함께 있는 인간은 그녀의 몇 안 되는 친구들뿐. 그렇다면 그 친구를 아군으로 끌어들이면 된다.

언니의 조언을 받아들여, 크리스타는 다음 휴일을 이용해 곧바로 지크와 접촉했다.

「잠깐 이야기 좀 할 수 있을까요?」

그 한 마디로 크리스타의 거래가 시작되었다.

세리냐가 조사해 온 정보에 의하면, 그…… 지크 비올리스는 가족을 매우 소중하고 생각한다고 했다. 때문에 이 거래를 그는 절대로 거절하지 않으리라고, 크리스타는 그렇게 생각하고 있었다.

하지만 결과는 예상외.

지크는 크리스타의 권유를 받아들이지 않고 분명하게 거절했다.

크리스타를 마주보는 그의 입에서 나온 말은 도로셀에 대한 존경만을 품고 있어서 소름이 돋았다.

역시, 그 사람의 주위에는 제대로 된 인간은 없었다…….

***

"크리스타!"

"……!"

이름을 부르는 목소리에 크리스타는 퍼뜩 정신을 차렸다.

지금 그녀는 식당의 의자에 앉아 스푼을 수프에 담근 채, 그저 쥐고만 있었다.

"크리스타. 왜 그러나요? 어디, 몸이라도 안 좋은가요?"

방금 말을 걸어온 것은 디안느인 것 같았다. 크리스타는 어머니에게 시선을 향하고 애써 평정을 가장하며 미소 지었다.

"괜찮습니다, 어머니. 조금 멍해 있었네요."

"그렇구나. 무슨 일이 있다면 바로 이야기 하려무나."

크리스타의 대답에 스컬로는 상냥한 어조로 그렇게 말했다. 그 아버지의 말에 크리스타는 아무 대답도 하지 않고, 모호하게 미소를 지었다.

로시포드가 휘말린 괴물 소동이 있었던 뒤로, 크리스타는 정신에 이상이 생긴 로시포드를 걱정해 학원에는 거의 다니지 않았다.

양친에게는 말하지 않았지만, 로시포드를 낫게 할 수단을 한창 찾는 중이었다.

같은 식사 자리에는 공작 부부 외에 귀성 중인 맏언니 세리냐, 그리고 공작가의 맏이인 오빠 프리드의 모습도 있었다. 얼굴을 보는 것은 꽤나 오랜 만이었다.

그는 빈번한 영지의 시찰이나 사교로 집을 비우는 일이 많았다. 집에 돌아와서도 자기 방에 틀어박히거나 바쁘게 외출을 하거나 해서 가족과 대화를 나누는 일은 드물었다.

"들었느냐? 며칠 전 또다시 캐러밴 습격 사건이 일어났다는 것 같더구나."

"어머…… 흉흉하네요."

상석에 앉은 스컬로와 디안느는 그런 이야기를 했다.

분명히, 하계 휴가 후반 언저리부터 습격 사건이 늘어났다고 들었다.

"게다가 북쪽에서만 사건이 일어나고 있다는 것 같으니, 우리 영지가 걱정이다. 그래, 프리드. 영지는 괜찮은 것이겠지?"

스컬로는 하아 하고 한숨을 쉬고는 자신의 대각선 앞, 디안느의 맞은편 자리에 앉은 장남 프리드에게 물었다.

은색 머리카락에 짙은 보라색 눈동자를 가진 프리드는 공작가의 아이들 중 최연장자로, 지금은 스컬로를 대신해 영지를 맡고 있었다.

질문을 받고 프리드는 표정을 조금도 바꾸지 않은 채 담담하게 대답했다.

“걱정하실 필요 없습니다. 이미 대책은 세워두었습니다. 강력한 용병도 고용했고, 영지는 지금 외삼촌이 관리하고 계시니까요.”

“그러냐. 역시 내 아들이다.”

장남에게 영지의 통치를 통째로 맡긴 채 자신은 가보지도 않았으면서 스컬로는 프리드의 지나치게 간결한 보고를 의심하지도 않고 선뜻 믿었다.

“최근에는 다들 습격을 경계해서 경호원을 고용하고 있으니 말이다. 우리도 그렇게 믿고 맡길만한 자들은 없느냐?”

“아버지께서 걱정하지 않으셔도, 강력한 경호원을 이미 두고 있습니다.”

“그래. 그렇다면 안심이구나. 하하하.”

스컬로가 호쾌하게 웃었다. 프리드는 그 모습에 눈길도 주지 않으면서 무표정한 얼굴로 식사하는 손을 멈추지 않았다.

“그러고 보니, 아버님. 이전 말씀드린 기부금 건은 생각해 보셨나요?”

퍼뜩 생각났다는 것처럼 앗 하고 소리를 내면서, 세리냐가 스컬로에게 말을 걸었다.

스컬로는 한 순간, 무슨 말인가 라는 것처럼 멍한 얼굴을 했다. 그러나 곧 주먹으로 손바닥을 툭 내리쳤다.

“아아! 전에 말했던 크로비스 수도원에 대한 기부금 말이구나."

"예에. 그것 말입니다. 그래서, 허가해 주실 수 있나요?"

"물론 상관없다. 그 수도원과는 관계를 맺은 지 오래 되었으니 말이지."

"고맙습니다, 아버님."

저녁 식사 자리에서 가족들은 각자의 이야기를 주고받았지만, 크리스타는 줄곧 건성으로 대화를 듣고 있었다.

식탁 앞에는 앉아 있었지만, 식사는 전혀 줄지를 않았다.

"세리냐. 당신 또 크로비스 수도원에 간 건가요?"

"예. 며칠 전에 아이들의 얼굴을 보러 갔었답니다."

"최근 꽤 빈번하게 방문하고 있지요? 그 장소는 빈민가와도 가깝기도 하니, 이상한 소문이라도 나면 당신의 결혼에 지장이 생기지 않을까요?"

"아뇨. 어머니. 저는 그곳에 가는 것이 즐겁답니다. 어머니는 아무것도 걱정하지 않으셔도 돼요."

"그런……가요? 뭐, 당신이 그렇게 말한다면야 믿도록 하죠."

"자자, 가난한 자들에게 자애와 원조의 손을 뻗는 것은 감동적인 일이 아닌가. 네가 자랑스럽다, 세리냐."

우수한 아들에 상냥한 딸에 나는 정말 자식 복이 많구나. 우쭐하며 그렇게 말하는 스컬로의 목소리에 기쁨이 묻어났다.

"……."

"어머, 크리스. 벌써 다 먹은 거니?"

갑자기 자리에서 일어난 크리스타에게 맞은편에 앉은 세리냐가 놀란 것처럼 눈을 깜박였다.

"예. 그다지 식욕이 없어서요."

"그래? 그럼 좀 더 먹기 쉬운 것을 준비해 줄게."

"괜찮아요, 세리냐 언니. 그럼, 저는 이 뒤에 외출하기로 되어 있어서요."

크리스타는 적당히 둘러대고 총총히 식당을 나섰다.

방금 전에 한 말대로, 그녀는 이 뒤에 어떤 인물과 만나기로 했다.

시각은 해질녘. 크리스타는 시종을 몇 명만을 데리고 마차도 타지 않고 저택을 나섰다.

그들은 인적이 적은 길을 골라 아트리스 강을 건넜다. 그 앞은 빈민가였다.

다리의 좌우에서는 노점을 접는 상인들이 바쁘게 작업을 하고 있었고 사람의 왕래는 뜸했다. 다리 건너편에는 창문이나 문이 부서진 가옥들이 비좁게 모여 있었는데, 그 중에는 이미 무너진 것까지 있었다.

귀를 기울이면 부서진 창문에 바람이 스치는 으스스한 소리와 패기 없는 주민들의 목소리에 섞여, 왕도경비대의 규칙적인 발소리도 건물 건너편 쪽에서 들려왔다.

"……아가씨. 정말 가실 겁니까?"

"당연하잖아요? 그렇지 않으면 여기까지 온 의미가 없어요."

선두를 걷는 시종이 걱정을 했으나, 크리스타는 그것을 단호하게 물리쳤다.

사람이 나란히 서서는 두 사람도 지나갈 수 있을까 말까 한 골목길에 고전하고 있기 때문일까, 그렇게 대답하는 크리스타의 목소리에는 어딘가 짜증이 섞여 있었다.

"아니면 뭔가요? 시종 주제에 내게 간섭하려는 건가요?"

"……주, 주제넘은 말을 했습니다."

보라색 눈동자에 분명한 의지를 담고 크리스타는 단호하게 잘라 말했다. 시종은 그 이상 아무 말도 하지 않고 묵묵히 일행을 이끌었다.

공작 영애인 크리스타는 본래 이런 장소에 올 만한 신분이 아니었다. 그러나 그녀에게는 목적이 있었다.

그것은 로시포드의 병증을 개선하기 위한 방법을 알아내는 일이었다.

이 한 달 동안, 정보상에게서 다양한 정보를 사들이거나 고용인들에게 이곳저곳 조사를 시켜서 한 인물과 간신히 접촉할 수 있었다.

'힘내는 거야, 크리스타. 이건 나밖에 할 수 없는 일이야…….'

그 인물의 이름이나 배경은 모두 불명이었으나, 어쨌든 유일하게 손에 넣은 단서였다.

설령 꾀죄죄하고 사방에서 썩은 채소와도 같은 냄새가 나더라도 돌아갈 수는 없었다.

이윽고 크리스타 일행은 어떤 문 앞에 도착했다.

문과 울타리에 둘러싸인 그 너머에 보이는 건물은 주위에 있는 가옥보다는 좀 더 훌륭했고 창문도 문도 깨지지 않았다. 문 위에는 일부 문자가 지워진 오래된 간판이 걸려 있었는데, 그것에 쓰인 명칭은 가까스로 읽을 수 있었다.

"……크로비스 수도원."

설마 피리아레기스 가에서 후하게 지원하고 있는 수도원에 단서가 있었다니, 의외로 등잔 밑이 어두운걸. 크리스타는 그렇게 생각하며 문을 열었다.

수도원 대지 안에 들어서자, 크리스타는 수도원 건물로 가지 않고, 그대로 정원을 우회해 대지 한쪽 구석에 있는 잡목림으로 향했다.

"당신들은 여기서 대기하고 있어요."

잡목림 입구 근처에서 시종들에게 대기 명령을 내리고, 크리스타는 혼자 수풀을 헤치고 숲 안으로 들어갔다.

이윽고 나무들에 파묻힌 한 채의 낡은 건물이 보였다. 외벽은 대량의 이끼와 덩굴로 덮여 있었고, 과거에 첨탑이었던 부분과 건물의 벽 일부는 무너져 있었다.

살짝 썩어서 변색된 나무문을 열고 안으로 들어가자, 그곳에는 개방된 성당이 있었다.

폐허가 된 지 오래된 듯, 가장 안쪽 벽에 있는 스테인드글라스에는 금이 가 있었고 카펫과 의자도 너덜너덜해서 거의 모든 물품이 부서져 있었다.

랜턴의 불빛에 의지해 가장 앞줄의 의자에 앉아있는 하얀 로브로 몸을 감싼 인물의 뒷모습을 볼 수 있었다.

"왔나."

문이 닫히자 하얀 로브 차림의 그 남자는 그렇게 짧게 중얼거리고는, 그 이상 아무 말도 하지 않고 자리에서 일어나 터벅터벅 크리스타에게 다가왔다.

"약이다."

"……어?"

그리고 난데없이 뭔가의 액체가 든 유리병을 크리스타의 눈앞에 내밀었다.

이런 거래 비슷한 일을 하는 것은 태어나서 처음인 크리스타는 무슨 일이 있을 때를 대비해 품에 나이프를 숨기고 있었다.

만에 하나의 상황일 때에는 동귀어진을 하든가 자신의 목을 찌를 각오로 임하고 있었는데, 이렇게 선뜻 약을 건네주다니. 상대의 태도에 허를 찔려 크리스타는 얼빠진 대답을 하고 말았다.

"약이라고 했다. 이것이 갖고 싶은 것이겠지?"

많은 말을 하려 하지 않는 남자의 태도에, 크리스타는 약병에서 시선을 들어올렸다. 남자의 얼굴은 촛불에 비치긴 했으나 깊숙하게 내려쓴 후드 탓에 보이지 않았다.

"그래, 맞아요."

크리스타는 바로 남자의 손에서 약병을 받아들고 촛불에 병의 내용물을 비쳐보았다. 오렌지색의 촛불의 불빛으로는 확실히 알 수 없었지만, 뭔가 검은 액체라는 점은 틀림없었다. 아무래도 건강에는 좋아 보이지는 않는데…….

"……정말로 듣는 거겠죠?"

"보장하지."

후드를 고쳐 눌러쓰면서 남자는 망설이지 않고 그렇게 즉답했다. 그 손에는 수레바퀴에 십자가가 조합된 문장이 수놓아진 검은 장갑을 끼고 있었다.

5장 필승 도박사

파란으로 가득했던 야외활동이 끝나고, 루크레치아 학원에는 또다시 평화로운 일상이 돌아왔다.

야외활동으로부터 며칠이 지난 어느 날의 방과 후. 레티시엘은 보기 드물게 연구실에도 마법훈련장에도 가지 않고 빠른 걸음으로 학원 정문 앞까지 왔다.

"아, 도로셀 님!"

그곳에는 이미 히르메스와 미란다레트의 모습이 있었다.

"기다렸나요?"

"아뇨아뇨. 괜찮아요."

"우리도 지금 막 왔습다!"

"고마워요. 그렇다면 다행이네요."

그렇게 대답하면서 레티시엘은 시선만으로 주변을 빙글 둘러보았다. 정문 앞에 있는 것은 레티시엘, 미란다레트, 히르메스 뿐이었다.

"지크는, 역시 없나요?"

"예. 말은 해 봤는데, 뭔가 볼일이 있는 것 같아서요……."

미란다레트가 유감스럽다는 듯이 그렇게 말했다. 옆에서 히르메스가 동조하듯이 응응 고개를 끄덕였다.

최근 지크의 모습이 이상한 것 같은 느낌이 들었다. 방과 후의 서클 활동에 얼굴을 내미는 일이 줄었고, 함께 점심을 먹을 때에도 마음은 콩밭에 가 있는 것 같았으며, 때때로 학원에 없을 때도 있었다.

지크의 이런 경향은 가을학기가 시작된 무렵부터 징후가 보이긴 했지만, 요전의 야외활동이 끝난 뒤 점점 강해지는 것 같았다.

'무슨 일이 있는 걸까…….'

전에 본관 뒤에서 지크가 루카스와 바우리오와 뭔가 심각한 듯이 이야기를 하던 것을 본 적이 있었는데, 그것과 관계 있는 것일까.

본인에게 물으려고 해도 학원에서는 거의 만날 수 없었기 때문에 실상은 알 수 없었다.

"어쨌든, 벌써 저녁때이니 출발하죠."

"예!"

시간도 딱 좋았기 때문에, 일행은 바로 사람과 마차가 오가는 큰길로 나갔다. 이날 레티시엘 일행 셋이 모인 것은 다름이 아니라 베로키나의 병문을 가기 위해서였다.

베로니카는 야외활동에서의 소동에 휘말린 뒤로 컨디션이 안 좋아서 줄곧 학원을 쉬고 있었다. 때문에, 본래는 기숙사에서 생활했으나 요양을 위해 현재는 왕도 안에 있는 본가로 돌아가 있었다.

컨디션 불량의 주된 원인은 마소의 반동이었다. 마력과는 물과 기름 같은 존재인 마소는, 고마력의 소유자가 마술을 사용하려고 하면 체내의 마력과 반발해 반동이라는 거절 반응을 일으킨다.

'그러고 보니, 베로니카 님이 어떻게 마술을 쓸 수 있었는지 아직 못 들었네.'

그 야외활동의 소동 때에는 친구들의 안부와 다른 여러 가지 일들로 머리가 가득 차서 결국 듣지 못했다. 베로니카의 몸 상태가 나쁘지 않다면 물어볼까.

베로니카의 본가로 향하는 도중, 레티시엘은 눈에 익은 가게를 발견했다. 벽돌로 된 작은 가게 앞에 식물이 심어진 화단이 있었다.

"이 가게는, 베로니카 님의 집에 가는 도중에 있었군요."

"저도 오늘 처음 알았어요……."

여름 방학에 들어가기 전, 마법동호회의 멤버 전원이서 마을에 놀러 나왔을 때 지크의 안내로 방문했던 그 골동품점이었다. 이곳 점장의 시계를 수리해주고 그 아들에게서 오르골을 선물받은 것도 돌이켜보면 좋은 추억이었다.

"있죠있죠! 마침 잘 됐으니까, 뭔가 베로니카 님에게 선물을 사 가지 않을래요?"

그대로 가게를 지나치려는 참에 골동품점의 쇼윈도를 들여다보던 히르메스가 그런 제안을 했다.

분명히 잘 생각해 보니 병자의 병문안을 가는데 위문품이 하나도 없다는 것은 좋지 않은 것 같았다.

"선물…… 좋은 생각이네요. 고마워요, 히르메스 님."

"헤헤헤."

레티시엘은 히르메스의 의견을 채용해 베로니카에게 줄 선물, 아니 위문품을 사기 위해 오랜 만에 골동품점에 발을 들여놓았다.

"어서 오십시오…… 아. 안녕하신가요. 도로셀 님."

"오랜 만입니다. 점장님."

안쪽의 카운터에서 작업을 하던 점장은 레티시엘의 얼굴을 보자 바로 기억해냈다. 오르골을 주었던 소년은 없었다. 아무래도 모친과 외출을 한 것 같았다.

"좁은 가게이지만, 부디 느긋하게 있다 가 주십시오. 지크 군은 같이 안 왔습니까?"

"예. 최근에 바쁜 것 같아서요."

"그런가요. 최근에 모습을 그다지 보지 못해서, 어떻게 지내고 있나 생각했습니다만."

그렇게 말하고 점장은 뺨을 긁적이면서 쓴웃음을 지었다. 아무래도 지크는 자주 이용하던 이 가게에도 최근 오지 않는 것 같았다.

"점장님은 언제부터 지크와 알고 지내셨나요?"

처음에 이곳에 왔을 때에도 지크와 점장은 사이좋게 잡담을 나누었고, 점장의 아들도 지크를 잘 따랐다.

"지크 군말인가요? 그렇군요…… 그와는 2년 정도 전부터 알고 지내게 됐습니다."

당시 고향에서 막 왕도로 상경한 지크는 이 점장 밑에서 생활비를 벌기 위해 일했다고 한다.

"처음에는 종업원으로 대했습니다만, 지크 군은 영리하고 사람을 대하는 태도로 좋고 성실한 아이라서 말입니다. 점차 정이 들었지요."

그 뒤, 학원에 입학할 때까지 지크는 때때로 이 가게에서 아르바이트를 하는 것만이 아니라, 점장의 어린 아들을 돌봐주는 일이나 가정 교사까지 맡아 주었다고 한다. 어쩐지, 점장의 아들이 그렇게나 지크를 잘 따른 것에는 이유가 있었다.

"그 인연도 있어서, 지금도 때때로 가게를 도와주러 오거나 아들아이의 숙제를 도와주거나 하고 있답니다."

"그랬군요. 지크답네요."

"다만, 그렇게 성실하고 진지한 성격이라 그런지, 늘 혼자서 모든 걸 다 떠안아 버리죠."

그 점이 유일하게 걱정이라고 말하며 점장은 모호하게 웃었다. 그 말을 듣고 보니, 지크는 지금까지 그다지 자신에 대해 말하지 않은 것 같았다.

"아, 도로셀 님. 좀 보세요. 이런 게 있어요."

레티시엘이 점장과 이야기를 하는 사이 가게를 돌아보고 있던 미란다레트가, 뭔가 하얀 손수건과 옅은 물색의 손수건을 들고 왔다. 두 장 모두 똑같은 문양이 자수로 새겨져 있었는데, 자수에 사용된 실의 색깔이 달랐다.

"손님, 안목이 높으시군요. 그건 빌스천에 메이블 꽃무늬가 수놓아진 손수건으로, 유행 초기에 만들어진 아주 진귀한 상품입니다."

"에……! 그랬나요! 이게 그 유명한…… 저, 처음 봤어요……."

점장의 설명에 어지간히 놀란 것일까, 미란다레트는 손으로 입을 가리며 눈을 동그랗게 떴다.

"빌스천의 메이블 꽃무늬……?"

그러고 보니 임간학교 때 어딘가의 영애가 빌스천의 드레스를 입었던 것 같기도 하고.

"빌스천이란 건, 분명히 지크의 출신지와 관련이 있었죠?"

"예. 그렇습니다. 빌스마을산 직물을 총칭해서 빌스천이라고 불리고 있지요. 그 중에서도 메이블 꽃무늬는 18년 전 귀족들 사이에서 당대를 풍미한 자수 문양을 말하는 것으로, 당시에는 왕족분들도 모두 구입할 정도라서, 구입순번을 기다리는 사람들이 늘 장사진을 이루었다고 전해지고 있습니다."

"굉장하네요……."

지크의 출신지에 왕족까지 포로로 만들 정도의 인기상품

이 있었을 줄이야…….

분명히 치밀하고 섬세한 기하학적인 모양에 식물처럼도 꽃처럼도 보이는 신비한 문양으로, 빛이 닿는 정도에 따라 색도 다르게 보였다.

천 년 전에는 없던 고도의 수공예 기술이었다. 지금 시대에는 이런 기술이 존재하는 건가. 그런 생각에 레티시엘은 흥미진진하게 손수건의 자수를 바라보았다.

"하지만 최근에는 빌스산의 직물은 업계에서 평판이 그다지 좋지 못한 것 같아서……."

표정을 살짝 흐리면서 점장은 그렇게 말했다. 그러고 보면 야외활동에서 예의 드레스를 입었던 영애도 그런 말을 했었지. 레티시엘은 당시의 광경을 어렴풋하게 떠올렸다.

"품질이 떨어졌다든가, 한 것일까요?"

"그런 것은 아닌 것 같습니다만…… 저도 풍문으로 들은 것뿐이라 자세히는 알지 못해서……."

점장도 정말로 의아한 것 같았다. 최근 지크의 모습이 때때로 이상한 것도 어쩌면 그 소문이 관련된 것일까.

레티시엘 일행은 그 뒤로도 한참 위문품을 찾았다. 그러나 그다지 마음에 와 닿는 것이 없었기 때문에 결국 방금 전의 메이블 꽃무늬의 하얀 손수건을 사가기로 했다.

덧붙여 그 섬세한 수공예가 마음에 들었기 때문에 또 한 장의 옅은 물색의 손수건은 레티시엘이 자신용으로 구매했다.

"그럼 저희는 이만 실례할게요."

"예. 또 언제든지 들려주십시오."

선물용으로 예쁘게 포장된 손수건을 들고 레티시엘 일행은 가게를 나섰다.

골동품 가게를 나선 뒤에도 한참을 걸어, 이윽고 일행은 밸런타인 공작저택에 도착했다.

"이곳……일까요?"

"사, 상상은 했지만, 저희 집과는 천지 차이네요……."

밸런타인 공작가의 저택은 귀족의 저택 중에서도 특히 왕성에 가까운 위치에 서 있었다. 피리아레기스 공작가의 저택도 그러했지만, 공작가는 하나같이 왕성 근처의 일등지에 위치했다.

피리아레기스 가의 저택은 하얀 건축 재료를 사용해 밝으면서 매우 호사스러운 외관을 하고 있었으나, 밸런타인 공작가의 저택은 거꾸로 갈색 벽돌과 검은 지붕재를 쓰고 있었다. 또, 장식도 적어서 전체적으로 세련되고 차분한 분위기를 만들어내고 있었다.

"병문안, 이시라고요?"

밸런타인 저택의 정문 앞. 레티시엘은 그곳에 선 문지기에게 방문 목적을 설명했다.

"예. 베로니카 님의 병문안이에요. 만나 뵐 수 있을까요?"

"예? 베로니카 아가씨 말씀이십니까? 무, 물론입니다. 잠시 기다려 주십시오."

손님의 내방을 알리기 위해 문지기는 일단 저택으로 돌아갔다. 그 반응이 왠지 당황한 것처럼 느껴져서 레티시엘은 고개를 모로 꼬았다.

'베로니카의 병문안을 온 것이 그렇게 놀랄 일인가?'

잠시 기다리자, 문지기가 다시 잔달음질로 달려와 정문을 열어주었다.

"오래 기다리셨습니다. 들어오십시오."

커다란 철장 형태의 문이 열리고, 문지기는 레티시엘 일행을 저택의 대지 안으로 들여보내 주었다.

저택의 현관홀로 안내를 받아 들어가자 미리 연락을 받고 기다리던 노집사가 공손하게 인사를 했다.

"그럼 바로 베로니카 아가씨의 방으로 안내해 드리겠습니다. 이쪽으로 오시지요."

레티시엘 일행은 노집사의 뒤를 따라 밸런타인 공작저택 안을 걷기 시작했다.

"무척 조용하네요……."

복도의 경치를 둘러보면서 미란다레트가 작은 목소리로 살며시 귓속말을 해왔다.

분명히 밸런타인 공작저택의 복도는 매우 조용했다. 시간상으로 슬슬 저녁 식사 시간이 가깝지 않을까 싶었으나, 때때로 고용인이 지나가는 정도일 뿐 사람의 모습도 많이 볼 수 없었다. 내부의 시설과 장식은 오후의 밝은 시간대라면 분명히 중후하고 기품 넘치게 느껴졌겠지만, 지금은 어둑어둑하고 쓸쓸한 느낌이 들었다.

"그러네요. 다들 어딘가 외출한 것이 아닐까요?"

일행이 그런 이야기를 하는 사이, 눈앞에 문 하나가 보였다. 그곳이 베로니카의 방이라고 생각해, 레티시엘은 그곳으로 향하려고 했다.

"아가씨. 베로니카 아가씨의 방은 그쪽이 아닙니다. 이쪽입니다."

그러나 노집사는 그 문 앞에서 왼쪽으로 꺾어 다른 건물로 통하는 연결 복도로 일행을 재촉했다.

"어…… 본관이 아니라 별관?"

뒤에서 그런 속삭임이 들려왔다. 아마도 히르메스가 미란다레트에게 자신의 감상을 토로한 듯했다.

생활감이 없는 별관의 복도를 잠시 동안 나아가려니, 앞을 걷던 노집사가 2층의 어느 문 앞에서 멈춰 섰다.

"이곳이 베로니카 아가씨의 방입니다."

그렇게 노집사는 이쪽을 향해 공손하게 인사를 하고 그곳을 떴다. 그 모습을 곁눈으로 바라보며, 레티시엘은 노크를 하고 방의 문을 열었다.

"아…… 도로셀 님."

방에 들어서자 침대 위에서 안경을 쓰고 책을 읽던 베로니카가 얼굴을 들었다. 마지막에 만났을 때와 비교하면 얼굴빛은 많이 좋아져 있었다.

"안녕하세요, 베로니카 님. 병문안을 왔어요."

"고, 고맙, 습니다!"

베로니카는 서둘러 침대에서 내려오려고 했다. 그러나 레티시엘은 곧바로 그것을 제지했다. 몸 상태가 완전히 회복되지 않았는데 무리해서 움직일 필요는 없었다.

레티시엘 일행은 방에 있는 의자와 소파를 몇 개 이동시켜서 침대를 둘러싸듯이 앉았다.

"베로니카 님. 상태는 어떠신가요? 저택이 몹시 조용한데, 제대로 식사는 하고 계신 건가요?"

"괜찮, 습니다. 오늘은, 아버지도 오빠들도, 연회에 참가하셔서…… 아, 하지만, 식사는 제대로 나왔습니다."

확실하지는 않았지만, 오늘은 연회에 참석하니 저녁 식사 준비는 필요 없다고 공작 스스로 지시를 내렸다는 것 같았다. 그래서 할 일이 없어서 무료해진 고용인들이 각자 자기 일을 하고 있다는 것이었다.

"자요. 베로니카 님에게 이것을 드리겠어요. 대단한 물건은 아니지만, 위문품이에요."

"……! 고맙습니다!"

손수건을 보자 베로니카는 눈을 반짝 하고 빛내며 소중하다는 듯이 받아들었다.

"마음에 들었나요?"

"예! 그게, 이거, 빌스천의 메이블 꽃무늬, 이죠! 저, 이 문양을 무척 좋아해요!"

베로니카가 기뻐서 어쩔 줄 모르겠다는 듯 만면의 미소를 띠었다. 위문품이 손수건뿐인 건 좀 싱겁지 않을까, 그렇게 생각했지만 베로니카가 기뻐해 주었으니 충분했다.

네 사람은 그대로 잠시 동안 함께 잡담을 나누었다. 그랬는데, 문득 히르메스와 미란다레트가 입구 쪽을 신경 쓰기 시작했다.

"미라 님? 왜 그러죠?"

"아뇨. 그러고 보면, 아무도 안 온다고 생각해서요……."

이 시대의 귀족의 매너로는 방문객에게는 차를 내어 대접하는 것이 암묵의 규칙이라고 했다. 그러고 보면 루빅도 저택에 사람이 올 때에는 늘 차를 내주곤 했지. 레티시엘은 지금까지의 일을 떠올리며 납득했다.

'베로니카의 친구는 환영받지 못한다, 라는 것일까?'

문지기나 노집사의 반응, 사는 장소 등을 보건대, 첩의 아이라는 베로니카의 저택 내에서의 대우는 그다지 좋다고 할 수 없었다.

'베로니카 자신에게는 아무 죄도 없건만……'

그래서 학원에서도 괴롭힘을 당하고 있던 것일까. 거기까지 생각하고 레티시엘은 표정을 흐렸다.

"죄송합니다, 정말로……."

그것을 비판으로 받아들인 것일까, 베로니카는 그렇게 말하며 면목이 없다는 것처럼 고개를 숙였다.

"괜찮아요. 신경 쓰지 말아요. 차 정도는 스스로 탈 수 있는 걸요."

"아. 그럼 내가 끓일게요!"

"안 돼! 요전에 처음 홍차를 타봤다고 해서 우쭐해하지 마!"

"아으, 미안합니다……."

약혼자에게 혼이 난 히르메스는 기가 팍 죽어서 얌전히 미란다레트의 말에 따랐다. 왠지 혼이 난 강아지 같아서 레티시엘은 저도 모르게 작게 웃음을 터뜨리고 말았다.

"베로니카 님의 병은 태어났을 때부터 앓던 것인가요?"

미란다레트가 타 준 허브티를 마시면서, 레티시엘은 베로니카에게 물었다.

"글쎄……요. 발병한 것은 이곳에 거둬지고 난 뒤의 일이라……."

그렇게 말하면서 베로니카는 자신이 없는 것처럼 작게 고개를 갸우뚱했다. 그녀 자신도 언제 그것을 앓기 시작했는지 기억하지 못하는 것 같았다.

마력포화증. 이전 츠바루와 이야기를 해서 조금 알게 되었는데, 대량의 마력을 품고 있으면서도 방출기능의 결함으로 마력을 마법으로 변환할 수 없는 병이었다. 고마력의 소

유자에게서 드물게 볼 수 있는 병이었기 때문에 환자는 귀족이 많다던가.

"그건 그렇다고 치고, 베로니카 님은 어떻게 마술을 사용한 거죠?"

체내에 늘 막대한 마력을 품고 있는 마력포화증 환자가 마소를 흡수하면 당연하게도 마력과 마소의 반발로 반동이 발생했다.

게다가 그들은 마력의 양이 일반인의 수 십 배나 되기 때문에 강렬한 반동으로 쇼크사할 가능성도 충분히 있었다. 마술의 행사는 사실상 불가능할 터였다.

"아, 어……저도, 그…… 잘 모르겠지만요, 노래를, 불렀어요."

"노래?"

"예. 그때는, 마음을 진정시키고 싶어서, 그래서 어머니의 자장가를, 불러서……."

베로니카는 잠옷 위에 차고 있는 금 브로치를 꼭 쥐었다. 분명히 어머니의 유품이라고 이전에 말했던 브로치였다.

베로니카의 이야기를 들으면서 레티시엘은 매우 흥미롭다는 듯이 생각에 잠겼다.

실제로 베로니카가 마술을 사용하던 현장을 본 것은 아니었기 때문에 추측의 영역을 벗어나지 않았지만, 아마도 그 노래가 뭔가의 열쇠를 쥐고 있을 터였다.

노래를 부르는 것에 의미가 있던 것일까, 그렇지 않으면 그 노래 그 자체에 의미가 있던 것일까.

어느 쪽이 됐든, 노래라는 현상을 매개체로 마술을 사용할 수 있게 되었다는 이야기를 레티시엘은 지금까지 들은 적이 없었다.

"저를 임신했을 때 어머니가 늘 읊조리던 노래라고, 고아원의 원장 선생님이, 말씀하셨어요."

"그러고 보니, 공작가에 거두어지기 전에는 서민들의 거리에서 사셨죠."

허브티를 한 모금 마시고, 미란다레트도 의문을 던져왔다. 베로니카는 고개를 세로로 끄덕였다.

"예. 남부의 캘런폴드 마을에 있는 고아원에서, 지냈어요."

들은 적이 없는 마을 이름이었기 때문에 레티시엘은 딱히 마음에 두지 않았다.

그러나 그 말을 들은 미란다레트는 허브티를 마시려던 자세로 굳어버리고, 히르메스는 하마터면 마시던 차를 뿜어낼 뻔해서 세차게 기침을 했다.

"캘런폴드라면…… 그 캘런폴드 말입니까?"

"……? 유명한 마을인가요?"

"어라. 도로셀 님은 모르시나요? 어떤 의미로는 무척 유명해요……."

캘런폴드란 곳은 때로는 왕족조차도 이용하던 플라티나 왕국 안에서도 유수의 요양지였다고 한다.

그러나 12년 전에 그 조용한 마을 근처의 바다 쪽에서 정체불명의 폭발이 일어나면서 귀족들의 발길이 끊어졌고, 마을은 단숨에 쇠퇴했다고 한다. 지금은 가난한 사람들밖에 살지 않는 상태라는 듯했다.

"그런 일이……."

"게다가 그 사고 때 분명히 제3비 전하께서도 그곳에서 요양을 하고 계셔서, 왕족이 휘말렸다고 당시에는 꽤 야단법석이었어요."

마을의 신문에는 연일 그 기사가 실렸고, 미란다레트와 히르메스도 사고에 대해 부모님에게서 들어서 알았다고 했다.

"베로니카 님도 그 폭발에 휘말리셨나요?"

"예. 무너진 파편에 파묻혀 있던 저를, 원장선생님이 구해주셨다고 수녀님이 말씀하셨으니까, 아마도요…….

그러나 고개를 모로 꼬는 베로니카도 잘은 모르는 것 같은 모습이었다. 그다지 기억이 나지 않는 것 같았다.

네 사람은 사고에 대해선 그 이상 더 깊게 생각하지 않고, 그 뒤에는 그저 일상적인 세상 이야기나 잡담을 하면서 시간을 보냈다.

"고아원에서는, 늘 원장선생님이나 친구들과, 채소라든가 꽃을 키웠어요. 자신이 열심히 키운 식물들이, 건강하게 자라는 걸 보는 건, 즐거워요."

고아원에서의 생활을 이야기하는 베로니카의 표정은 방금

전까지의 어두운 표정과는 완전 딴판으로 무척 즐거워보였다.

자신의 의사와는 관계없이 거두어져서 좋아하는 원예도 금지당하고, 마음을 써주는 사람들도 없는 가운데서 외톨이로 지내고 있는 베로니카.

'……그대로 고아원에서 생활하는 편이 그녀에게는 더 행복했을까?'

베로니카가 공작가에 거둬지지 않았더라면 레티시엘이 그녀를 만나는 일도 없었겠지만, 그래도 레티시엘은 그렇게 생각하지 않을 수 없었다.

***

베로니카의 병문안을 다녀온 다음 날은 휴일이었다.

이날, 레티시엘은 오랜만에 마을 구경을 하러 나와 있었다. 평소에는 루빅하고 같이 왔지만, 오늘은 드물게도 니콜도 함께였다.

"저, 저기…… 정말로 제가 같이 가도 괜찮은가요?"

"괜찮아요. 니콜은 늘 열심히 일하고 있으니까, 가끔은 모두와 사이좋게 외출하는 것도 나쁘지 않잖아요?"

원래는 클라우드도 함께 외출할 예정이었지만, 그는 갑자기 볼일이 생겨서 나중에 합류하기로 했다.

"루빅. 뭔가 재미있는 장소가 있을까요?"

"재미있는 장소 말씀이신가요? 그렇군요…… 그럼, 운하변을 산책하는 것은 어떨까요?"

"운하…… 그거 괜찮네요."

다만, 그렇게 말해도 레티시엘은 오늘의 외출에 대해서는 이렇다 할 계획이 거의 없었다. 루빅에게 의견을 구하고는, 그 의견대로 마음이 내키는 대로 강가를 산책하기로 했다.

운하는 왕도 니르반을 남북으로 나누고 있는 아트리스 강을 말하는 것이었다. 이 강은 원래 배가 지나다닐 수 있을 정도로 큰 강이 아니었지만, 왕도를 건설할 때에 강 둔덕과 강바닥을 파서 확장하고 제방을 보강해 지금의 모습이 되었다고 했다.

'와아……! 농업용수로보다 훨씬 굉장해!'

천 년 전에 인간이 인공으로 만든 물길은 나오의 지식이 가져온 농업용수로 정도였다.

넓은 수면에는 무수한 배가 오갔고, 각소에 설치된 작은 선착장에서는 짐을 싣고 내리는 상인의 모습도 있었다. 하천을 따라 뻗은 넓은 길을 걸으면서 레티시엘은 그 광경에 눈을 빼앗겼다.

문득, 몇 개의 선착장 중 한 곳에서 에디가 짐을 부리고 있는 것을 발견했다. 에디도 바로 이쪽을 알아차린 듯, 배낭 입구를 닫으면서 가볍게 손을 흔들었다.

"안녕하세요, 애디 씨. 일하는 건가요?"

"오랜 만에 뵙습니다, 도로셀 님! 이전에 발주한 물건을 받으러 왔답니다. 도로셀님이야말로 신분을 숨기고 산책을 하러 오신 겁니까?"

"예. 가끔은 저택의 사람들과 함께 외출을 하자고 생각해서요."

그렇게 말하고 레티시엘은 루빅과 니콜에게 에디를 소개했다. 소개를 받아도 에디의 밝은 태도는 변함이 없었다. 아마도 금방 격의 없이 대하게 될 것 같았다.

"즐거워 보이네요! 참고로, 어디로 가시는지 좀 물어봐도 될까요?"

"으음, 딱히 정하지는 않았네요. 일단은 나중에 합류할 예정인 다른 한 사람과 술집에서 만날 약속을 해서 그 술집으로 갈까 생각 중이에요."

클라우드가 만날 장소로 지정한 곳은 평민거리…… 아트리스 강 남쪽의 거리에서 가장 커다란 크기를 자랑하는 대주점이었다. 그 술집은 아무래도 클라우드와 루빅이 자주 함께 술을 마시러 가던 술집인 모양이었다. 또한 마을 사람들도 친근하게 여기는 장소라고 했다.

"아, 나도 마침 그 술집에 용건이 있습니다! 도중까지 같이 가도 괜찮을까요?"

"예. 상관없어요."

그런 연유로, 동행인이 한 사람 늘었다.

술집에 들어가서 가장 먼저 받은 인상은, 시끄럽고 왠지 열기에 넘친다는 것이었다.

언뜻 보기에 술집에 있는 사람들은 시시한 잡담을 나누면서 술을 마시거나 식사를 하고 있었다. 그렇지만 다들 어딘지 들떠서 안절부절 못하는 것 같은 모습이었다.

"하하! 끝났다!"

술집의 손님들은 모두 한곳에 신경을 쓰고 있었다.

술집의 가장 안쪽, 두 면이 벽에 둘러싸인 구석의 테이블에서 네 남자가 한창 트럼프 게임을 하고 있었다. 그 승패에 고객들은 일희일비하면서 재미있어하면서 시끄럽게 떠들어댔다.

"또 내 승리군요, 손님. 어쩌시겠습니까? 또 하겠어요?"

"……."

멀리서 본 인상으로는 이쪽을 등지고 앉은, 가장 가까운 자리의 중년 남성이 진 것 같았다…… 그것도 한 번이 아니고 여러 번.

"어……? 저건 바리 씨잖아……."

그 남성의 뒷모습을 보고, 에디는 예상외였다는 것처럼 숨을 삼켰다.

"……? 에디 씨, 아는 분인가요?"

"예. 지금부터 여기서 만날 예정이었던 사람입니다. 지금 바리 씨의 거래를 여러모로 좀 돕고 있는데요……. 바리 씨는 술도 담배도 도박도 하지 않는 성실한 사람인데 말이죠……."

바리라는, 트럼프 게임에서 진 그 남성이 이 자리에서 내기를 하고 있다는 것이 에디는 믿기지 않는 모양이었다. 그때, 바리와 상대하고 있는 세 명의 남자를 보고 있던 루빅이 불현듯 입을 열었다.

"……저 세 사람, 마이야 상회의 사람이 아닌가요?"

"어머. 그런가요?"

"아마도 그럴 겁니다. 그들의 목깃에 단 저 엠블럼 배지는 마이야 상회에 속한 자들이라면 반드시 몸에 달아야 하는 것이니까요."

마이야 상회라고 하면, 예의 왕도에서 두 번째로 크지만 평판은 최악인 상회였다. 남자들이 그런 상회에 속해 있다는 것만으로도 이 승부에 대해 안 좋은 예감이 들었다.

"저 분, 아마도 속임수에 속고 있을 겁니다."

"왜 그렇게 생각하죠?"

"뭐…… 감이라고밖에 말할 수가 없습니다만……. 선수는 선수가 알아본다고 하지 않습니까."

그렇게 말하고 루빅은 자학적으로 웃었다. 그 표현대로라면 루빅도 예전에는 속임수를 썼다는 것이 되는데…….

'……도로셀과 만나기 전의 루빅은 무엇을 하고 있었을까?'

문득 그런 생각이 레티시엘의 뇌리를 스쳤다. 지금까지는 특별히 신경 쓴 적이 없었건만. 지금은 「도로셀」에 대해 알고 싶다고 바라고 있기 때문일까.

“안녕하세요. 뭘 하고 계신가요?”

레티시엘은 목적한 테이블까지 걸어가, 방금 전 게임에서 이긴 남성에게 말을 걸었다.

“……억, 너는……!”

그 남자는 레티시엘을 보자, 흠칫 놀라 목소리를 뒤집었다. 물론, 레티시엘도 그런 반응을 예상하고 말을 건 것이었지만.

“어? 뭐야뭐야. 아는 사이인가요?”

“예. 이전에 잠깐 뵌 적이 있어서요.”

에디의 질문을 받고 레티시엘은 고개를 끄덕이며 그렇게 대답했다.

“너…… 그때에는 잘도 우리에게 망신을 줬겠다.”

예전에 빈민가 근처의 뒷골목에서 레티시엘에게 당했던 양아치 상인은 부아가 치민다는 듯이 레티시엘을 노려보았다. 그렇지만 그 당사자는 그 시선을 완전히 무시했다.

“그래서, 여기 계신 이 분과 뭘 하고 있던 건가요?”

레티시엘은 힐끗 바리에게 시선을 주었다. 레티시엘과 눈이 마주친 바리는 한 순간, 움찔 하고 어깨를 떨었다.

“보고도 몰라? 게임이라고, 게임. 우리 중에 누구 한 사람이라도 이기면 그 녀석이 바라는 대로 거래를 받아주겠다는 약속을 했지."

"하지만 이 녀석, 엄청 약해빠졌어. 아까부터 한 번도 이기질 못했다니까."

바리를 보면서 남자들은 히죽히죽 웃었다. 바리는 분하다는 듯이 고개를 숙였다.

"흐응…… 당신들 셋이 한 패라면 비겁한 것 같은데요?"

"뭐어? 우리가 속임수를 쓴다는 건가?"

"너, 올드메이드도 모르는 거냐? 마음씨 착한 우리는 일부러 이런 운빨에 맡기는 게임을 골라서 그 녀석에게 기회를 주고 있다고. 그렇지?"

"그럼. 그렇게 의심스럽다면 아가씨도 직접 게임을 해 봐. 우리가 속임수를 쓴다고 한다면 말이지. 증거를 내놓으면서 그렇게 말하라고."

전에 격퇴당한 것이 분한 것일까, 남자는 묘하게 적극적으로 레티시엘에게 게임을 참가할 것을 촉구했다. 그것은 다른 사람들에게도 느껴진 듯, 루빅이 레티시엘을 감싸듯이 두 사람 사이에 서며 말했다.

"아가씨가 참가하실 필요 따위 없습니다. 여기는 제가……."

"이봐이봐. 나는 지금 거기 그 여자랑 얘기를 하고 있으니까, 넌 방해하지 마."

남자가 도중에 말참견을 하며 끼어 든 루빅을 위협했다. 레티시엘은 일단 루빅을 말리고는 딱히 망설이는 기색 없이 남자의 말을 흔쾌히 승낙했다.

"좋아요. 그럼 이 분 대신 제가 참가하겠어요."

그렇게 말하고 레티시엘은 몸에 걸치고 있던 몇 개의 장신구를 전부 떼어 테이블 위에 내려놓았다.

"이 장신구들, 어느 것이나 매우 고가의 물건이에요. 이것들 전부와 그가 지금까지 잃은 돈을 걸고 게임을 하죠."

"예?!"

레티시엘의 제안에 가장 먼저 반응한 것은 바리였다.

"아뇨, 그런…… 아가씨에게 폐를 끼치는 일은……."

바리는 면목이 없다는 듯이 그렇게 말했지만, 레티시엘은 그를 안심시키는 것처럼 작게 미소를 지었다.

"괜찮아요. 저도 마침 지금 카드게임을 하고 싶은 기분이니까요. 게다가……."

레티시엘은 힐끗 바리의 오른팔을 보았다. 그 팔은 부들부들 가늘게 떨리고 있었다.

"저, 저기……?"

"게다가, 그 팔의 상태로는, 바리 씨의 동요를 상대가 바로 알아차릴 테니까요."

"……!"

레티시엘의 말에 짚이는 바가 있는 것일까. 바리는 자신의 오른팔을 꽉 쥐었다.

"안심하세요. 바리 씨가 잃은 금액은 되찾을 테니까요."

게다가 그는 에디의 지인이었다. 그냥 내버려둘 수는 없었다.

"헤에, 좋아. 우리는 그래도 상관없어. 할 수 있으면 해 보라고, 아가씨."

명백히 고귀한 신분인 것 같은 소녀가 자진해서 승부에 임해온 상황이다. 남자들은 레티시엘을 완전히 얕보고 있었다.

"아, 아가씨……! 무슨 생각을 하고 계신 겁니까! 3대 1로 올드메이드라니……."

루빅이 찌릿찌릿 아파오는 배를 억누르면서 남자들에게 들리지 않도록 작은 목소리로 초조하게 속삭였다.

"괜찮아요, 루빅. 나도 아무 생각 없이 승부를 받아들인 건 아닌 걸요."

걱정하는 루빅에게 레티시엘은 미소를 지어보였다.

"저기! 전, 반대편을 보고 있겠습니다!"

"……그러고 보니, 니콜은 얼굴에 속마음이 쉽게 드러났죠."

"예, 예…… 전에 그 탓에 아가씨 계속 승부에서 지셨으니까요……."

그것은 아마도 이전에 정원에서 트럼프를 했을 때의 일을 말하는 것이리라. 니콜이 테이블을 등진 뒤, 레티시엘은 바리가 비워준 자리로 다가갔다.

"아아. 그리고 에디 씨."

자리에 앉기 전, 레티시엘은 퍼뜩 생각이 났다는 듯이 뒤를 돌아보며 주위에도 들리도록 에디에게 말을 걸었다.

"니콜을 잘 지켜봐 주세요."

"응? 아~, 예예. 알았습니다!"

에디가 그렇게 대답을 하자, 레티시엘도 자리에 앉았고, 드디어 올드메이드…… 도둑잡기가 시작되었다.

30분 뒤.

"또 제가 이겼네요."

게임은 5회 이상 계속되었지만, 어느 게임이나 레티시엘이 가장 먼저 게임을 끝내며 종료했다.

처음에는 남자들의 우위로 게임이 진행되었다. 그러나 어느 시점을 경계로 그들의 운은 갑자기 악화되었고, 그 뒤로는 한 번도 레티시엘에게 이기지 못했다.

"자, 어쩌실 건가요? 한 판 더 할까요?"

"크…… 인정 못해! 한 번 더다!"

남자들은 꽉 쥔 주먹을 부들부들 떨면서, 입술이 터질 것 같은 정도로 입술을 깨물고 있었다.

"저기…… 아가씨. 좀 여쭤도 괜찮을까요?"

그들에게 목소리가 들리지 않도록, 루빅은 목소리를 낮추어 머뭇머뭇 질문을 해왔다.

"뭐죠?"

"아가씨……이상하게 강하신 것 같습니다만, 설마, 속임수를 쓰고 계신 건…….”

“맞아요. 이걸로 비긴 셈이죠.”

레티시엘은 선뜻 아무 일도 아니라는 것처럼 엄청난 말을 했다.

그 발언에 그 자리에 있던 에디 이외의 전원이 당황한 것 같은 표정을 띠었다.

“어…….”

“그게 저쪽은 세 사람…… 아니, 그 이상의 인원수로 결탁했는걸요. 그에 대한 복수예요.”

눈에는 눈을, 이에는 이를, 속임수에는 속임수를, 이라는 거죠.

다음 게임이 시작될 때까지의 시간 동안, 레티시엘은 가볍게 어깨를 돌리며 힐끗 등 뒤에 있는 니콜을 쳐다보았다.

‘뭐, 니콜의 덕분인 것도 있지만.’

표정에서 속내를 알아차리기 쉽기 때문에 이쪽에 등을 돌리고 선 니콜은 때때로 이쪽의 상황을 신경 쓰면서 술집 안의 모습을 바라보고 있었다.

게임이 시작되고, 새로운 패가 분배되었다. 그것을 확인하고 레티시엘은 테이블 밑에 거울을 만들어 남자들에게 보이지 않도록 등 뒤의 상황을 비추었다.

인파에 섞여, 게임이 진행되고 있는 테이블에서 조금 떨어진 위치에 있는 테이블에 두 사람의 남자가 앉아 있었다.

한 사람은 최대한 이쪽을 보려고 하지 않고 고개를 숙인 채 뭔가 우물우물 입을 움직이고 있었다. 또 한 명의, 갈색 렌즈의 단안경을 쓴 남자는 줄곧 옅은 미소를 띤 채 이쪽을 보고 있었다.

언뜻 보면, 술을 마시고 있는 사람과, 재미있어 하며 게임을 관전하고 있을 뿐인 사람처럼 생각되었다. 그러나 다른 쪽의 남자가 중얼중얼 중얼거리고 있는 것은 마법 영창이었다.

'이번에도 역시 속임수를 쓰려고 하는구나……'

그러나 실제로는 그것이 통하지 않는다는 것을 지금까지의 게임을 통해 레티시엘은 알고 있었다.

갈색 단안경을 쓴 남자는 무엇을 생각하는지 속을 읽을 수 없었지만, 다른 한 사람의 남자는 지금까지의 게임에서도 줄곧 마법을 사용해 상인들을 지원해 왔다. 그것을 니콜이 보고 있을지도 모른다고 의식해서인지 수상쩍은 언동이 한층 더 두드러졌다.

'속을 떠 보기를 잘했네.'

처음에 레티시엘이 일부러 에디에게 말을 건 것은, 남자들이 지금부터의 게임에서 속임수를 쓸 것을 예상하고 예방선을 친 것이었다. 그 때문에, 남자는 니콜을 속임수를 간파하기 위한 사람이라고 착각해 필요 이상으로 경계하고 있었다.

게임을 진행하면서 레티시엘은 마법을 쓰는 남자에게 반

사마술을 발동했다.

"……켁! 뭐냐, 이 패는……."

레티시엘이 게임에서 사용한 속임수는 이 반사마술과 투시마술 뿐이었다.

남자가 속임수에 사용하는 마법은 눈앞의 상인들이 아니라 레티시엘에게 걸 예정이었다.

그것은 레티시엘이 가진 패의 무늬를 바꾸는 것이거나, 상대에게 패가 투시되게 하는 것이었거나 했지만, 레티시엘은 그것을 마술로 모조리 반사했다.

"왜 그러죠? 다음에는 당신 차례에요."

"으윽……."

그것만으로 레티시엘에게 걸릴 예정이었던 마법은 엉뚱한 방향으로 날아가거나 상인들 자신의 패에 적용되었다.

남은 것은, 투시마술로 담담히 안전한 카드를 뽑으면……자, 끝.

자신들을 유리하게 할 터였던 마법이 자신들의 계획을 망치고 있는 상황이었다. 상인들은 이미 협력자가 있다는 사실을 감출 생각도 못하는지 노골적으로 마법을 사용하는 남자를 노려보았다.

상인들의 낭패한 모습에 속임수 마법을 걸고 있던 남자도 초조해하는 것 같았다.

이러니저러니 하는 사이에, 남자들의 자멸로 게임은 또다시 레티시엘의 승리로 끝났다.

"어쩌시겠어요? 아직 계속 하실 생각이라면 얼마든지 상대해 드리겠습니다만."

"크……!"

역시나 계속해서 몇 번이나 너덜너덜하게 지자, 승부를 지켜보던 관객들도 슬슬 질린 모양이었다. 술집 내부에서는 「대단할 거 없잖아」라든가, 「또 하는 거냐」라는 등의 한심하다는 것 같은 느낌이 섞인 말들이 나오기 시작했다.

"……돌아가자!"

"예, 예!"

그런 술집의 분위기를 견딜 수 없게 된 것일까, 남자들은 그렇게 말하고 거친 발소리를 내면서 그 자리를 떠났다. 협박성 대사를 날리며 도망치는 남자들을 확인하면서 레티시엘은 서둘러 바리에게로 달려갔다.

상인들이 사라지는 것과 동시에, 방금 전의 게임에서 속임수 마법을 걸고 있던 두 남자의 모습도 보이지 않게 되었다.

"괜찮으신가요?"

상인들이 떠나고, 술집에 평소의 소란스러움이 돌아오자, 레티시엘은 바리에게 그렇게 물었다.

"아, 예…… 고맙습니다."

바리가 꾸벅꾸벅 고개를 숙였다. 그런 바리에게 에디가 안도의 한숨을 쉬면서 물었다.

"무사해서 다행입니다만, 왜 그런 무모한 일을 한 거죠?"

"그, 그건……."

"바리 씨!"

그때 분주한 발소리가 술집 안으로 뛰어 들어오고, 뒤이어 땀투성이가 된 지크가 모습을 나타냈다.

"지크?"

"어…… 도로셀 양?!"

설마 이 자리에 레티시엘이 있으리라고는 생각도 못했던 듯, 지크는 이쪽의 모습을 발견하자 진심으로 놀란 것처럼 눈을 크게 떴다.

"어째서 여기 계신 겁니까?"

"뭐, 일이 굴러가다보니 그렇게 됐다고 할까요? 우연히 술집에 왔을 때 이 분을 도와드렸어요."

그렇게 말하고 레티시엘은 뒤에 있던 바리에게 시선을 향했다.

"그러셨군요…… 그거, 고맙습니다."

바리의 무사한 모습을 확인하자, 지크는 안도의 한숨을 쉬었다. 하지만 곧바로 표정을 다잡고 바리를 추궁했다.

"그것보다도 바리 씨. 왜 여관에서 기다리지 않으신 건가요? 찾았다고요."

"미안, 지크 군……. 여비도 다 떨어져가고, 어느 상회와도 상담이 진행되지 않아서, 누구라도 좋으니까 사 줬으면 하고 지푸라기라도 잡고 싶은 심정이었어……."

"마음은 이해하지만요, 적어도 말이라도 남겨 주세요…… 다른 사람들이 걱정합니다."

지크에게 설교를 듣고 반성하는 기색의 바리. 지크도 진심으로 화를 내는 것은 아닌 듯, 그 표정에는 안도의 빛이 더 강했다.

"있죠, 지크. 대체 무슨 일이죠?"

두 사람의 대화를 듣다가, 약간 무례한 것일지도 몰랐으나 레티시엘은 그렇게 말참견을 했다.

"역시, 빌스천의 소문이 관계된 건가요?"

"……."

야외활동이 끝난 뒤부터 이따금 지크의 모습이 이상했던 것은 서클 멤버 전원이 느끼고 있었다. 빌스천의 현황에 대해서는 어제 골동품점의 점장에게 살짝 이야기를 들었고, 지크와 바리 두 사람은 상회와 상담에 대한 이야기를 하고 있었다. 그걸 보면 역시 예의 빌스천의 매출감소와 관계가 있는 것은 아닐까.

지크는 잠시 침묵했다. 그렇지만 그 이상 감출 수 없다고 생각한 것일까, 이윽고 사정을 설명해주었다.

서서 할 이야기도 아니었기 때문에, 일행은 일단 술집 밖에 있는 테라스석에 자리를 잡았다. 기분 좋은 가을바람이 테라스를 스쳐지나갔다.

"사실은, 제 고향인 빌스 마을의 특산품인 직물 전반이 갑자기 평판이 나빠져서, 여기저기의 상인이나 상회에서 거래를 취소했습니다."

빌스마을은 직물이 특산품으로, 마을 주민은 전원이 자수기술을 익히고 있다고 했다. 그리고 그 자수를 가르치는 스승이 바리라고 했다.

"그 때문에 수입이 격감해서…… 저와 바리 씨 둘이서 닥치는 대로 상회나 상인들을 만나고, 또 에디 씨도 협력을 해주고 계십니다만……."

에디도 지크의 말에 씁쓸한 표정을 띠며 고개를 끄덕였다.

아무래도 지크와 에디는 이 일을 통해 알게 된 듯 했는데, 놀랍게도 에디 쪽이 먼저 지크에게 말을 걸어 돕고 있다는 것 같았다.

"하지만, 잘 되고 있지 않다……라는 건가요?"

"예…… 최근에는 소문을 듣고 값을 후려치려는 상인들도 늘어서……."

레티시엘은 생각에 잠겼다. 그녀는 마술과 일부 학문에 대해서는 다른 사람보다 몇 배는 정통했지만 장사의 교섭술에 대해서는 조금 어두웠다. 그래서 그다지 유용한 조언이 떠오르지 않았다.

"하지만 메이블 꽃무늬는 귀족 사이에서 인기가 높잖아요? 원하는 사람은 적지 않을 것 같습니다만……."

바로 어제 골동품점에서 산 손수건을 꺼내면서 레티시엘은 말했다.

"아, 그것은……."

레티시엘로서는 별 생각 없이 메이블 꽃무늬의 손수건을 꺼낸 것인데, 그것을 본 바리가 눈을 동그랗게 뜨면서 작게 숨을 삼켰다.

"바리 씨? 왜 그러시죠?"

"아, 아뇨. 반가워서 말입니다……."

"……반가워요?"

손수건의 문양을 보는 바리의 시선은 상냥하면서도 어딘가 먼 장소를 바라보는 것처럼 쓸쓸해 보였다. 바리가 왜 그런 표정을 하는지 알 수가 없어 고개를 갸우뚱하는 레티시엘에게 지크가 옆에서 설명의 말을 덧붙였다.

"메이블 꽃무늬는 바리 씨가 독자적으로 고안해 낸 자수 문양이에요."

예상외의 사실에 레티시엘만이 아니라 루빅도 눈을 동그랗게 뜨고 바리를 쳐다보았다.

바리는 작게 고개를 끄덕이고는, 쑥스럽다는 듯이 뺨을 긁적거렸다.

"예. 벌써 20년 정도 전의 이야기입니다만……."

바리는 20년 전에는 왕성에서 궁정재봉사로 일하고 있었는데, 그때 메이블 꽃무늬를 고안해 냈다고 했다. 지금은 고인이 된 제1왕비의 총애를 받아, 18년 전에 제3비가 성혼했을 때의 드레스도 직접 만들면서 일약 이름을 알린 재봉사라고 했다.

"……하지만 17년 전에 사고로 오른팔을 다쳐서, 그때 상처의 후유증으로 바늘을 쥘 수 없는 손이 되고 말았습니다. 메이블 꽃무늬를 수놓기는커녕 직인으로서도 일을 할 수가 없게 돼 버렸지요……."

"……그러셨나요."

즉, 메이블 꽃무늬는 바리 밖에 만들어낼 수 없었는데, 팔의 상처 때문에 바늘을 쥘 수 없었기 때문에, 바리 씨가 팔을 다치기 전에 제조된 초기 상품밖에 팔 수 있는 것이 없다고 했다. 상처 때문에 손이 떨렸던 것일까. 레티시엘은 납득을 했다.

"예. 메이블이라는 건, 딸아이 이름입니다. 이 무늬가 완성되었을 때 마침 아이가 태어나서 말입니다……."

천천히 음미하듯이 말을 잇는 바리의 말에 레티시엘은 일말의 쓸쓸함을 느꼈다.

"사실은, 이 기술을 딸에게 가르치려고 생각했습니다만, 그 전에 제 팔이 이런 상태가 돼 버려서 말입니다……."

"의사선생님은, 뭐라시던가요……."

"바느질은 더 이상 할 수 없을 것이라는 말을 들었습니다. 하지만 언젠가 낫지 않을까 생각해서 마을의 친한 의사에게는 가끔씩 봐달라고 하고 있습니다. 이제 무리라는 것을 알고는 있지만 말이지요……. 그러니까 소원 같은 겁니다. 하하."

바리의 쓸쓸하고 메마른 웃음소리가 주위에 울려 퍼졌다. 고개를 숙이는 바리의 오른쪽 어깨에 손을 얹고 지크가 고개를 가로로 흔들었다.

"바리 씨는 우리 마을의 자랑입니다. 괜찮아요. 팔은 분명히 나을 거예요."

"고마워, 지크 군. 여러분에게도 죄송합니다……! 분위기를 숙연하게 만들어서."

지크와 바리는 어딘가 체념한 것처럼 그렇게 말하면서 미소 지었다. 다시 한 번 바리가 바늘을 쥘 수 있게 해서 장인으로서의 희망과 긍지를 되찾게 해 줄 수 없을까. 레티시엘은 방법을 생각했다.

"바리 씨. 혹시 괜찮으시다면 팔을 보여 주시겠어요? 제가 치료해 보겠어요."

레티시엘의 생각지도 못한 제안에, 바리는 눈을 크게 뜨며 고개를 갸우뚱했다.

"예? 아니, 그런…… 이미 낫지 않을 거라고 들었는데요."

"……바리 씨. 도로셀 양의 마법은 굉장하니까 어쩌면 가능성이 있을지도 몰라요. 시험해 보지 않으시겠어요?"

레티시엘의 마술을 가까이에서 지켜봐 온 지크가 그런 말을 곁들였다.

“……알았습니다. 아직 바늘을 쥘 수 있는 가능성이 있다면 시험해 보겠습니다.”

잠시 고개를 숙이고 망설였지만 이윽고 바리는 얼굴을 들고 그렇게 말했다. 그 눈에서는 강한 의지의 불꽃이 조용히 흔들리고 있었다.

“그럼, 바로 시작할까요.”

일동이 지켜보는 중, 바리의 양해를 얻은 레티시엘은 곧바로 술식의 준비를 시작했다.

신체강화마술로 팔의 근육을 강화하고, 미약한 번개마술로 근육을 자극하면서 치유마술로 서서히 적응시키듯이 치료해나간다. 세 개의 공정이 하나로 압축되어 레티시엘의 손에서 뿜어져 나온 빛이, 옅은 무지개 색으로 빛나면서 바리의 팔을 감쌌다.

천 년 전에도 전쟁 등에서 입은 상처가 원인이 되어, 외상은 나았어도 손발에 통증이나 마비가 생겨 손발을 잘 움직이지 못하는 사람이 있었다.

완전히 움직이지 못하는 경우에는 치료가 쉽지 않았지만, 바리의 경우에는 팔도 손도 아직 움직였다. 어쩌면 마술로 치료할 수 있을지도 모른다. 레티시엘은 그렇게 생각했다.

“……?!!”

팔의 변화를 처음으로 알아차린 것은 바리였다. 그는 한 순간 몸을 굳히더니, 곧바로 자신의 손을 눈높이까지 들어 올려 몇 번이고 몇 번이고 손을 쥐었다 폈다.

"우, 움직인다…… 손이 움직입니다!"

"다행이네요, 성공해서."

"움직인다…… 내 팔이…… 다시, 바늘을 쥘 수 있는 날이 오다니…… 도로셀 님, 정말로…… 정말로 고맙습니……."

바리는 자신의 오른팔을 사랑스럽다는 듯이 쓰다듬으면서 눈에서는 커다란 눈물방울을 폭포처럼 쏟아냈다. 그것이 슬픔이 아니라 기쁨에서 온 눈물이라는 것을 알았기 때문에, 레티시엘은 그저 미소를 지으며 바리에게 축복을 보냈다.

몇 년 동안이나 다시는 바늘을 쥐지 못할 것이라고 진단받아 포기하지 않을 수 없었던 명공의 기술이 도로셀의 치료로 되살아날지도 몰랐다. 에디는 가슴 뭉클하게 감동해서 그 모습을 지켜보았다. 그러다가 퍼뜩 문득 뭔가를 떠올리고는 앗 하고 소리를 냈다.

"지크 님, 바리 씨. 이건 어쩌면 빌스 마을의 현 상황을 타개하기 위한 기회일지도 몰라요."

"예? 기회……? 그게 무슨……."

지크가 고개를 갸우뚱했다. 그런 그에게 에디는 득의양양한 미소를 지으면 어떤 행사의 이름을 고했다.

"학원제입니다! 지금 계절이라면 1주일 뒤에 루크레치아 학원에서 1년에 한 번 있는 학원제가 열리죠?"

그러고 보니, 전에 가을학기가 시작되면 학원제도 금방이라고 히르메스와 미란다레트가 말했던 것 같기도 하고…….

"그 학원제에서 메이블 꽃무늬의 부흥을 연구 성과로서 선보이는 것은 어떻습니까?"

"그, 그건…… 분명히 괜찮네요!"

에디의 이야기에 지크는 좋은 생각이 번뜩였는지 눈을 반짝였다.

"물론 바리 씨도 공백 기간이 길기 때문에 최전성기 때의 문양을 재현하는 일은 어려울지도 모르겠지만, 메이블 꽃무늬를 부활시키기 위한 연구를 개발자 본인이 시작했다고 하면, 그것만으로도 회장을 찾은 귀족분들은 주목할 터! 어쩌면 자금도 원조해줄지도 몰라요."

에디의 상인다운 기민한 발상에 레티시엘도 고개를 끄덕이면서 그 안에 찬성했다.

여하튼 메이블 꽃무늬는 생산되지 않게 된 지금도 귀족들을 매료시키는 환상의 문양이었다. 많은 귀족이 모이는 학원제에서 메이블 꽃무늬의 부흥을 내세운다면, 분명히 주목도 주문도 모을 수 있으리라 생각됐다.

"그거 좋은 방법이네요. 저는 찬성입니다만…… 바리 씨. 어떻게 할까요?"

"할 수 있다면, 꼭 하고 싶어. 나도 이걸로 겨우 마을 사람들에게 도움을 줄 수 있게 됐으니까, 할 수 있는 일은 뭐든 하겠어."

지크의 질문에 바리는 힘차게 고개를 끄덕였다. 그런 두 사람의 도움이 됐으면 하는 생각에 레티시엘은 두 사람에게 말을 걸었다.

"그럼, 마법동호회는 메이블 꽃무늬 부활에 대한 연구를 발표하죠."

"죄송합니다, 도로셀 양에게는 또 폐를 끼치게 되었네요……."

"괜찮아요. 저, 이 손수건의 무늬를 정말로 좋아하는 걸요. 그것이 부활하는 건 기쁜 일이잖아요? 바로 다른 사람들과 상의를 해보죠."

"고맙습니다. 하지만…… 다른 분들, 모두 협력해 주실까요……?"

이번 본가의 소동에 미란다레트나 다른 사람들을 끌어들이고 싶지 않은 마음에 자신의 사정을 털어놓지 않았던 지크는 갑자기 결정된 대규모의 프로젝트에 친구들이 힘을 빌려줄지 불안한 것 같았다.

"사정을 설명하면 분명히 괜찮을 거예요. 다들 지크의 아군이 되어줄 거예요. 나도 도울 테고, 뭣하면 바리 씨는 우리 저택에서 머무르셔도 돼요."

"예……?! 그럴 수가. 이 이상 폐를 끼칠 수는……."

"어머. 나는 폐라고 생각하지 않아요.

레티시엘은 당황한 것처럼 사양하려는 지크의 말을 가로막았다.

"친구가 곤란에 처했다면, 손을 내미는 것이 도리겠죠. 지크가 신경 쓸 필요는 없어요."

레티시엘은 쿡 하고 작게 미소 짓고는 망설임 없이 그렇게 잘라 말했다.

그 말에 지크는 한 순간 작게 숨을 삼켰다. 그러나 곧 기뻐하는 것 같기도 하고 어처구니 없어 하는 것 같기도 한, 뭐라고 형용할 수 없는 미소를 떠올렸다.

"……그랬지요. 당신은 그런 분이셨지요."

"응? 왜 그러죠?"

"아뇨. 아무것도 아닙니다. 그럼, 그 호의를 받아들여도 될까요?"

"예. 물론이에요."

그 뒤, 클라우드가 올 때까지 레티시엘과 그녀의 고용인들은 지크와 바리, 에디와 함께 점심 식사를 했다. 그리고 에디는 지크와 바리와 합류했고, 레티시엘 일행은 그들과 헤어져 마을을 돌아보았다.

6장 루크레치아 학원제

“……그런 연유로, 학원제에서 지크의 고향의 직물을 골라 발표물로 하고 싶은데, 어떨까요?”

도박 사건으로부터 얼마 뒤. 레티시엘은 꽤나 오랜만에 방과 후의 마법동호회 활동에 얼굴을 내민 지크의 사정을 설명하고 친구들에게 의견을 구했다.

연습 부스의 출입구 근처에는 에디의 모습도 있었다. 그는 안에는 들어오지 않고 이쪽의 상황을 살피고 있는 것 같았다.

“발표물, 인가요?”

“그래요.”

이야기를 다 들은 미란다레트와 히르메스는 조금 놀란 표정으로 서로의 얼굴을 마주보았다.

두 사람은 지크의 본가의 일을 알지 못했으니 갑자기 그런 말을 듣고 놀라는 것도 무리는 아니었다.

“저, 저는 대찬성이에요! 꼭, 돕게 해 주셨으면, 합니다!”

한편, 베로니카 쪽은 레티시엘이 대답한 뒤 간발의 차이도 없이 손을 들며 일체의 망설임이 없는 모습을 보였다.

‘베로 님은 직물이나 자수를 좋아하시죠…….’

바로 얼마 전에 병문안을 갔을 때의 일을 떠올리고 레티시엘은 쓴웃음을 짓고 말았다.

“최근 지크 님이 기운이 없다고는 생각했습니다만, 그런 사정이 있던 거군요.”

일련의 대화를 지켜보던 미란다레트는 좋아, 하고 결의를 다지듯이 고개를 크게 한 번 끄덕였다.

“지크 님과 마을 분들이 곤란에 처하셨는데, 돕지 않을 수 없죠!”

“그렇슴다! 다함께 열심히 해요, 지크 님.”

“여러분…….”

미란다레트에 이어 그 이야기에 편승한 히르메스도 가세, 두 사람의 말에 지크는 조금 울 것 같은 얼굴로 고개를 숙였다. 그 모습에 레티시엘과 눈이 마주친 에디는 기쁜 듯이 엄지를 치켜세웠다.

“하지만 발표물을 내놓는 것은 좋습니다만, 장소는 어떻게 하나요?”

미란다레트가 문득 뺨에 한 손을 대고 고개를 꼬았다.

레티시엘이 만든 이 「마법동호회」는 마술 사용을 마법으로 눈가림 하는 것이 목적이었기 때문에 본래 학원제에도 발표물을 낼 예정은 없었다.

학원제까지 남은 날짜도 많지 않았고, 사용할 교실의 신청 등 여러 가지 중요한 절차가 실은 이미 한참 전에 마감된 상태였다.

“그 부분은 학원장님과 직접 담판을 지으러 가죠. 그걸로 어떻게든 될 거예요.”

그러나 레티시엘은 어디까지나 낙관적이었다.

그리고 다음 날 이른 아침. 지크를 데리고 학원장실에 쳐들어간 레티시엘은 한숨을 그치지 않는 루카스에게 서클의 출전 허가와 빈 교실 사용권을 획득해 왔다.

이러니저러니 하는 사이에, 마법동호회 멤버들의 바쁜 방과 후가 시작되었다.

“미라 님, 책상이 하나 부족한데요.”

“에! 정말인가요? 그럼 잠깐 가져오겠습니다!”

“저기, 지크 님! 설명서는 이런 느낌이면 될까요?”

준비 기간이 다른 서클보다 짧은 탓도 있어서, 레티시엘과 친구들은 모든 수업이 끝나면 곧바로 달려가서 정신없이 준비에 몰두했다.

“레이븐 선생님, 발트라나 선생님. 거기 있는 대량의 상자를 창고에 돌려다 놔주시겠어요?”

“어…… 이걸 전부 말입니까?”

“왜 나까지…….”

“선생님들이 근처를 지나고 계셨기 때문입니다.”

“포기하도록 해, 두 사람 모두. 할 일을 끝내면 돌아갈 수 있으니까 얼른 끝내자고.”

루카스가 왼팔에 두 개, 오른쪽 어깨에 세 개 정도의 상자를 멘 채 두 사람의 곁을 지나면서 레이븐과 발트라나를 격려하고는, 기민한 움직임으로 그 자리를 떴다.

학원장님의 체력과는 수준이 다릅니다만? 레이븐도 발트라나도 그렇게 불평을 늘어놓았다.

두 사람은 여기에 오고 난 뒤로 벌써 두 시간 정도 레티시엘과 친구들에게 철저하게 부려 먹히고 있었다.

"분명히 목제 간판이 이 근처에 있던 것 같기도 하고…… 없었나요?"

"아, 위험해!"

간판을 집으려고 하는 히르메스의 팔이 그 근처에 놓아두었던 대량의 포스터와 장식용 천 다발에 부딪히고, 그것들이 선반에서 떨어져 머리로 쏟아져 내렸다.

낙하물이 히르메스에게 부딪히기 직전에 히르메스와 물건들 사이에 하얀 결계가 쳐졌다. 미란다레트가 마술로 상자의 낙하를 저지한 것이었다.

야외활동에서 히르메스가 크게 다친 뒤로, 미란다레트는 회복이나 방어계 등의 후방지원계 마술을 몹시 배우고 싶어 했다. 무슨 일이 있을 때 소중한 사람을 지키고 싶은 것이다.

미란다레트는 원래부터 모든 마력이 낮았기 때문에, 빛의 마술을 다루는 것도 가능했다. 하지만 어쨌든 빛의 마술은 고도의 마술. 지금은 발동할 수 있어도 거우 몇 초 동안뿐이었다.

"오오오오! 굉장하다……."

"자, 잠깐, 리프! 보고 있지 말고 거기서 비켜! 마술이 풀릴 거야!"

"우왓, 미, 미안!"

히르메스가 옆으로 훌쩍 뛴 것과 동시에 빛의 결계가 풀리고, 결계가 지탱해주던 물건들이 털썩털썩 바닥에 떨어졌다.

"안녀엉. 도로셀 님 있나요? ……어머나, 도로셀 님, 발견~."

거기에 손에 천과 같은 것을 든 바우리오도 현장에 얼굴을 내보였다. 그의 뒤에는 바리의 모습도 보였는데…….

"선생님. 그 천은 혹시……."

"어머! 알아차렸나요~? 맞아요. 메이블 꽃무늬를 시험 삼아 수놓아 본 거야! ……아, 제대로 개발자인 바리 씨에게 감수받았답니당♪"

바우리오는 득의양양하게 펄럭 하고 천을 펼쳐보였다. 하얀 천의 가장자리에는 아름다운 문양이 수놓아져 있었다.

"어때요? 이 완성도. 나 꽤 잘 한 것 같지 않아?"

"……굉장하시네요. 이런 치밀한 문양, 수를 놓는 것만으로도 시간이 꽤 많이 걸리셨을 텐데요."

"꺅, 칭찬 받았어."

흐흥 하고 콧소리를 내며 아양을 떠는 바우리오는 무척 기분이 좋아보였다.

"그치만 말이지. 이 정도로도 아직 메이블 꽃무늬의 기본

부분, 20% 정도라고 해. 남은 공정은 너무 섬세하고 복잡해서 나로서는 어쩔 도리가 없어. 완성형은 바리 씨만이 아는 세계, 라는 느낌이야.”

우후후~, 로맨틱해♪ 그렇게 말하고 바우리오는 즐겁다는 듯이 두 손을 뺨에 대고 미소를 지었다. 미술을 가르치는 교사로서, 환상의 수공예 기술의 부흥에 함께 하게 돼서 기쁜 것 같았다.

그리고 회장의 설비 운영이나 메이블 꽃무늬 부흥으로 정신없이 뛰어다니다 보니, 눈 깜짝할 사이에 학원제 당일이 닥쳐왔다.

“한때는 어떻게 되나 싶었는데, 그럭저럭 시간에 맞출 수 있어서 다행이네요.”

“그러게요. 모두 여러분의 협력 덕분이에요!”

설영이 끝난 방을 돌아보고 레티시엘과 미란다레트는 창밖을 바라보면서 며칠 전까지의 일을 떠올렸다.

“예. 얼마 전까지는 이렇게 되리라고는 생각도 하지 못했습니다.”

방구석 쪽에 놓인 의자에 앉아 자수를 놓으면서 지크가 그립다는 듯이 눈을 가늘게 떴다.

열어놓은 창문으로 상쾌한 가을바람이 불어 들어와, 그의 손 안에 있는 아름다운 장미꽃이 수놓아진 천을 하늘하늘 흔들었다.

"정말로 고맙습니다, 여러분. 원래대로라면 저희 마을 관계자들이 해결해야 하는 일인데, 여러분까지 휘말리게 해서……."

방직기나 자수침, 자수실 등을 확인하던 바리가 복잡한 표정으로 뺨을 긁적였다.

"그렇지 않아요. 저희는 저희의 의사로 힘이 되고자 결정했습니다. 죄송해할 이유는 어디에도 없어요."

레티시엘의 말에 미란다레트와 히르메스는 하나가 되어 고개를 끄덕였고, 바리는 점점 더 황송해서 머리를 숙였다.

"아아, 맞다. 지크 군. 이걸 네게 줘야지."

그때 문득 바리가 뭔가 생각난 것처럼 허겁지겁 주머니와 가방을 뒤졌다. 그리고 가방 안에서 봉투를 꺼내 지크에게 건넸다.

"네 어머니가 맡기신 거다. 왕도에 도착해서 바로 건네줬으면 좋았을 텐데, 여러모로 정신이 없어서 줄곧 못 주고 있었어."

"……고맙습니다, 바리 씨. 나중에 읽을게요."

편지를 받아든 지크도 어딘지 기쁜 것 같은 기색이었다.

본가에서 오는 편지는 언제든지 기쁜 법이었다. 도로셀의 본가인 공작가는 별개지만.

"도로셀 님! 학원제 개시 시각이 지났으니 밖의 상황을 보고 오겠습니다!"

"부탁해요, 히르메스 님."

기운 찬 목소리와 함께 히르메스가 방을 뛰쳐나갔다. 목소리가 큰 히르메스에게는 손님을 불러 모으는 호객을 부탁해 두었다.

레티시엘과 친구들이 사용하는 이 방은 나가는 길에서 가장 멀리 떨어진 위치에 있었다.

딱히 괴롭힘을 당해서 그런 것은 아니고 이곳 이외에는 남은 곳이 없었던 것뿐이었다. 그러나 귀족들이 와 주지 않으면 학원제에서 메이블 꽃무늬를 소개한다는 이 계획도 의미가 없었다.

"안녕하세요. 천 추가분, 여기에 놓아두겠습니다."

히르메스와 엇갈려서 에디가 커다란 나무상자를 끌어안고 방에 들어섰다. 오늘은 늘 등에 메고 있던 배낭을 짊어지고 있지 않아서, 홀가분해 보였다.

"에디 씨, 고마워요."

"아뇨아뇨. 또 뭐 필요한 게 있으면 말씀해 주세요!"

에디는 표면적인 준비에는 관여하지 않았지만, 자수용 실 등의 매입과 운반을 모두 맡아서 해 주었다. 일주일이라는 꽤 빡빡한 일정이었음에도, 필요한 재료 등은 모두 주문을 해서 모아주었다.

"그건 그렇다고 쳐도 에디 씨는 굉장하네요. 이렇게 많은 물건을 손쉽게 모으다니……."

"그렇게 대단한 것도 아니에요! 저 같은 건 아직 갓 시작한 신출내기, 풋내기이니까 말이죠."

겸손한 것일까, 진심인 것일까. 에디는 그렇게 말하고 뺨을 긁적거리더니, 주머니에서 회중시계를 꺼내 시간을 확인했다.

"자…… 그럼 저는 이 뒤에 만날 사람이 있어서요. 잠시 자리를 비우겠습니다. 그럼~."

에디는 손을 살랑살랑 흔들면서 방을 뒤로 했다.

"……사람들, 와, 줄까요……?"

방의 입구에 설치한 접수석에 앉으면서 베로니카가 복도의 상황을 힐끗 살폈다. 나아가는 길에서 벗어난 장소에 있는 이 전시실에 사람들이 올지 걱정을 하는 모양이었다.

"메이블 꽃무늬를 모르는 귀족은 없을 거라고 생각하니, 뭐…… 느긋하게 기다리죠."

"그, 그렇죠! 저희는 자신이 할 수 있는 일을 하면 되는 거죠!"

만일 정말로 손님이 오지 않으면 좀 더 손님을 끌어 모을 수 있는 방법을 궁리하자. 그렇게 생각하면서 레티시엘은 방으로 돌아갔다. 그러나 그 걱정은 개장 1시간 뒤에 기우가 되었다.

"그럼 이 문양은 메이블 꽃무늬의 신작이라는 건가?"

"예, 그렇습니다. 여기 계신 개발자 바리 씨가, 복귀 후 처음으로 수놓은 것입니다."

"처음으로?! 호오…… 그렇다면 희귀품이겠군."

방에 장식해 둔, 메이블 꽃무늬를 수놓은 작은 물건들에 시선을 옮기는 남성 귀족에게 레티시엘은 해설을 덧붙였다.

히르메스의 호객 덕분인가, 아니면 취급하는 테마 덕분인가, 레티시엘네의 전시실에는 학원제가 개시되자마자 많은 귀족들이 몰려왔다. 메이블 꽃무늬의 위력은 예상했던 것보다도 훨씬 컸다.

"어머? 여기 있는 두 무늬는 왠지 분위기가 다르네요."

"왼쪽 것은 바리 님이 수놓은 것이지만, 오른쪽 것은 저쪽에 계신 지크 님이 수놓으신 거랍니다!"

"저기 저 검은 머리의 저 분이요?"

"예! 지크 님은 지금 바리 님의 제자로서 메이블 꽃무늬를 수놓는 방법을 배우고 계십니다. 연수를 계속하면 메이블 꽃무늬는 이제 단절되는 일 없이 앞으로도 여러분에게 전달이 될 겁니다."

"어머나……! 그거 근사한 일이네요!"

다른 장소에서는 몇 명의 영애를 상대로 미란다레트가 메이블 꽃무늬의 후계에 대한 이야기꽃을 피웠다.

또 다른 장소에는 바우리오가 수놓아 준 것도 전시되어 있어서 그쪽에도 많은 손님들이 주목하고 있었다. 바우리오가 이 자리에 있었다면 분명히 환희했을 것이다. 하지만 바우리오는 다른 서클의 고문을 맡고 있으니 어쩔 수 없었다.

지크와 바리도 각각 귀족들에게 붙잡혀 손님대응을 하랴

전시품 해설을 하랴 바쁘게 움직이고 있었다.

"그렇군. 그럼 이렇게 하는 것은 어떠한가?"

바리와 무슨 일인가를 이야기하던 노신사가, 문득 뭔가에 생각이 미쳤다는 것처럼 턱수염을 매만졌다.

"메이블 꽃무늬 부흥에 이 노구가 얼마간 자금을 원조하겠네."

"예? 그렇게까지 하시지 않아도……."

"아니아니. 내 딸이 메이블 꽃무늬의 열광적인 팬이라서 말일세. 그리고 이 환상의 문양이 또다시 부활한다고 한다면, 나도 부디 조력을 하고 싶네."

노신사의 그 제안을 계기로, 그 뒤에도 몇 명인가의 귀족이 자금 원조를 하고 싶다고 말을 꺼내왔다. 레티시엘과 지크는 바리와 얼굴을 마주보고는 안도의 미소를 지었다.

"어머나. 무척이나 북적이는구나. 도로셀."

그때, 귀에 익은 여성의 목소리가 들려와 레티시엘은 저도 모르게 눈썹을 찌푸렸다.

학생의 가족들에게 개방된 행사이니 있는 것도 당연한가. 레티시엘이 그쪽으로 눈을 주니, 그곳에는 부채를 손에 들고 미소 짓는 세리냐와 크리스타의 모습이 있었다.

"어머나……! 정말로 멋진 무늬야. 정말로 그 메이블 꽃무늬를 부활시켰구나."

세리냐가 부자연스럽게 목소리를 높이며 가까이 다가왔

다. 그런 그녀에게 레티시엘은 경계를 강화했다.

“뭐 하러 오신 건가요?”

“어머나. 냉정하구나. 소중한 여동생의 학원제에 오지 않을 언니가 어디 있겠니.”

세리냐는 얄미울 정도로 태연하게 말했다.

이 사람, 대체 얼굴이 얼마나 두꺼운 거야.

“그런데 도로셀. 나, 소문으로 들었단다. 메이블 꽃무늬의 개발자는 팔을 다쳐서 두 번 다시 바늘을 쥐지 못하는 것이 아니었니?”

주변에 다 들리도록 던져진 세리냐의 말에, 주변의 귀족들이 무슨 일인가 해서 모여들었다.

세리냐는 착 하고 부채를 펴서 그것으로 입가를 가렸다. 그러나 레티시엘은 그 안쪽에서 그녀의 입 꼬리가 올라가는 기색을 느낄 수 있었다.

“그게 어떻다는 말씀인가요? 팔이 다 나아서 다시 바늘을 잡을 수 있게 되었지요. 그저 그것뿐입니다.”

“어머. 십 수 년 간 고칠 수 없었던 상처를 어떻게 이제 와서 갑자기 치료할 수 있었을까?”

“우수한 치유마법사가 힘을 빌려주었으니까요.”

“어머나! 치유마법은 무척 희귀한 존재란다? 사실은 네가 고친 것이 아니니?”

반론을 해도 웃는 얼굴을 무너뜨리지 않고 세리냐는 살피는 것 같은 눈으로 레티시엘을 쳐다보았다.

"게다가, 너. 잠시 못 보는 사이에 꽤나 다양한 재주를 몸에 익히지 않았니? 예를 들며 체술이라든가…… 내가 없던 석 달 동안 어떻게 익히게 된 거니?"

"잘 아시는군요."

"그럼. 소중한 여동생의 일인걸. 뭐든지 안단다. 마력이 없을 터인 네가, 최근 마법과도 같은 힘을 사용하는 것도."

"……."

실제로, 세리냐의 이야기는 모두 사실이었다. 그러나 그것을 그녀에게 말할 수는 없어서 레티시엘은 한 순간 침묵하고 말았다.

이 사람, 대답하기 어렵다는 것을 알고 일부러 묻고 있었다.

"어머나. 왜 아무 말도 하지 않니? 역시 너, 뭔가 숨기고 있는 것은 아니니?"

그 틈을 타 세리냐는 한층 더 의혹을 추궁해왔다. 그때 갑자기 지크가 레티시엘을 감싸듯이 그녀의 앞에 섰다.

"……?"

"뭔가요, 당신. 나는 지금 당신에게 볼일 따위는 없는데요?"

세리냐는 그렇게 말하면서 흥미 없다는 듯이 지크에게 시선을 던졌다.

"말씀 중에 실례합니다. 도로셀 양은 연일 계속된 축제준비로 지치셨으니, 외람되오나 제가 대신 말씀을 드리지요."

세리냐를 똑바로 바라보면서 지크는 막힘없이 그렇게 딱 잘라 말했다.

지크의 이 행동에 놀란 것은 레티시엘이었다. 그녀는 무엇을 할 생각인가 싶어서 지크를 바라보았다. 그러나 그는 조용한 수면처럼 잔잔하게 가라앉은 눈으로 레티시엘에게 미소를 지어보이고는 곧바로 또다시 세리냐에게로 돌아섰다.

"……당신이요? 웃기지 말아 줄래요? 당신 같은, 평범한 평민의 말을 믿을 거라 생각하는 건가요?"

미소 띤 표정을 무너뜨리지 않은 채 세리냐는 파닥파닥 부채를 부치며 관찰을 하듯이 지크를 바라보았다. 그러나 지크도 또 천연덕스러운 얼굴을 하고 있었다.

"그러신가요. 이전에 크리스타 양이 거래를 제안하셨기 때문에 저를 중시한다고 생각했습니다만……. 그게 어떤 거래 내용이었지요?"

레티시엘로서는 금시초문이었지만, 크리스타는 기억이 있는 모양이었다. 크리스타는 헉 하고 두 눈을 크게 뜨더니 입술을 강하게 깨물면서 지크를 노려보았다.

"좋을 대로 얘기하면 되잖아?"

크리스타의 말에서 존댓말이 빠졌다. 아마도 그만큼 화를 내고 있는 것이리라. 세리냐도 지크의 그 한 마디에는 아무것도 변명할 수 없는 것인가, 부아가 치민다는 것처럼 줄곧 침묵을 지키고 있었다.

"체술에 대해서 말입니다만, 그것은 제가 학원장님께 체술을 배우고 있기 때문입니다. 그것을 알고 도로셀 양이 훈련에 흥미를 가지셔서 함께 배우게 되었습니다. 저는 본가의 사정으로 도중에 빠지게 되었지만, 도로셀 양은 계속 단련을 하셨지요."

지크의 이야기에는 모순이 없어서, 그것이 「거짓말」이라고 말할 근거가 어디에도 없었다. 부채 뒤에서 분하다는 듯 눈썹을 일그러뜨리면서도 세리냐는 그저 그 이야기를 듣고 있는 수밖에 없었다.

"그 실력을 높이 평가한다고, 이전에 학원장님께 들었습니다. 믿기지 않으신다면, 직접 학원장님께 여쭤 보십시오."

"……그렇다면, 치유마법은 어떻게 설명할 생각인가요?"

다음의 한 수, 라는 것처럼 세리냐는 곧바로 그렇게 말을 이어갔다. 얼굴에는 변함없이 미소를 매달고 있었지만, 표정에는 초조한 기색이 강해지기 시작했고 눈은 웃고 있지 않았다.

"바리 씨의 상처를 말씀하시는 것이라면, 그것을 고친 것은 저입니다."

세리냐를 똑바로 바라보며 지크는 막힘없이 단호하게 그렇게 말했다.

"……흐응. 당신 같은 평민이 치유마술을 쓸 수 있다는 건가요?"

미소 띤 표정을 무너뜨리지 않은 채, 세리냐는 파닥파닥 부채를 부치며 관찰하듯이 지크를 바라보았다.

"도로셀 언니는 평소 수업에 나오지 않으시잖아요. 그것이 사실이라는 건 증명할 수 없지 않나요?"

거기서, 잠시 침묵하고 있던 크리스타가 또다시 말참견을 했다.

"그건, 크리스타 님도 똑같잖습니까!"

"……큭?!"

이번에는 히르메스가 이에 질세라 크리스타의 말을 되받았다.

"지크 님의 마력은 학원에서도 제일이라고요! 우리는 실제로 지크 님이 엄청난 마법을 쓰는 걸 봤으니까요."

지금까지 안중에도 없던 히르메스의 반론에 크리스타는 허를 찔린 듯, 분한 표정으로 레티시엘을 노려보았다.

지크는 학원의 수업에는 출석하지 않아서 학생 중에 그의 마력이 얼마나 높은지 아는 사람은 많지 않았다. 그러나 그것은 어디까지나 학생들 사이에서, 였다.

예전에 레티시엘이 잘못해서 마법훈련장의 벽을 파괴했을 때, 루카스가 그것을 지크의 소행이라고 착각했을 정도로 교사진은 지크의 마법의 위력이 높다는 것을 알고 있었다.

그런 히르메스의 반론에, 세리냐는 자신들에게 불리하다고 판단한 것일까. 말을 계속하지 않고 작게 콧방귀를 뀌며 관심 없다는 듯이 부채만 부쳤다.

"……그럼 방과 후의 굉음은 어떻게 설명할 건가요? 그건 도저히 마법으로 낼 수 있는 규모가 아니고, 뭣보다 도로셀 언니도 마법훈련장에 다니고 있어요."

아직 물러서지 않은 크리스타는 다음 추궁을 시작했다. 그러나 이번에는 미란다레트가 앞으로 나섰다.

"그건, 지크 님의 마법이에요……! 크리스타 님도 아시잖아요? 지크 님의 마력은 빼어나게 우수하다는 걸요."

두 사람이 계속해서 던지는 노골적인 추궁에 미란다레트도 그 목적을 알아차리고, 도로셀과 지크를 지키고자 일어났다. 그 옆에서 베로니카도 응응 고개를 끄덕이면서 가세하려 하고 있었다.

"도로셀 양은 술식에 대한 지식이 매우 풍부하십니다. 그래서 다 같이 효율이 좋은 마법술식을 배우고 있었지요."

눈앞에 선 지크의 등이 과거 자신을 감싸고 목숨을 잃은 나오를 생각나게 했다.

레티시엘을 지켜주려고 하는 그의 행동이 기뻤지만, 또한 상반된 두 개의 마음이 뒤섞인 것 같은 감정이 가슴 한 구석을 날카롭게 찔렀다.

천 년 전에도 지금도, 레티시엘은 늘 누군가를 지켜왔다.

그것은 예전의 백성이나, 이 세계에서 생긴 소중한 사람들이었다. 하지만 정작 자신이 보호를 받는 일에는 그다지 익숙하지 않았다.

친구들을 바라보면서 레티시엘은 자신의 가슴에 손을 갖다 댔다.

단결해서 자신을 지키려 하는 친구들의 모습에 가슴 속이 조금씩 따뜻해졌다. 동시에 형용할 수 없는 일말의 안타까움도 느꼈다.

"하지만, 도로셀 당신. 술집에서 부정한 무리와 카드게임을 벌였죠? 그때에도 기묘한 힘을 사용했다던가. 그것도 평소에는 잘하지 못했던 트럼프로 압승을 하다니…… 그건 대체……."

포기할 줄 모르는 세리냐는 이런 상황에서도 어떻게든 반론을 하려고 했다. 그러나 인파의 건너편에서 들려온 목소리가 그것을 가로막았다.

"아, 세리냐 님. 그 일에 대해서 좀 여쭤보고 싶은 게 있는데, 괜찮으시겠습니까?"

목소리가 들린 쪽을 쳐다보니, 에디가 인파를 헤치고 나와서는 겸연쩍다는 듯이 눈을 가늘게 뜨면서 머리를 긁적였다.

"누군가요……? 당신은."

"그 부정한 무리에게 벌을 내린 장소에 있던 하찮은 행상인입니다. 그 트럼프 말입니다만…… 그거, 제가 살짝 속임수를 썼습니다."

"……에?"

갑작스러운 에디의 고백이 예상외였던 것인가, 부채를 쥔 세리냐의 손이 흠칫 하고 작게 흔들렸다.

"세리냐 님이 어떻게 거기까지 아시는지는 모르겠지만, 그 카드게임 때, 제가 뒤에서 도로셀 님을 도와서 말입니다."

"그럴 리 없어요…… 그게, 분명히 도로셀은 수수께끼의 힘으로 악덕 상인들에게 압승했다고……."

거기까지 말하고 세리냐는 헉 하고 입을 다물었다. 그녀 자신도 알아차린 것 같았다.

"어라? 세리냐 님, 그때 그 술집에 계셨던가요?"

눈치 없음을 가장해 에디가 의아하다는 것 같은 표정을 지으며 그렇게 물었다.

그 말에 세리냐는 대답하지 못했다.

"혹시 밀정, 이라든가 그런 걸 붙여두셨던 것일까요……."

어차피 그런 종류의 사람을 파견했던 것은 아닐까. 레티시엘은 크게 놀라지 않았지만, 세리냐는 이쪽을 찌릿 노려보았다.

"……농담도 참……."

"농담인지 아닌지 판단하는 것은 제가 아닙니다, 언니."

실제로, 지금 이야기는 이 방 안에 있는 모든 사람들에게 들렸다. 여기저기에서 소곤소곤 속삭이는 목소리가 새어나오기 시작했다.

"어? 약점을 잡기 위해 일부러 밀정을?"

"우와…… 그건 역시 좀 음험하지 않아?"

"제1왕자의 약혼자였다고 해서, 질투가 너무 심한 거 아닐가요……."

세리냐가 공공연하게 반론하지 못하는 탓에, 억측이 억측을 부르며 파문이 번져갔다.

"……그럼, 저 분은 어떤가요?"

소곤소곤 하고 주위에서 속삭이는 목소리가 새어나오는 가운데, 크리스타가 그렇게 말하며 바리를 가리켰다.

그녀의 얼굴에는 명백히 증오와 불쾌함의 빛이 배어나와 있었고, 그것들을 이제 감추려고도 하지 않고 있었다.

"저 분이 메이블 꽃무늬의 개발자라고 했지요? 하지만 저 분이 정말로 메이블 꽃무늬를 만들었는지 알 수 없잖아요."

크리스타의 지적에, 한 순간 방안에서 목소리가 사라졌다. 바리가 메이블 꽃무늬의 개발자인 것은 틀림없었지만, 그는 팔이 막 나은 참이라 아직 전성기 때와 같은 자수를 놓을 수는 없었다. 하물며, 십 수 년의 세월이 흐른 것이다.

"아뇨. 바리 씨는 18년 전에 메이블 꽃무늬를……."

"그런 말을 하며, 같은 패거리끼리 서로 감싸고 있는 거 아닌가요? 그 분이 개발자라는 증거는 어디에 있나요?"

지크의 말을 가로막고 크리스타는 점점 열을 올리며 말했다.

분명히 바리가 메리블 꽃무늬를 완전히 재현하는 것 이외에, 그가 진짜 개발자라는 증거는 없을지도 몰랐다. 그러나 레티시엘은 세리냐와 크리스타의 집요한 트집과 이 무익한

실랑이가 슬슬 지겨워졌다.

"두 분 모두 뭘 하러 오신 건가요? 아까부터 듣고 있자니 도중부터 전혀 관계없는 얘기를 하고 계시는데, 제게 뭔가 하고 싶은 얘기가 있다면 나중에 얼마든지 들어드리겠습니다. 하지만 친구들을 모욕하는 발언은 삼가주세요."

그쪽이 생떼를 부린다면 이쪽은 정론을 내세울 따름이었다.

"이곳은 잃어버린 수공예기술의 부흥 연구의 성과를 발표하기 위해 설치된 귀중한 자리로, 이곳에 모인 분들도 그것에 흥미를 갖고 계신 분들뿐입니다. 분탕질하려는 목적으로 오셨다면 돌아가 주세요."

레티시엘의 말에 대한 귀족들의 반응은 다양했다.

고개를 끄덕이는 사람도 있는가 하면, 세리냐와 크리스타에게 비난의 시선을 향하는 사람도 있었고, 개중에는 바리를 의심하는 사람도 있었다. 일대의 술렁거림은 한층 강해졌다.

"어머, 무슨 일이신가요?"

그때 불현듯 방을 감싼 소란을 진정시키듯, 부드러운 여성의 목소리가 울려 퍼졌다.

모두의 시선이 입구로 모이는 가운데, 웨이브가 진 옅은 금색의 머리카락과 투명해 보이는 하얀 피부, 우아한 분위기를 한 아름다운 귀부인이 방으로 들어왔다.

그녀의 등 뒤에는 밤색의 머리카락을 포니테일로 묶은 소녀와 허니 블론드를 보브컷으로 자른 소녀의 모습도 있었는데, 그 두 사람의 얼굴에 레티시엘은 기시감을 느꼈다. 어디선가 본 것 같기도 하고…….

그 자리에 있던 많은 귀족…… 세리냐와 크리스타도 포함해 다들 믿을 수 없다는 것처럼 눈을 크게 뜨고 여성에게 시선을 보냈다. 유일하게 레티시엘 혼자 금발의 여성이 누군지 알지 못해서 혼자 그 분위기에서 배제당해 있었다.

"여러분, 무서운 얼굴을 하시고…… 무슨 일이 있었나요?"

손에 든 부채로 입을 가리며, 옅은 금발의 여성은 의아한 듯이 고개를 갸우뚱했다. 그러나 그에 대답하는 사람은 나타나지 않았다.

여성은 방을 한 바퀴 빙 둘러보았다. 그리고 거기서 레티시엘 일행과 같이 있는 바리의 모습을 발견하자 가볍게 손뼉을 쳤다.

"어머……? 세상에! 거기 있는 건 바리 씨 아닌가요?"

친근한 어조로 바리에게 말을 거는 금발의 여성의 말에, 귀족들의 시선이 일제히 바리에게로 향했다. 어떻게 이 여성과 아는 것인가. 그런 그들의 마음의 목소리가 들려오는 것 같았다.

"예, 예에…… 오랜만에 뵈옵니다! 소피리아 비전하……."

수많은 시선 속에서 허둥거리면서도 바리가 금발의 여성에게 최상급의 예의를 갖춰 인사를 했다. 그러자 그가 부른 이름에 귀족들 일동이 소란스러워졌다.

“설마 싶었는데, 역시 그랬나요……!”

“하지만 요양 중이시지 않았나? 왜 이곳에…….”

“틀림없이 제3비 소피리아 님이시다……!”

“……에?”

전혀 예상치 못했던 인물에 레티시엘은 저도 모르게 얼빠진 목소리를 내고 말았다. 하지만 작은 목소리였기 때문에 주위 사람들은 눈치 채지 못했다.

레티시엘이 어리둥절해하는 사이에도, 소피리아는 기쁜 듯이 웃는 얼굴을 빛내며 바리에게 말을 걸었다. 모든 사람이 마른 침을 삼키고 그 일부시종을 지켜보았다.

“이렇게 만나는 게 몇 년 만이죠?”

“그렇군요…… 제가 왕성을 떠난 것이 17년 전이니, 그 정도는 지나지 않았을까 사료되옵니다.”

“팔의 상처는 이제 괜찮은 건가요?”

“예, 예……! 마음을 써 주셔서 감사합니다. 여러분 덕분에 그럭저럭 손을 움직일 수 있게 되었기 때문에, 조금씩 적응시키면서 복귀할 생각입니다.”

마치 오랜만에 재회한 친구처럼 상냥하고 싹싹하게 바리에게 말을 거는 소피리아의 모습에 다들 놀라움을 감추지 못했다. 그와 동시에 세리냐와 크리스타에게 비난의 눈길을 보내는 사람들이 늘어갔다.

"반갑네요. 제가 폐하에게 시집올 때 입었던 혼례 의상도, 당신이 지어준 옷이었지요."

"예. 당시 무명이었던 저를 발탁해 주셨지요. 그 감사한 마음은 이루 표현할 수가 없습니다. 드레스의 소맷자락에 들어간 흰 백합꽃의 자수는 비전하의 간청이셨지요."

"후후. 잘 기억하고 있네요. 그게, 정말로 좋아하는 걸요. 백합꽃."

레티시엘은 알지 못했으나, 메이블 꽃무늬가 유행하는 계기가 된 것은 18년 전의 제3비 소피리아의 결혼식이었다.

당시 소피리아의 웨딩드레스에 수놓아진 문양의 아름다움에 참례한 귀족들이 마음을 빼앗겼고, 그것에서부터 메이블 꽃무늬는 귀족 사회에서 대히트를 친 것이었다.

소피리아의 말이 결정적인 근거가 되어 방에 있던 모든 사람들이 일제히 세리냐와 크리스타를 비난하기 시작했다.

"저 분들, 공작가의 영애이시면서 진짜와 가짜를 알아보지도 못하는 건가요?"

"역시 단순히 시기했던 것이 아닌가요?"

그런 상황에 크리스타는 얼굴을 빨갛게 물들인 채 이를 갈면서 한층 더 날카로운 시선으로 레티시엘을 노려보았다. 세리냐는 무표정한 얼굴은 유지하고 있었지만, 부채를 든 손은 작게 떨고 있었다.

"안 돼요, 여러분. 여기서는 일단 모두 진정하죠."

그런 주위를 소피리아가 타일렀다. 다른 귀족들이 진정하기 시작한 것을 보고, 소피리아는 세리냐와 크리스타에게 걸어와 상냥하게 미소를 지으며 말을 걸었다.

"당신들도 그런 무서운 얼굴을 하지 말고 어깨의 힘을 빼 보세요."

제3비가 타일러서야 세리냐와 크리스타도 아무 말도 하지 못하고, 잠자코 그녀의 말에 귀를 기울이는 수밖에 없었다.

"오늘은 말이죠. 나라의 미래를 짊어질 유망한 젊은이들이 평소의 노력과 연구 성과를 발표하기 위한 소중한 자리이니, 싸움 같은 걸 하면 안 돼요."

"……."

"저 아이들도 분명히 이 날을 위해 열심히 준비해왔을 테죠. 모처럼의 자매이니, 솔직하게 축하를 해 줘야지요."

어린아이를 타이르는 것 같은 상냥한 어조와 말에 귀족들 중에서는 부드러운 표정으로 고개를 끄덕이는 자가 속출했다.

"비전하의 말씀, 가슴 깊숙이 명심했습니다. 다른 전시도 둘러보고 싶으니 이제 그만 실례하겠습니다. 자, 가자꾸나, 크리스타."

이 이상 이 문답을 계속하는 것은 득책이 아니라고 본 것일까. 세리냐는 간결하게 그런 말만 남기고, 그때까지의 끈질긴 태도가 마치 거짓말이었던 것처럼 간단하게 물러갔다.

크리스타는 분하다는 듯이 입술을 깨물면서 마지막의 마

지막까지 부아가 치민다는 듯이 레티시엘을 노려보았다.

두 사람이 퇴장한 뒤, 실내는 원래의 떠들썩하고 활기 넘치는 공간으로 돌아갔다. 계속해서 메이블 꽃무늬의 전시를 둘러보기 시작하는 귀족들에 섞여, 소피리아도 바리와 즐겁다는 듯이 이야기를 나누면서 실내를 천천히 돌아보았다.

"오랜만입니다. 도로셀 님."

그런 가운데, 소피리아의 옆에 대기하고 있던 밤색 머리카락의 소녀가 레티시엘 쪽으로 다가왔다.

레티시엘의 앞까지 걸어온 소녀는 생긋 밝은 미소를 지어 보였다. 그녀의 움직임에 맞추어 긴 포니테일이 가볍게 흔들렸다. 어디선가 만난 적이 있는 것일까.

"이전 퍼레이드의 날에 도움을 받은 아샤 엘레나 케룬이라고 합니다. 그때에는 이름을 대지 않아 실례했습니다."

아샤라고 이름을 댄 소녀는 깍듯하게 인사를 하고는 밝은 미소를 띤 채 또랑또랑한 목소리로 그렇게 말했다. 그러고 보면, 제2왕자의 퍼레이드 때, 뒷골목에서 사람을 찾던 소녀 두 사람을 도와주었다. 어쩐지 어디선가 본 적이 있는 얼굴이라고 생각되었다.

"그때 찾던 사람은 찾았나요?"

"예. 덕분에요. 그때에는 정말로 감사했습니다."

"그건 그렇다고 치고, 아샤 님은 제3비전하의 수행원이셨군요. 몰랐습니다."

아샤의 차림을 재빨리 훑어보고 레티시엘은 그렇게 말했다. 아샤가 입은 옷은 공작가의 시녀들이 입고 있는 것과 비슷한 색조합의, 흰색과 검은색이 바탕이 된 고용인복이었다.

그렇게 되자, 점점 더 그녀가 왜 그런 변경의 뒷골목에 있었는지 알 수 없어졌다. 하지만 지금 물을 필요가 있는 일도 아니어서, 레티시엘은 묻지 않기로 했다.

"소피리아 님의 곁에 안 계셔도 되나요?"

"예. 이 뒤에는 다른 용건이 있기도 하고, 소피리아 님에게는 허가를 받았습니다. 게다가 메이드가 비전하 옆에 붙어 있으니까요."

아샤의 말에 레티시엘은 그녀의 시선을 좇았다. 그러자 소피리아의 옆에 찰싹 붙어 있는 허니블론드의 체구가 작은 소녀…… 메이드의 모습이 보였다.

그녀도 잘 보니, 그때 도와주었던 또 한 명의 소녀였다. 시녀인 아샤와 달리, 메이는 바지에 부츠 차림이라는 움직이기 쉬운 디자인의 옷을 입고, 등에는 본인의 키만한 크기의 원통형 케이스를 메고 있었다.

레티시엘과 눈이 마주치자 메이는 고개를 꾸벅 숙였다. 호위라고 말하지 않으면, 어머니와 학원제에 놀러온 어린아이로밖에 보이지 않았다. 크고 둥글둥글한 눈에 아샤보다도 어려보이는 분위기였으나, 왕비의 호위로 선택되었다는 것은 무술 실력이 뛰어난 모양이다.

"그럼 슬슬 저는 먼저 실례하겠습니다. 시간을 빼앗아서 죄송합니다."

"신경 쓰지 마세요. 언제 또 기회가 생긴다면 얘기를 나누도록 해요."

"예. 도로셀 님과 이야기를 나눌 수 있어서 영광이었습니다! 감사합니다."

아샤가 공손하게 인사를 하고 교실을 나가고, 세리냐와 크리스타가 퇴장한 뒤 재고를 보충하러 나갔던 히르메스가 전시장으로 돌아왔다.

"스승님! 추가 재료를 가져왔습……다……?"

헤르메스가 팔에 몇 개나 되는 상자를 끌어안고 방으로 들어오다가, 자신과 엇갈려 방을 나가는 아샤의 모습을 발견하고 저도 모르게 눈으로 좇았다.

"……아샤 님……?

"아는 사이인가요?"

"예. 그야, 당연히 알죠. 그 케룬 가의 차녀 아샤 님이라고요! 내가 하인겔 학원에 다니고 있을 때 학원 내 유명인이었습니다! 요전에 마을의 카페에서 만났을 때에는 깜짝 놀랐습니다. 이야아. 왕도에 돌아오셨군요."

"아아. 그때의……."

전에 친구들과 함께 마을에 놀러나갔을 때, 카페에서 히르메스가 여자아이와 부딪쳤다. 그 말을 듣고 보니, 그때의 아이들이 아샤와 메이와 닮은 것 같은 느낌이 들었다.

"저는 학년이 달랐습니다만, 아샤 님은 학문도 실기도 마법도 언제나 전교 1등! 엄청 우수한데 꾸미지 않는 성격으로 모두의 동경하는 대상이라는 느낌의 분이셨습니다! 하지만, 언젠가부터 학교에 전혀 안 오시더니, 어느샌가 학원 자체를 그만두셨더라고요."

하인겔 학원은 플라티나 왕국의 사관양성학교로, 히르메스가 중등부 시절을 보낸 학원이기도 했다. 그러나 히르메스는 그웰 자작가의 장남이었기 때문에, 하인겔 학원 고등부에는 진학하지 않고 가문의 관례에 따라 루크레치아 학원에 입학해 지금에 이르고 있었다.

"검 이외에 활과 총의 취급에도 능숙하셔서…… 어쨌든 굉장했습니다! 역시 케룬가의 사람이라는 느낌이라! 나도 그렇게 강해지고 싶다……."

그렇다면 그녀는 왜 갑자기 사관학교를 그만둔 것일까. 레티시엘은 의문을 품었다.

아샤와 엇갈리듯이 이번에는 소피리아가 메이를 데리고 레티시엘에게로 다가왔다.

"도로셀. 당신과 만나는 것도 꽤 오랜만이군요."

"……오랜만에 뵈옵니다. 소피리아 님."

레티시엘로서는 소피리아와 만나는 것은 처음이었으나, 차마 그런 말을 할 수는 없었기 때문에 우선 말을 맞추었다.

레티시엘의 바로 옆에까지 온 소피리아는 왠지 무척 기쁜 것 같은, 천진난만한 미소를 띠고 있었다. 그리고 무슨 생각을 했는지, 레티시엘의 머리에 손을 뻗어 그대로 자애로운 손길로 쓰다듬었다.

“여러모로 고생을 하고 있다는 얘기는 들었습니다. 그런데도 변함없이 면학에 힘쓰고 있는 것 같아서…… 참으로 훌륭한 마음가짐입니다! 뭔가 고민이 있다면, 언제든지 상담을 해도 괜찮아요.”

“아, 예에……감사합니다.”

어린아이처럼 들뜬 기색의 소피리아의 모습에, 이 시대의 왕족에게도 이렇게 싹싹하고 꾸미지 않는 분이 있는 건가…… 하고 레티시엘은 저도 모르게 감탄하고 말았다.

“어릴 때에는 자주 몸 상태가 안 좋아지곤 했는데, 몸은 이제 괜찮은 건가요?”

「도로셀」은 몸이 자주 안 좋아지곤 했다. 처음 알게 된 정보에 레티시엘은 표정을 무너뜨리지 않고 생각했다.

마력이 없는 체질은 타고난 것일까. 레티시엘이 아는 한, 도로셀에게는 몸 상태가 안 좋아져서 병석에 누울 정도의 질환이나 만성적인 병은 없을 터인데…….

“예. 지금은 이제 아무렇지도 않습니다.”

“그래요. 그거 잘 됐네요. 또 옛날처럼 왕궁에 얼굴을 보이러 와 주세요. 언제든지 놀러오도록 해요.”

"예. 배려에 감사드립니다……."

오래 전부터 잘 아는 사이인 것처럼 친근하게 말을 거는 소피리아에게, 레티시엘은 내심 놀라면서도 얼굴에는 드러내지 않고 적당히 말을 맞추었다.

분명히 레티시엘이 잃어버린 16년분의 기억 어딘가에서 도로셀과 소피리아는 만난 적이 있는 것이리라. 그것도 소피리아의 발언으로 미루어볼 때 한두 번이 아니었다.

잃어버린 기억의 파편을 또 하나 손에 넣었다. 그것들이 이어지는 날이 언제가 될지는 알 수 없었지만, 지금은 눈앞의 일에 집중하자.

'……어머? 에디의 모습이 보이지 않네…….'

문득 주변을 돌아보니, 방금 전까지 방에 있던 에디가 없었다.

"도로셀 님? 저, 왜, 그러시죠?"

"응? 아아. 괜찮아요. 아무것도 아니에요."

걱정스러운 것 같은 베로니카에게 레티시엘은 대답했다.

'사실은 재료를 구해 준 일에 대해 고맙다는 인사를 하고 싶었는데, 뭐, 지금 당장 하지 않아도 되겠죠.'

그러고 보니까 만날 사람이 있다고 말했으니, 아마도 약속 시간이 다 된 것이리라.

"도로셀 님!! 잠시 와 주시겠어요?!"

"잠깐만 기다려요. 금방 갈게요. 그럼 소피리아 님, 저는 작업으로 돌아가겠습니다."

"응응. 힘내요!"

미란다레트가 불렀기 때문에 레티시엘은 소피리아에게 한마디 양해를 구하고 그 자리를 떠났다. 가게 업무이니 점검이니 하는 일들을 처리하는 레티시엘의 모습을, 소피리아는 생글생글 웃으며 즐거운 듯이 지켜보았다.

***

에디는 루크레치아 학원 본관 1층의 복도를 걷고 있었다. 학원제 분위기에 들뜬 학생들이나 귀족들이 담소를 나누며 그 옆을 지나쳐갔다. 인파를 누비며 현관홀까지 빠져나온 에디는 어긋난 모자를 고쳐 쓰면서 한숨을 돌렸다.

학원제가 개시된 지 몇 시간이 경과했기 때문에, 지금 현관홀은 내방하는 손님도, 귀가하는 손님도 적어서 비교적 휑했다.

"네가 왜 여기 있는 거냐. 무슨 바람이 분 거지?"

문득 밖으로 나가려던 에디의 등에 누군가가 말을 걸었다. 그것은, 돌아보지 않아도 그 주인을 알 수 있는 목소리였다.

"앗. 라이오넬 전하도 여기 계셨습니까."

예상대로 말을 걸어온 것은 라이오넬이었다. 그러나 에디는 딱히 겁먹는 일도 없이 꾸벅 머리를 숙였다.

"이야, 이런 축제는 좋네요! 사실은 좀 더 차분하게 시간을 들여서 축제 기분을 맛보고 싶었지만 말이지요. 아, 하지만 이번에는 지인을 도우러 왔습니다."

"너…… 아직도 그런 일을 하는 거냐. 여기서 놀고 있을 때가 아닐 텐데."

무사태평한 에디의 태도에 라이오넬은 탄식조로 한숨을 내쉬고는 미간에 손을 갖다 댔다.

"임무 쪽은 막힘없이 잘 진행되고 있으니 안심하십시오! 스스로 움직이는 편이 더 하기 편하죠. 전하도 그렇게 생각하지 않으시나요?"

커다란 배낭을 등에 고쳐 메며 에디는 득의양양하게 척 승리 포즈를 취해보였다. 그런 에디에게 라이오넬은 쓴웃음을 지었다.

"뭐, 네가 좋다면야 그걸로 상관없지만. 묘한 일에 관심을 가져서 성가신 일을 만들지 마라."

"알겠습니다! 그럼, 저는 잠시 볼일이 있어서 먼저 실례 하겠습니다—."

라이오넬에게 인사를 하고, 에디는 가벼운 발걸음으로 성큼성큼 홀을 나섰다.

본관 앞의 통로에는 내원한 귀족들의 마차가 줄지어 멈춰 있었다.

에디는 그 중에서 한층 크고 호화로운 마차가 있는 곳까지 가서, 주위에 사람이 없다는 것을 꼼꼼히 확인한 뒤 그 마차의 문을 세 번 두드렸다.

그러자 안에서 딱 한 번 노크가 되돌아왔다. 그것을 확인하자, 에디는 마차 문을 열고 재빠르게 마차에 올라탔다.

"자리를 함께 해도 되겠습니까? 아샤 님."

"……그 호칭은 그만둬 주세요."

익살을 떠는 어조의 에디에게 맞은편 자리에 앉은 아샤는 무람없이 태클을 걸었다. 그러고는 옆에 놓아둔 봉투를 에디에게 건넸다.

"부탁하신 것입니다. 확인해 주십시오."

"오! 과연 아샤야~. 일처리가 빠르다니까. 고마워!"

"크로비스 수도원에 기부를 하겠다고 제안하자, 그 답례로 이것을 양도해 주었습니다."

에디는 봉투를 받아들자 곧바로 그것을 열고 내용물을 확인했다. 안에 들어있던 것은 오래되어 군데군데 가장자리가 헤진 몇 장의 악보였다.

"그 악보, 어디에 쓰시려는 겁니까? 수도원의 원장님은 복제품이라고 하시던데요."

신바람이 나서 부리나케 악보를 챙기는 에디에게 아샤가 물었다.

"응—? 어디에라…… 선물용이려나?"

"……그것을 받고 기뻐할 사람은 상당히 취향이 별날 것이라고 생각합니다만."

"아하하. 맞아. 뭐, 선물하는 건 그 「알맹이」이지만 말이야—."

쓴웃음을 짓는 아샤에게 에디는 익살 떠는 얼굴로 어깨를 으쓱해 보였다.

"그건 그렇고, 부탁해 둔, 마이야 상회의 건은 어떻게 됐어?"

정성스럽게 악보를 다 챙기자, 에디는 아샤에게 다른 질문을 던졌다.

"예. 추측하신 대로, 흑강 기사단과 마이야 상회는 협력 관계에 있었고, 그 관계를 발판 삼아 기사단의 잔당들이 왕도에도 출몰하게 되었습니다."

평소의 표표한 태도는 어디 갔는지, 진지한 표정으로 묻는 에디에게 아샤는 표정을 바로 잡고 자신이 가진 정보를 이야기하기 시작했다.

"요 몇 달 동안 연이어 발생한 캐러밴 습격 사건, 얼마 전의 노예 밀매사건, 그리고 빌스 마을의 안건에도 마이야 상회가 배후에서 일부 관여한 것은 틀림없습니다. 노예 밀매 사건 적발 후에 체포한 기사단 잔당으로부터 증언도 얻어냈습니다."

나라의 탄압으로 한 번 괴멸 직전에까지 몰렸던 흑강 기사단은 최근 또다시 힘을 키우고 있었나. 시방의 귀족이나 거상 등의 경호단으로는 물론, 밀수 브로커로도 암약하고 있었다. 마이야 상회와의 관계도 그 일부에 지나지 않았다.

지하에서의 활동도 그 범위를 넓히고 있어서, 국내의 산간지 등을 거점으로 잔당이 재결집하고 있다는 것 같았다.

"북부의 신간에 근거지를 마련하기 시작한 것 같으니, 왕도에 잠복해 있는 무리를 일일이 뭉개버리는 것보다는 허를 찔러 소굴을 단숨에 치는 편이 좋을 것이라고 생각됩니다."

"과연 그렇군. 사실이 확인됐다면 이쪽도 움직일 수 있겠군. 저기, 아샤. 흑강 기사단의 잔당이 많이 출몰하게 된 장소는, 이미 조사가 끝났어?"

"예, 잔당의 유입이 현저한 장소는 국내에 네 곳 정도. 모두 북방의 국경 부근에 집중돼 있습니다. 이리스, 라피스와의 삼국 국경부근에 있는 레이글과, 경비대와 주민의 충돌이 끊이지 않아 정세가 불안한 요르드, 스피리아 지방에 인접한 루이네 백작령, 그리고……."

아샤는 거기서 일단 말을 끊고 한 박자 쉰 뒤, 최후의 장소의 이름을 댔다.

"피리아레기스 공작령입니다."

아샤가 가져온 일련의 정보에, 에디는 팔짱을 끼고 신음하면서 생각에 잠겼다.

"있지, 아샤. 우리말이야. 이대로 계속 파고들면 고구마줄기 식으로 줄줄이 딸려 나오기는커녕, 대지 전체를 다 헤집을 대물을 뽑을지도 모르겠어."

"그래도 계속 파고드실 생각이시죠?"

"과연 아—짱. 날 아주 잘 알아! 계속해서 조사를 부탁할게."

에디는 상쾌한 미소를 지으며 익살스럽게 아샤의 어깨를 철썩 두드렸다. 그런 에디의 모습에 아샤는 탄식조로 한숨을 쉬었다.

"늘 고마워. 그 외에 뭐 전해두고 싶은 거 있어? 뭐든 괜찮아."

"……그러시다면, 한 가지만."

아샤는 에디의 얼굴을 똑바로 바라보며, 가차 없고 무람없이 딱 잘라 말했다.

"변장, 안 어울리십니다, 에델하르트 전하."

아샤의 단도직입적인 태클에 에디…… 아니, 플라티나 왕국의 제3왕자 에델하르트는 충격을 받은 것처럼 비명을 질렀다.

"에에에?! 아니, 그렇지 않아! 봐봐, 요기 요 부분, 검은 머리의 가발이라든가 수염이라든가 잘 어울리잖아? 응용마법으로 잘 숨겨서 속여 넘길 수 있게 됐다고."

"마법을 잘못 사용하고 계시다는 자각은 있으신가요? 그것보다, 언제쯤 왕성으로 돌아오신 생각이신가요? 폐하께서도 언제 돌아오는 것이냐며 걱정하고 계셨습니다."

실은 이 제3왕자, 왕도에 돌아왔을 때 국왕 오스왈드에게 딱 한 번 편지로 귀환 인사를 했을 뿐, 각지를 전전하며 왕성에는 그다지 돌아가지 않았다.

"아직 알아보고 싶은 일이 있으니 왕성에 돌아가는 건 좀 더 나중일이 될 거야. 아바마마에게도 그렇게 전해 드려. 곤경에 처한 백성을 내버려둘 수는 없으니까 말이지."

"……빌스 마을 분들 말씀입니까?"

"그것만이 아니야. 이 나라를 살기 좋게 만드는 것이 왕가의 본분이니까 말이지. 내가 지금 조사하는 안건에 친구들이 휘말려 있다면 더더욱…… 말이야."

"전하다우시네요."

아무 망설임 없이 말하는 에델하르트에게 아샤는 조금 곤란하다는 듯이 미소를 지으면서 상냥한 시선을 보냈다.

"소중한 분들이신 거군요. 친구 분을 돕기 위해 소피리아 님까지 부르시고."

"어마마마에게도 메이블 꽃무늬는 추억 깊은 물건이잖아? 줄곧 침실 침대에 누워 계셔봤자 몸에 좋지도 않고, 때로는 바람을 쐬셨으면 해서 말이야."

마차의 창문을 열면서 에디는 말했다. 부드러운 바람이 그의 검은 가발을 매만지며 놀았다.

"그건 그렇다 치고 말이지, 재미있는 사람이야, 도로셀 님은. 아샤도 그렇게 생각하지 않아?"

"예. 그러네요. 이전에 마을에서 트집을 잡혀 곤경에 처했던 메이를 도와주셨고, 친구 분들과도 즐겁게 마을 구경을 하고 계셨죠. 정의감이 강하다고 할까, 별나다고 할까…… 신기한 영애이십니다."

"뭐어?! 메이를 도와줬다고? 아하하. 그거 굉장한걸. 그래. 그 신기하고 별난 구석이 재미있었어. 옛날부터."

뜻밖이라는 것처럼 목소리를 높였지만, 재미있다고 말하는 에델하르트의 목소리는 즐거운 것 같았고 그 웃는 얼굴은 호기심과 기대에 가득 차 있었다.

"그녀의 그 힘이라면, 어쩌면 어마마마의 병도 고칠 수 있을지도 몰라……."

모친 소피리아가 있는 학원 본관을 바라보면서 안도한 것처럼 부드러운 목소리로 중얼거리는 에델하르트의 모습에 아샤는 아무 말도 하지 않고 그저 눈을 내리깔았다.

"……아. 전하. 모자의 올이 풀렸습니다."

문득 아샤가 그런 지적을 했다. 그녀에게 지적을 받은 에델하르트는 머리에 쓴 작고 오래된 모직 모자를 손에 들었다.

모자와 함께 검은 가발이 함께 미끄러져 벗겨지면서 어두운 금발이 사락 흔들렸다.

"어? 아, 진짜네! 늘 그랬던 것처럼 이번에도 또 부탁해."

"알았습니다. 그럼 며칠 기다려 주세요."

"고마워. 늘 미안해."

모자를 아샤에게 건네 수선을 부탁하면서, 에디는 어딘가 애처로운 눈으로 아련하게 웃었다.

마차의 창문을 통해 시원한 가을 바람이 불어 들어오고, 어디에서 날아온 것인지 하얀 꽃잎이 작은 모자 위에 조용히 내려앉았다.

***

점심시간을 거쳐, 학원제는 오후 파트에 돌입했다. 그렇다고 해서 발표물들이 바뀌는 것은 아니고, 내방객들이 조금 줄었을 뿐 오전부와 큰 차이는 없었다.

내방객들이 줄어든다는 것은 학생들의 분주함도 경감된다는 뜻이다. 오후가 되자 학원제를 즐기는 학생들의 모습을 보는 일도 많아졌다.

"후우……."

메인 회장인 본관은 변함없이 학원제의 열기에 들뜬 것 같은 소란스러움에 싸여 있었다. 학원제 회장은 본관뿐으로, 별관은 개방되지 않았기 때문에 고요함으로 가득 차 있었다.

"……."

레티시엘은 본관을 피해 별관으로 이어지는 연결 복도에 자리를 잡았다. 연결 복도의 1층 부분은 통로에서도 밖으로 빠져나갈 수 있는 구조로 돼 있었기 때문에, 이곳에서는 본관 앞의 정원을 바라볼 수 있었다.

레티시엘은 다리를 모으고 웅크리고 앉아서 무릎에 머리를 얹고 숨을 내쉬었다. 세리냐의 건도 포함해 여러모로 피곤했다.

오후부터 학생들이 한가해지기 시작한다는 것은 레티시엘의 부스에도 그대로 적용되는 이야기였다. 부스를 찾는 손님들의 발길이 뜸해지자 미란다레트가 레티시엘을 강제적으로 쉬게 했다.

「도로셀 님은 준비기간 때부터 일을 너무 열심히 하고 계세요! 이제부터는 저희가 할 테니, 마음껏 즐기다 오세요!」

미란다레트는 단호한 태도로 그렇게 말했다.

개인적으로는 그런 말을 들을 정도로 열심히 하지는 않았다고 생각했지만, 미란다레트만이 아니라 베로니카도 강하게 같은 주장을 하는 바람에 레티시엘은 얌전히 생애 첫 학원제를 견학하러 갔다. 그러나 사람이 너무 많아서 그만 멀미를 일으키고 말았다.

'사람들로 붐비는 건 싫어…… 책의 산이었다면 얼마든지 파묻혀 있을 수 있는데…….'

옆에서 본다면 꽤나 괴상한 생각을 하는 것처럼 여겨질지도 몰랐지만, 레티시엘은 어디까지나 진지했다.

레티시엘 본인으로서는 그럭저럭 사람과 접해 왔다고 생각했으나, 천 년 전에는 이렇게 좁은 실내에 이만큼의 인구밀도가 실현될 정도로 고국 리제네로제 왕국의 인구는 많지 않았다.

'……평화로운 세상이 되었구나.'

바람에 살랑살랑 흔들리는 정원의 꽃들을 바라보며 레티시엘은 통절히 그렇게 생각했다.

자박…….

문득 등 뒤에서 발소리가 났다. 레티시엘은 무릎 위에 엎고 있던 고개를 들고 상체를 틀어 등 뒤로 시선을 주었다.

"여기 계셨군요. 도로셀 양."

그곳에 서 있던 것은 지크였다. 모습이 보이지 않는 레티시엘을 찾으러 온 것 같았다.

"옆에 앉아도 되겠습니까?"

"그럼요."

지크는 레티시엘의 옆에 걸터앉았다. 두 사람은 그대로 잠시 동안 말없이 정원의 풍경을 바라보았다.

"괜찮으십니까? 피곤하신 것처럼 보이는데요……."

먼저 말을 걸어온 것은 지크 쪽이었다. 레티시엘은 무릎을 끌어안고 웅크리고 있던 자세를 풀고, 양손을 등 뒤에 짚고 하늘을 올려다보았다.

"오전 중에는 여러 가지 일이 있었으니까 말이죠. 게다가……사람이 그렇게 많을 줄은 몰랐어요."

"사람으로 붐비는 것은 불편하신가요?"

"적어도 좋아하지는 않아요."

레티시엘은 길고 긴 한숨을 내쉬고는 눈을 감고 심호흡을 했다. 이곳에 와서 대체 몇 번 한숨을 쉬었던가.

"조금 뜻밖이네요. 도로셀 양에게도, 싫어하는 것이 있었군요."

"어머. 나도 사람이랍니다? 싫어하는 것 정도는 있어요."

자신의 대외적인 평가는 이런 느낌이었나. 레티시엘은 어깨를 움츠리며 쓴웃음을 지었다.

레티시엘은 자신이 그렇게 완벽한 인간이 아니라는 것을 자각하고 있었다. 봄학기의 기말시험에도 싫어하는 과목이 몇 개나 있었고, 전생에서는 알아차리지 못했지만 사람들로 붐비는 것도 싫어하는 것 같았다. 의외로 싫어하는 것은 적지 않았다.

"……마음속 어딘가에서, 도로셀 양은 약점 같은 건 없는 분이라고 생각하고 있었습니다."

잠시 침묵이 계속되고, 불현듯 지크가 그렇게 말했다. 레티시엘은 시선을 지상으로 되돌려 옆에 앉은 지크의 옆얼굴에 눈을 주었다. 그는 살짝 고개를 숙인 채 옅은 미소를 띠고 있었다.

"당신은 제가 아는 귀족과는 전혀 다른 사람이었습니다. 지위나 권력 같은 것에는 전혀 관심이 없고, 우리 하층 계급의 사람들을 친구라고 불러주시죠. 하층계급의 인간은 본디 상류 계급의 분들과 같은 자리에 있는 것조차 용납되지 않는데……."

지크는 그 이상은 말하지 않았지만 그가 말하고자 하는 바는 어렴풋이 이해할 수 있었다.

지금까지 몇 번이나 지크가 벽을 만들고 있다고 느끼는 때가 있었다. 야외활동 때 그의 본가의 일을 넌지시 들었을 때에도 그랬다. 분명히 자신이나 이쪽의 신분을 생각해 지크 나름대로 선을 긋고 있던 것이리라. 성실한 그다웠다.

"순수하게 이 사회의 제도를 생각하면, 지크의 행동은 결코 틀리지 않았다고 생각해요."

또다시 시선을 하늘로 되돌려 흘러가는 구름을 바라보며 레티시엘은 지크의 말에 대답했다.

"하지만 그건 일반적인 상식이지 내 상식은 아니에요. 신분 같은 건 조금도 신경 쓰지 않아요."

애초에 레티시엘은 신분만으로도 인간의 계급이 정해진다고 조금도 생각하지 않았다. 우수한 인재는 어느 신분에든 존재할 수 있었다. 같은 계급의 인간들하고만 친하게 지내는 게 뭐가 재미있단 말인가.

"나는 내가 하고 싶은 일을 할 거고, 같이 있고 싶은 사람들과 함께 지낼 뿐이에요. 그러니까 지크도 쓸데없이 황송해하면서 사양할 필요는 없어요."

"……역시 도로셀 양은 별난 분이십니다."

"그런가요?"

뭔가 재미있는 말이라도 한 것일까. 레티시엘의 솔직한 대답에 지크는 어딘가 즐거운 것처럼 웃었다. 스스로 생각하기엔 평범한 말을 했다고 생각하는데.

"그러고 보니, 야외활동 때의 얘기인데요."

"예?"

"그때 어떻게 그 2인조의 약점을 알았던 거죠?"

줄곧 물으려고 생각했지만 지크의 본가의 일도 있어서 끝내 묻지 못했던 의문을 레티시엘은 꺼내었다.

"아아. 그건 옛날에 비슷한 힘을 사용하는 사람들을 본 적이 있기 때문입니다."

"본 적이 있는 건가요?"

"예. 그렇다고 해도 이미 꽤 오래 전의 일로, 어렴풋이 기억하는 정도이지만요."

확실치는 않았으나 지크는 어릴 적, 그 2인조와 비슷한 외모와 힘을 가진 사람들에게 쫓기던 일이 있었다는 것 같았다. 의외로, 지크에게는 유소년기의 기억이 거의 없어서, 분별력이 생기기 이전의 기억은 그 쫓기던 기억과 자신을 지켜주던 아버지의 뒷모습뿐이라고 했다.

그리고 그 아버지는 십 수 년 전부터 행방불명이라고 했다.

"그래서 그 때 아버지가 썼던 방법을 시험해보려고 했습니다만, 제 실력으로는 완전히 다 다룰 수가 없어서……."

"그랬군요…… 왠지 미안하네요. 싫은 일을 물어서."

"괜찮습니다. 벌써 10년도 더 된 일이고, 솔직히 잘 기억도 나지 않으니까요."

그렇게 말하고 지크는 웃었다. 그 반동에 지크가 손에 들고 있던 것이 바스락바스락 소리를 냈다.

"지크. 그건 뭐죠?"

"바리 씨가 가져다주신 편지입니다. 고향에서 온……. 어머니가 맡기셨다고 하더군요."

학원제가 개시되기 전에 바리가 지크에게 건넸던 그 편지인 것 같았다.

"마을의 최근 모습이라든가, 어머니의 건강이라든가 그런 것이 적혀 있었습니다. 그리고……."

거기서 지크는 한 순간 입을 다물었다. 편지를 쥔 손에 힘이 들어가 있었다.

"……아버지가 연락을 해 왔다고."

그렇게 말하고 지크는 봉투의 내용물을 보여주었다. 직사각형으로 접힌 어머니의 편지와 뭔가 하얀 천 조각 같은 것이 동봉되어 있었다.

"이건…… 뭔가의 문장인가요?"

레티시엘이 펼친 천 조각에는 수레바퀴 위에 십자가가 그려진 문장이 자수되어 있었고, 그 아래에는 검은 글씨가 휘갈겨 쓰여 있었다.

"「녀석들과는 얽히지 마라」……. 이 문장도 메시지의 의미도 잘 모르겠습니다만……."

하얀 천에 휘갈겨 쓰인 문자를 지크가 소리 내어 읽었다.

"십 수 년 동안이나 행방을 알 수 없었던 아버지가 지금이 돼서 이런 의미심장한 연락을 해오다니…… 그 도적이 사용하던 정체불명의 힘과 뭔가 관계가 있는지도……

거기서 지크는 한 번 생각에 잠기듯이 눈을 내리깔았다. 그러더니 다시 시선을 들어 올려 레티시엘을 똑바로 쳐다보았다.

"만약 괜찮으시다면 도로셀 양을 돕게 해주시겠습니까? 그 정체불명의 힘, 아버지의 일, 그리고 제 기억도 뭔가 도움이 될지도 모릅니다."

"예. 마음이 든든하네요. 협력해서 같이 수수께끼를 밝혀내요."

"예. 잘 부탁합니다."

그렇게 말하고 레티시엘은 슥 손을 내밀었고, 두 사람은 악수를 나누고는 어느 쪽이 먼저랄 것도 없이 함께 웃었다.

그 뒤로 잠시 동안 두 사람은 연결 복도에 앉아 잡담을 계속했다. 처음에는 지크의 고향 얘기였지만, 이야기를 해 나가는 사이 점점 화제가 벗어나서 최종적으로는 백은관에 쥐가 출몰해 큰 소동이 벌어졌다는 아무래도 좋은 이야기가 돼 있었다.

"슬슬 돌아갈까요."

잡담도 일단락된 참에, 레티시엘은 두 손을 위로 쳐들고 크게 기지개를 켰다.

"휴식 시간도 얼마 안 남았으니, 지금부터는 같이 다른 발표물들을 돌아보죠."

"예. 물론 상관없습니다."

레티시엘이 자리에서 일어나자, 옆에 있던 지크도 엉덩이를 들었다. 잠깐 쉬러 오기 전에 어디까지 돌아봤더라. 그렇게 생각하면서 레티시엘은 한발 앞서 본관으로 통하는 문을 지났다.

"……당신을 믿어서, 다행입니다……."

순간, 뭔가 말이 들려온 것 같은 느낌이 들어서 레티시엘은 뒤를 돌아보았다. 그러나 그곳에는 온화하게 미소 짓는 지크가 있을 뿐이었다.

"……? 무슨 말 했나요?"

"아뇨. 신경 쓰지 마십시오."

어딘가 기쁜 것처럼 보이는 표정으로 조용히 고개를 좌우로 흔드는 지크의 모습에, 레티시엘은 작게 고개를 갸우뚱했다.

막간 실망과 희망

“이런 거, 뜨거워서 마실 수 없어!”

“죄, 죄죄죄송합니다! 아가씨!”

늦은 오후의 공작저택에 크리스타의 새된 고함소리와 황송해 어쩔 줄 모르는 고용인들의 겁먹은 것 같은 사죄의 목소리가 울려 퍼졌다.

“게다가 쓰기만 하고! 이런 차밖에 못 끓이는 거야?!”

“힉……! 죄송합니다, 죄송합니다! 곧바로 다시 끓여오겠습니다!”

퍽, 하고 뭔가가 벽에 던져지는 것 같은 소리가 문밖으로 들려왔다.

크리스타의 방 앞에까지 온 것은 좋았으나, 안에서 전개되고 있는 상황 탓에 세리냐는 방에 들어가지 못하고 있었다.

“대체 무슨 짓을 한 거야?! 지금 당장 얼룩을 지워! 이건 내가 마음에 들어 하는 융단이라고!”

시녀가 또 뭔가 크리스타의 비위에 거슬리는 행동을 하고 만 것일까, 잠시 지나자 방문이 열리고 얼굴이 파랗게 질린 시녀가 다급한 기색으로 뛰어나왔다.

들어가려면 지금밖에 기회가 없다. 그렇게 생각해 크리스타의 방에 들어선 세리냐는 쿠션이니 유리병이니 하는 것들이 어지러이 흩어진 실내의 광경에 눈을 크게 떴다.

"크리스……! 왜 그러니? 무슨 일이라도 있던 거니?"

명백히 평소의 모습과는 달라도 너무 다른 동생의 상태에 세리냐는 천천히 다가가면서 말을 걸었다.

그러나 돌아온 것은 크리스타의 분노에 가득 찬 시선과 원망 어린 목소리였다.

"세리냐 언니 때문이에요! 괜찮을 거라고 하셨잖아요!"

크리스타의 격분에 세리냐는 말문이 막혔다. 섣부른 변명은 할 수 없었다.

도로셀의 약점을 찌르면 도로셀도 동요할 것이다. 그렇게 크리스타에게 말한 것은 세리냐였으니까.

"결국 그 사람은 하급귀족과 평민들에게 보호받고…… 제3비님까지 같은 편으로 삼아서! 우리만 나쁜 사람 취급을 당하고 말았잖아요!"

그러나 세리냐가 아무 말도 하지 않은 것이 오히려 상황을 악화시켰다. 침묵을 용인이라고 받아들인 크리스타는 한층 더 노발대발했다.

세리냐는 갈 곳 없는 짜증과 분노를 마구 발산하는 여동생을 애써 침착하게 달래려고 했다. 그러나 크리스타의 말은 멈추지 않았다.

"정말로 진정하렴, 크리스. 제3비님이 오시다니, 그건 상정외의 일이었어. 만약 우리와 그 아이뿐이었다면 분명히…….”

“그런 건 몰라요! 그렇게 많은 사람들 앞에서……. 언니는 분하지 않으신가요?!”

“하지만 나는 졌다고 생각하지 않아. 그 평민들이 하는 말이 거짓인지 사실인지는 조사해보면 언젠가는 알 일이야. 그 자리에서는 그저 운이 없던 것뿐. 그러니까 너도 너무 낙심하지 마렴. 그 아이의 가면을 벗겨낼 기회는 아직…….”

“이 이상, 어디에 기회가 있다는 건가요!”

세리냐의 말에는 귀도 기울이지 않고, 크리스타는 두 손으로 얼굴을 감싸면서 왁 하고 울음을 터뜨렸다.

“제3비님까지 자기편으로 삼았어요! 그 사람은 지금은 귀족계에서도 한 수 접어주는 존재가 됐다고요! 그에 비해 우리는 어떤가요? 그런 추태를 부려놓고…… 우리가 뭘 얻을 수 있다는 건가요?!”

크리스타가 도로셀은 좋지 않게 생각한다는 사실은 세리냐도 잘 알았다. 잘 알았기에, 세리냐는 여동생에게 이것저것 꾀를 일러줬다.

때문에 그녀의 분노도 이해할 수 있었고, 동시에 그녀를 말릴 수단도 갖고 있지 않았다.

“……크리스. 일단 진정하자. 너, 최근에 얼굴빛이 좋지 않아. 제대로 쉬고 있지 못한 거 아니니?”

옛날부터 크리스타를 봐 온 세리냐는 잘 알고 있었다. 크리스타는 불이 붙은 것처럼 버럭 화를 낼 때가 있었으며, 한 번 그렇게 되면 쉽게는 가라앉지 않았다.

그래도 이대로 놔둘 수는 없어서, 세리냐는 어떻게든 크리스타를 진정시키고자 단어를 신중히 골라, 끈기 있게 말을 걸었다.

"자, 왜 2주일 뒤에는 내 결혼식이 있지 않니. 내가 시집가는 후작 가의 영지는 자연이 매우 아름다우니까 크리스도 분명히 마음에 들 거야. 결혼식에 왔을 때에는 바캉스를 왔다고 생각하고 말이지. 느긋하게 쉬었다가 가려……."

"……시끄러워요! 그건 세리냐 언니는 행복해질 테니까 할 수 있는 말이에요! 언니는 제 기분을 몰라요!!"

크리스타는 가까이에 있던 꽃병을 집어 세리냐에게 던졌다. 꽃병은 세리냐 바로 뒤의 벽에 격돌해 깨지고, 세리냐는 입을 다물지 않을 수가 없었다.

"……윽!"

"크, 크리스!"

크리스타는 말리는 세리냐의 말도 듣지 않고, 구두에 유리 파편이 박히는 것도 신경 쓰지 않고 그대로 방에서 뛰쳐나갔다.

혼자 남겨진 세리냐는 멍하니 활짝 열린 문을 바라보는 수밖에 없었다.

"어라아? 자매 사이에 금이 갔나요?"

그런 때, 분위기 파악을 못하는 느긋한 목소리가 들려왔다.

어느새 들어온 것일까. 자쿠도가 닫혀있었을 터인 창틀에 걸터앉아서 이쪽을 보고 있었다.

"……."

"그렇게 노려보지 말아 주세요~"

그 얼굴에 재미있어 하는 것 같은 미소가 떠올라 있는 것이 마음에 들지 않아서, 세리냐는 말없이 있는 힘껏 자쿠도를 노려보았다.

"이것도 다 네가 불완전한 정보를 가져와서 그런 거잖아!"

짜증과 조바심을 감추려고도 하지 않고 세리냐는 그렇게 내뱉었다.

그 감정이 자신을 향한 것인지, 자쿠도를 향한 것인지, 그렇지 않으면 크리스타를 향한 것인지는 세리냐 자신도 잘 알 수 없었다.

"에에? 난처하네. 아가씨, 나는 내가 본 걸 그대로 전했을 뿐이랍니다? 해프닝에는 대응하지 않아요."

자신의 무릎에 턱을 괸 채 단안경을 만지작거리며 자쿠도는 웃으면서 말을 계속 했다.

"나는 아가씨가 말한 대로, 은발의 여동생분의 친구에게 손을 댔습니다. 뭐, 지인에게 부탁을 했을 뿐이지만요."

"그 지인이 너무 심했다고요! 캐러밴 습격도, 예의 노예 밀매사건도 어차피 당신의 그 지인이 저지른 짓이잖아요? 왜 좀 더 신중하게 하지 못하는 거죠?! 만에 하나라도 꼬리를 잡히는 일이 있으면 그냥 두지는 않을 거예요!"

"에에~ 나는 그냥 부탁한 것뿐이니까 그쪽이 어떻게 움직일지는 모르는 일이에요."

비난을 받아도 자쿠도의 옅은 미소와 밉살스러운 소리는 끊이지 않았다.

"게다가 아가씨와는 벌써 십 수 년 동안 오—래 알고 지냈으니까 말이죠. 이 정도 오차는 너그럽게 봐줘도 되지 않을까요?"

한 장의 움직이는 화면을 보는 것처럼 어떤 정경이 세리냐의 뇌리를 스치고 지나갔다.

불타오르는 오래된 저택과 맹렬한 불꽃 앞에 꼼짝 않고 서 있는 도로셀, 그녀를 비난하는 어른들…….

10년 전의 풍경이 떠올랐지만 세리냐는 곧바로 그것을 기억 깊숙한 곳에 다시 가라앉혔다.

"……닥쳐요."

"기억이 나네요. 2년 전에도 당신이 거래에 응해 우리를 인……."

"닥치라고 했잖아요!!"

쓸데없는 기억을 휘젓지 말아줬으면 했다.

세리냐는 저도 모르게 목소리를 높이면서 테이블 위에 놓여있던 찻주전자를 쳐서 떨어뜨렸다.

"말대꾸 하지 말아요! 그런 쓸데없는 변명을 할 여유가 있으면, 좀 더 정보를 갖고 와요!"

"이런이런…… 변함없이 사람 다루는 것이 험한 아가씨라니까. 그만큼의 추가 요금은 지불하셔야 합니다."

크게 난처하지도 않으면서 과장되게 한숨을 내쉬어 보이는 자쿠도의 태도에 세리냐는 짜증이 났다. 그러나 현재, 이 악착스러운 수전노 이외에 부탁할 수 있는 수하가 없는 것도 사실.

"알고 있어요. 볼일은 끝났죠? 그럼 얼른 꺼져줘요."

"예이예—이. 그럼 난 이걸로 물러갑니다."

동생분이랑 사이좋게 지내세요~. 그런 쓸데없는 소리를 남기고 자쿠도는 창문을 열고 2층 창문에서 훌쩍 뛰어내렸다. 정말, 일일이 신경에 거슬리는 남자였다.

"……하아아."

세리냐는 긴 한숨을 내쉬고 다시 한 번 열린 채 방치된 문을 바라보았다.

그러나 그녀에게 크리스타의 뒤를 쫓아가고자 하는 마음은, 없었다.

***

왕도 교외의 언덕 위에 선 웰데 별궁으로 이어지는 옆길에 한 대의 마차가 멈춰서 있었다.

마차의 문이 열리고 안에서 한 사람의 집사가 나왔다. 그는 지면에 발이 닿자, 그대로 뒤를 돌아 마차 안을 향해 손을 뻗었다. 그 손 위에 매끈한 하얀 손이 얹히고, 핑크블론드를 가진 아름다운 영애가 마차에서 내렸다.

"오늘도 당신은 여기서 대기하고 있어요."

"예, 예……."

불안한 표정을 짓는 집사를 놔두고 크리스타는 문으로 향했다. 별궁의 정문 앞에는 두 사람의 경비가 서 있었다.

"피리아레기스 공작가의 사람입니다. 로시포드 전하를 만나 뵙고 싶어요."

문지기들에게 조용히 다가가 크리스타는 그들에게 말을 걸었다. 문지기들은 그것을 힐끗 확인하고 말없이 문을 열었다.

처음 이 별궁을 방문했을 때에는 문지기들은 사전 약속도 없이 쳐들어온 크리스타에게 노골적으로 싫은 얼굴을 했다. 그렇지만 몇 번이나 찾아오는 사이 지금은 익숙해진 기색이었다.

'……뭐, 처음에는 라이오넬 전하에게 허가를 받았다고 해서 얼버무렸지만.'

현관홀에 들어서도 맞아주는 고용인은 없었다. 초반에는 누가 됐든 맞이하러 와 있었지만, 머지않아 다들 바빠서 나오지 않게 되었다.

거주자의 수와 면적이 비례하지 않는 광대한 별궁 안을 크리스타는 망설임 없이 나아갔다. 도중에 몇 명의 고용인들과 스쳐 지나갔지만, 그들은 고개를 숙여 인사를 하고는 무표정한 얼굴로 총총히 떠나갔다. 변함없이 이 별궁 안의 공기는 무겁고 숨이 막혔다.

크리스타는 별궁의 가장 안쪽에 있는 문 앞에 도착해 안으로 들어갔다.

그곳이 로시포드의 방이었다.

널찍하게 큰 방은 왕가 소유의 별궁답게 놓여있는 가구나 소도구들은 하나같이 일등품들로, 공작저택에서 지내는 크리스타조차도 약간 주눅이 들 정도로 호화롭게 꾸며져 있었다.

그러나 방의 공기는 무거웠다. 커튼은 열려 있어서 한낮의 햇빛이 쏟아져 들어오고 있었지만, 실내의 공기는 무겁고 축축한 것이 온몸에 엉겨 붙는 것 같아 기분이 나빴다.

로시포드는 방 안쪽에 있는 창문 옆에 있었다. 손에 모후인 왕비 조세피나의 유품인 귀걸이를 쥔 채 소파에 앉아 공허한 눈을 밖으로 향하고 있었다.

"로시포드 님."

"……."

크리스타가 로시포드의 이름을 불렀지만 그는 아무 반응도 보이지 않았다. 얼굴은 야위고 눈에는 생기가 없어서, 그곳에 있는데도 마치 영혼이 빠져나간 인형 같았다.

처음 이곳을 방문했을 때부터 로시포드는 줄곧 이런 느낌이었다. 크리스타가 아무리 이름을 불러도 단 한 번도 반응한 적이 없었다. 크리스타는 그 이상 로시포드를 부르는 것을 멈추고, 침대 옆에 있는 나이트테이블로 향했다.

그곳에는 물병과 컵이 준비되어 있었다. 크리스타는 컵에 물을 따르고 주머니에서 작은 유리병을 꺼내들었다. 병 안에서는 검은 액체가 흔들리고 있었다.

크리스타는 뚜껑을 열고 병 안의 액체를 방금 컵에 따른 물에 몇 방울 떨어뜨렸다. 그리고 스푼으로 가볍게 저은 뒤, 그 컵을 들고 로시포드에게 다가갔다.

"로시포드 님. 약이에요."

"……."

크리스타가 살며시 컵을 쥐어주자, 로시포드는 마치 기계인형처럼 손에 들린 물건을 보지도 않고 그대로 입으로 가져갔다. 컵의 내용물을 마실 때마다 목젖이 위아래로 움직이고, 입가에서는 회색을 띤 물이 흘러내렸다.

크로비스 수도원에서 그 남자에게 이 약을 받은 뒤, 크리스타는 수시로 별궁에 드나들며 남자가 가르쳐 준 분량과 순서에 따라 로시포드에게 약을 먹였다. 물론, 그 사실은 고용인들에게 들키지 않게 하고 있었지만.

"……."

로시포드가 약을 마시고 난 뒤에도 크리스타는 잠시 로시포드의 모습을 지켜보았다. 오늘도 변화는 없었다. 벌써 며칠이나 약을 먹였는데도 좋아지는 기미가 별로 없는 것 같은 느낌이 들었다.

분량은 이게 맞는 것일까. 혹시 약효가 약한 것일까. 정말로 이 약이 효과가 있는 것일까. 최근에는 그런 불안한 생각만이 떠올랐다.

"로시포드 님……."

"……."

로시포드의 이름을 중얼거려도 그 목소리에 대답해 주는 사람은 없었다.

그것이 이곳에서는 당연한 일이다. 크리스타도 그 이상의 일은 기대하지 않았다.

"……크리스……타……."

"……헉."

로시포드가 말을 했다. 크리스타가 이곳에 다니게 된 뒤로, 그가 처음으로 의미가 있는 말을 한 순간이었다.

"로시포드 님?! 절 알아보시겠어요?"

"……."

그러나 변화는 한 순간으로, 크리스타가 다시 말을 걸었을 때에는 또다시 평소의 상태로 되돌아가 있었다.

그러나 크리스타의 안에서는 작은 희망이 싹텄다.

로시포드가 한 순간뿐이었어도 의식을 되찾고 자신의 이름을 불러주었다. 이것은 그가 회복되고 있다는 뜻이 아닐까.

'역시 이 약…… 제대로 효과가 있어!'

크리스타는 주머니 안에 들어있는 유리병을 결의를 담아 꽉 쥐었다.

"로시포드 님…… 반드시 구해드리겠어요……."

누구에게도 들리지 않을 작은 목소리로 크리스타는 중얼거렸다.

그녀의 눈동자에는 예사롭지 않은 열의와 빛이 감돌고 있었다.

7장 수레바퀴와 십자가를 두른 자

"……."

이곳은 레티시엘의 저택 응접실. 1인용 소파에 앉아 독서를 하던 그녀는 지금은 오로지 방의 입구만을 물끄러미 쳐다보고 있었다.

"……."

그곳에서는 니콜이 한 손에 빗자루를 들고 청소를 하고 있었다. 그러나 그 표정은 어딘가 멍했고, 얼굴도 야위어 있었다. 빗자루도 아까부터 계속 같은 곳만을 오가는 것이, 니콜의 마음이 여기 없다는 사실은 명확했다.

"……저기, 니콜. 아까부터 계속 같은 곳을 청소하고 있는데요……?"

"흐에?!"

보다 못해 레티시엘이 말을 걸자, 니콜은 레티시엘의 그 말에 비로소 정신을 차린 듯했다. 놀란 나머지 손에서 빗자루를 떨어뜨렸다.

"아, 아가, 아가씨, 죄송합니다!"

"아뇨. 화내는 게 아니니까 사과하지 않아도 돼요."

허둥지둥 빗자루를 주워드는 니콜의 모습에, 레티시엘의

등 뒤에 대기하고 있던 루빅이 곤란하다는 듯이 말했다.

"아침부터 줄곧 저런 상태입니다……."

"그래요……."

오늘만이 아니라, 요 며칠간 니콜은 줄곧 저런 상태였다.

"……흐꺅!"

시선의 끝에서는 쓰레받기를 가지러 가려던 니콜이 아무것도 없는 곳에서 요란하게 넘어졌다.

식사도 수면도 거의 취하지 않는 듯 안색도 나빴고, 일을 하고 있어도 무엇을 하고 있어도 마음은 다른 곳에 쏠려 있어서 일이 손에 잡히지 않는 것 같았다. 어떻게 생각해도 예삿일이 아닌 것 같았다

"루빅. 데운 우유를 만들어 줄래요? 니콜의 몫도 함께요."

"알았습니다."

"예?! 아뇨아뇨. 전 괜찮습니다!"

니콜은 극구 사양하려고 했지만 그녀를 걱정하는 것은 루빅도 마찬가지였다. 그래서 루빅은 그 사양하는 말을 듣지 않고 부리나케 방을 나갔다.

"니콜. 무슨 일이 있나요? 요즘 줄곧 기운이 없는 것 같은데."

"……으."

둘이 남게 되자, 레티시엘은 작심하고 니콜에게 그렇게 물었다.

레티시엘의 질문에 니콜은 한 순간 말을 해야 하나 하지

말아야 하나, 말문이 막힌 것 같았다. 그러나 잠시 생각을 한 뒤, 눈을 질끈 감고 사정을 가르쳐 주었다.

"저, 저기…… 실은, 며칠 전에, 고향에서, 편지가 왔습니다……."

"본가에서요?"

"예…… 그런데, 편지에 쓰여 있었습니다. 어머니가 쓰러지셨다고……."

듣자하니, 니콜은 고향에 어머니를 남겨놓고 생활비를 벌기 위해 왕도까지 일하러 나와 있다고 했다. 고향의 삼촌이 어머니를 돌봐주고는 있지만, 지금은 그도 이웃 마을로 돈벌이를 하러 나가서 본가에는 어머니밖에 없다는 것 같았다.

"그랬군요…… 그거 걱정이 되겠네요. 어머니, 몸이 많이 안 좋으신가요?"

"예. 원래 자주 자리에 누우시곤 했는데, 최근에는 고향에서 흉작이 이어지고 있는 탓에 무리해서 일을 하셔서…… 그래서……."

니콜은 피리아레기스 공작령 출신이었는데, 최근 공작령은 흉작이니 전염병이니 하는 것들 때문에 분위기가 흉흉했다. 그것이 한층 더 니콜의 초조함을 부추기고 있는 것이리라.

"그 뒤로 본가에서 연락은 있었나요?"

"아뇨…… 그렇지 않아도 걱정이 되는데……."

"그렇다면 진정이 안 될 만도 하네요…… 니콜. 한 번 휴가를 받는 것이 어때요?"

레티시엘의 제안에 니콜은 깜짝 놀란 것처럼 눈을 크게 떴다.

"예?! 휴, 휴가요? 제가, 말인가요?"

"그래요. 일은 신경 쓰지 않아도 되니까, 한 번 고향에 돌아가도록 해요. 기간은 얼마 정도로 할까요?"

"아, 아가씨! 하, 하지만……."

"니콜에게는 늘 신세만 지고 있으니까, 어머니에게 얼굴을 보여드리도록 해요."

"고, 고맙습니다, 아가씨!"

겨우 한시름 놓은 것일까. 니콜은 진심으로 안도한 것 같은 표정으로 힘껏 미소를 지었다.

"아가씨. 우유를 가져왔습니다."

니콜과의 이야기가 일단락된 타이밍에 루빅이 따뜻한 우유를 갖고 방으로 들어왔다.

"고마워요, 루빅. 니콜도 마셔요."

"자, 잘 마시겠습니다!"

"그 오르골. 이전에 지인에게서 받으신 것이죠?"

컵을 둥근 테이블 위에 내려놓은 루빅이 눈치 빠르게 그 근처에 놓아둔 오르골의 존재를 알아차렸다.

뚜껑이 열린 오르골은 태엽을 계속 돌리며 자장가와도 닮은 온화하고 상냥한 멜로디를 연주하고 있었다. 이것은 예전에 시계를 수리해 준 소년에게서 답례로 받은 것이었다.

"그래요. 이 곡이 좋아서 자주 듣고 있어요."

"정말 그러네요."

이전에 한 번, 레티시엘과 둘이서 이 곡을 들은 적이 있기 때문일까. 루빅은 온화한 미소를 띠며 오르골이 연주하는 음악에 귀를 기울였다.

꾸르르…….

거기에 갑자기 누군가의 배가 울리는 소리가 들려왔다. 그 소리에 레티시엘은 소리가 난 곳을 찾으려니, 니콜이 창피하다는 듯이 고개를 숙이고 있었다.

"죄, 죄송합니다……! 요즘 음식이 목구멍으로 잘 넘어가질 않아서……."

"신경 쓰지 않아도 괜찮아요. 루빅, 주방에서 뭔가 먹을 것을 가져다주겠어요?"

"예, 알았습니다."

루빅은 인사를 하고 먹을 것을 찾기 위해 방에서 물러났다.

루빅이 돌아올 때까지의 그 사이, 니콜은 레티시엘에게 자신의 고향 이야기를 들려주었다.

산기슭을 따라 펼쳐진 공작령 중에서도 특히 산에 가까운 위치에 있는 니콜의 마을은 기후나 토양의 질도 나쁘고, 두드러지는 산업도 없어서 가난한 생활을 이어나가고 있었다고 한다.

"하지만 5년 정도 전에 아가씨가 제안하신 염색업을 시험해 본 결과, 단숨에 가난에서 벗어날 수 있었어요!"

"응……그랬군요. 반갑네요."

"다들, 아가씨에게는 감사하고 있어요!"

옛날의 「도로셀」은 그런 일도 했던 건가. 자신의 일이면서도 레티시엘은 그렇게 감탄했다. 과거의 그녀를 알면 알수록, 왜 그녀가 그런 성격으로 변모했는지 의문스럽게 생각되었다.

"다녀왔습니다."

노크 소리와 함께 루빅이 돌아왔다. 그 손에는 샌드위치가 잔뜩 담긴 쟁반이 들려 있었다.

"아아, 고마워요, 루빅."

"그리고, 아가씨."

"뭔가요?"

"그…… 손님이 오셨습니다."

시각은 이미 밤 8시를 지나 있었다. 이런 시간에 누가 어떤 용무로 이 저택을 방문한 것일까.

그러나 레티시엘의 그 의문은 곧 해소되었다. 루빅의 뒤에서 뭔가 사람 그림자가 움직인다고 생각했더니, 낯익은 행상인이 불쑥 얼굴을 드러냈다.

"안녕하세요—. 밤늦게 죄송합니다."

"에디 씨……!"

생글생글 웃으면 손을 흔드는 것은 틀림없이 에디였다. 레티시엘은 곧바로 그를 응접실로 맞아들였다.

“학원제 이후로 처음이군요. 만나는 건…… 오늘은 이런 시간에 무슨 일이신가요?”

“마침 가까이까지 와서, 내친 김에 인사를 하고 가자고 생각해서 말입니다. 죄송합니다. 이렇게 늦은 시간에 불쑥 찾아봬서.”

에디는 조금 거북한 듯이 웃으면서 머리를 긁적였다. 방문 시간에 대해서는 신경 쓰지 않았지만, 인사라니, 그게 무슨 말일까.

“인사……라 하시면.”

“아아. 저, 곧 왕도를 떠납니다. 그래서 지금, 신세를 졌던 분들에게 여러모로 작별 인사를 드리고 있는 참입니다.”

“그랬나요…….”

그런 이야기는 처음 들었다. 그와는 고서에 대해서라든가 좀 더 여러모로 이야기를 해보고 싶었지만, 에디는 행상인이었다. 줄곧 한 곳에 머문다면 장사가 되지 않으리라.

“빌스천 쪽은 그 뒤로 어떤 상태인가요?”

“그거라면 이미 여기저기에서 끌어갈 정도로 인기를 자랑하고 있습니다! 잘 됐죠!”

그렇게 말하고 에디는 엄지를 척 세워 보이며 상쾌할 성도로 시원한 미소를 지었다. 요즘 들어 자주 접했기 때문일까. 최근에는 에디의 과장된 제스처에도 익숙해져서 레티시엘은 그것을 무시하는 기술을 몸에 익히고 있었다.

"그랬군요. 이걸로 지크의 마을이 다시 일어설 수 있으면 그것만큼 기쁜 일은 없어요."

그때 마침 오르골의 노래가 끝이 났다. 레티시엘은 오르골 상자를 손에 들고 태엽을 감으면서 그렇게 말했다.

레티시엘이 휴식에 들어갔던 시간이었기 때문에 직접 목격하지 못했지만, 그녀가 자리를 비웠을 때 소피리아는 그 자리에서 바리에게 메이블 꽃무늬 주문을 하고 갔다고 했다.

물론 많은 귀족들이 그것을 목격했고, 그 뒤 제3비의 뒤를 잇듯이 주문이 쇄도했다는 것 같았다.

"예. 실제로 빌스천의 거래도 원래대로 돌아오고 있고, 마을의 상황도 개선되고 있다고 합니다."

에디는 레티시엘이 자신의 의기양양해하는 얼굴을 무시해도 딱히 신경 쓰는 기색도 없이 그렇게 말하며 미소를 지었다.

"그런데 도로셀 님. 그건……?"

오르골의 연주가 다시 시작되자, 에디는 일단 말을 끊고 오르골을 쳐다보았다.

"이거 말인가요? 선물로 받은 오르골이에요. 일전에 아는 남자아이가 주었답니다."

"흐응…… 진귀한 물건이네요."

에디는 오르골을 물끄러미 바라보면서 뭔가 생각에 잠겼

다. 이 오르골이 신경이 쓰이는 것일까.

"그런가요?"

"예. 지금은 별로 볼 수 없는 형태의 오르골입니다. 분명히…… 30년 정도 전에 이리스 제국에서 유행했던 형태입니다."

"그건…… 전혀 몰랐네요."

"뭐, 유행했다고 해도, 일부 지역뿐이었지만요. 어쨌든 희소한 물건입니다. 아아, 맞다. 이전에 약속했던 책을 가져왔지…… 잠깐 기다려 주세요."

한창 이야기를 하던 중에 뭔가를 기억해 낸 에디는 레티시엘에게 한 마디 양해를 구하고, 배낭에서 짐을 꺼내 테이블 위에 늘어놓기 시작했다.

라인업은 하나같이 고문서와 두루마리들이었다. 예전에 대도서실에서 한 약속을 잊지 않았던 모양이었다.

"……에디 씨. 이건 뭐죠?"

그 안에서 한 가지, 레티시엘은 관심이 가는 것을 발견했다.

다른 것들은 모두 낡은 서적이나 두루마리였지만, 이것만큼은 왠지 완전 새 주머니였다. 안을 열어 보니, 들어있는 것은 낡아서 누렇게 바랜 몇 장의 종이였다. 그것들을 조심스럽게 꺼내보자, 종이에는 오선이니 검은 점이니 하는 것들이 그려져 있었다.

"응? 아아, 그거 말인가요? 그건 악보입니다. 어떤 음유시인의 노래의 악보."

책을 모두 꺼내고, 한숨 돌리면서 에디는 그 종이에 대해 설명해 주었다.

"그것도 도로셀 님에게 드리려고 생각해서 가져온 겁니다."

"예? 제게요?"

그 발언에 레티시엘은 놀라움을 감추지 못했다.

애초에 레티시엘은 음악에는 그렇게까지 밝지 않았다. 솔직히 악보를 받아도 처치 곤란해할 뿐인데…….

"괜찮아요! 아마도, 조만간 그 악보가 쓸모가 있을 때가 분명히 올 테니까."

왜인지 에디는 자신만만하게 레티시엘에게 윙크를 해 보였다. 어떻게 반응해야 할지 난처했기 때문에, 레티시엘도 일단 하하, 하고 웃으면서 그 자리를 어물어물 넘겼다.

똑똑.

그때, 창밖에서 유리를 두드리는 소리가 들렸다. 이번엔 또 뭐지? 그렇게 생각하며 레티시엘은 창문으로 시선을 향했다. 그랬더니, 어둠 속에 두둥실 떠서 창문을 두드리는 쌍둥이 정령왕의 모습이 있었다.

"잠깐만, 너희. 어디로 들어오려고 하는 거니……."

"그게, 현관에서 노크를 해도 아무도 나오지 않았어."

"그치만, 밖에서 불렀는데 아무도 안 나왔는걸!"

쌍둥이가 나란히 입술을 삐죽거렸다. 고용인도 포함해 전원이 이 방에 모여 있었으니, 알아차리지 못하는 것도 당연했다.

"너희. 또 인간계에 나온 거니? 혼나는 거 아니야?"

"괜찮아. 제대로 마마한테 허가를 받았어."

"파파가 좋다고 했으니까 괜찮아!"

실제로 혼나는 현장을 목격한 탓에 약간 반신반의했지만, 두 사람을 믿기로 했다.

"그래서, 오늘은 무슨 일이니?"

"""……."""

레티시엘의 질문에 쌍둥이는 대답하지 않고, 물끄러미 방 안을 바라보았다. 두 사람의 시선을 좇아가자, 그 끝에는 루빅과 니콜, 에디의 모습이 있었다.

'이건…… 다른 사람이 있으면 말할 수 없는 용건……이라는 뜻일까?'

레티시엘은 힐끗 쌍둥이의 모습을 살피고는 두 사람과 시선을 맞추며 제안을 했다.

"여기서 말하기 어려우면 내 방으로 갈래?"

그렇게 물어보자, 쌍둥이는 나란히 고개를 작게 끄덕였다.

"죄송해요, 에디 씨. 여기서 조금만 기다려 주시겠어요? 루빅, 차를 내 드리세요."

"알았습니다."

"아뇨아뇨, 괜찮습니다! 신경 쓰지 마세요."

레티시엘은 에디에게 한 마디 양해를 구하고 티나와 디트를 자신의 방으로 데리고 갔다. 레티시엘의 방은 마침 응접실의 바로 위에 있었다.

“자…… 이제는 얘기할 수 있겠니?”

쌍둥이가 고개를 꾸벅 끄덕였다. 역시 사람이 많은 장소에 있던 것이 문제였던 것 같았다.

레티시엘은 문득, 티나의 목에 전에는 보지 못한, 복슬복슬한 것이 감겨 있는 것을 발견했다.

“티나. 벌써 목도리를 한 거니?”

“응?”

레티시엘이 저도 모르게 그렇게 묻자, 티나는 의아하다는 표정으로 목에 감고 있는 물체를 벗었다.

“이건 목도리가 아니야. 우리 애완동물.”

“애완동물?”

티나가 레티시엘의 눈앞에 새하얗고 길고 가느다란 뭔가를 내밀었다. 이건…….

“혹시…….”

“이봐. 뭘 빤히 쳐다보는 거냐, 인간…….”

갑자기, 눈앞의 생물이 눈을 반짝 뜨고 찌릿 하고 이쪽을 노려보았다. 뭣보다 노란색 눈동자가 크고 동글동글해서 전혀 무섭지 않았지만.

“서의 정령의 수호영수인 나를, 인간 따위가 허물없이 대하지 말았으면 한다…… 뀨.”

"……응?"

엄청나게 폼을 재며 뭔가를 말했는데, 마지막에 뭔가 그 모든 것을 다 소용없게 만드는 것 같은 어미가 들려온 것 같은 느낌이 들었다.

"이, 이건 나의 버릇이다! 지금 교정 중이니 쓸데없이 파고들지 마라! ……뀨."

'말하는 족족 붙이는 게 전혀 교정이 안 됐는데…….'

스스로 무덤을 파고 있는 그 동물의 모습에, 레티시엘은 저도 모르게 그런 생각을 하고 말았다.

"당신은 뭐죠? 족제비……처럼 보이는데?"

"무례한 인간! 나는 서의 마을을 지키는 수호영수이니라. 그런 연약한 생물일 리가 없지 않느냐뀨."

"흐응…… 그럼 뭘까? 여우같기도 하고, 고양이 같기도 하고……."

애초에 수호영수에 종이라는 개념이 존재하는지는 의문이었지만, 레티시엘은 지그시 구멍이 뚫릴 정도로 영수를 관찰하기 시작했다.

"게다가 장어처럼도 보이고…… 혹시 고양이장어?"

"페럿이닷뀨!!……아."

레티시엘이 너무 응시했기 때문일까, 그렇지 않으면 그녀의 고찰이 마음에 들지 않았던 것일까. 영수는 저도 모르게 그렇게 으르렁거리고는 앗 하고 제정신을 차렸다.

"……아, 음. 오늘은 뭔가 용건이 있던 것이 아닌가요?"

"정령님의 부탁으로, 네게 검은 재액에 대해 있을까 말까 한 정보나마 가르쳐주기 위해 왔다뀨."

뭔가 에둘러 표현을 했지만, 다시 말해 검은 안개에 대해 이야기 주겠다고 받아들여도 되는 것일까.

그렇게나 인간을 싫어하고 경계하는 정령이, 인간인 레티시엘에게 정보를 개시해 주다니, 쌍둥이의 부모님이 뭔가를 한 것일까.

"예. 꼭 듣고 싶네요. 정령은 왜 그것을 찾는 거죠?"

"……12년 전부터, 의도적으로 검은 안개를 해방하고 있는 발칙한 무리가 있다. 우리 정령은 그 인간의 행방을 쫓고 있을 따름이다뀨."

"검은 안개를, 해방……? 그게 무슨 말이죠?"

그 안개도, 괴물도 자연 발생한 것이 아니라는 점은 레티시엘도 어렴풋이 알아차리고 있었다. 하지만 해방이라니 어디에서 해방한다는 거지? 레티시엘의 그 질문에 대해서는 영수가 아니라 쌍둥이가 대답해 주었다.

"옛날의 성유물 안에 검은 안개가 봉인돼 있어."

"그 봉인을 풀면서 돌아다니는 인간들이 있어!"

성유물…… 어쩌면 로시포드가 손에 넣었던 마녀살해의 성검이 그것이었는지도 몰랐다. 성유물에 봉인된 불길하고 꺼림칙한 힘…… 그런 이야기는 금시초문이었다.

"하지만, 뭐 때문에?"

레티시엘의 거듭된 의문에 영수는 잠시 뜸을 들인 뒤 말했다.

"녀석들은 찾고 있다. 수많은 성유물 속에 감춰진 「고대의 칠흑」을…… 뀨."

"고대의…… 칠흑?"

지금, 레티시엘의 머릿속은 절찬리에 혼란 중이었다. 영수는 뭔가 그럴듯한 말을 하고 있었지만, 결국 그 말의 의미는 전혀 알 수가 없었다.

"그건 검은 안개와는 다른 거야? 애초에 검은 안개란 대체……."

"……."

그 질문에 대해서는 영수도, 쌍둥이도 한 순간 침묵했다.

이윽고 영수가 동글동글한 눈을 감고 하늘을 올려다보며 중얼거렸다.

"흥. 인간이 태곳적에 흩뿌린 씨앗. 그것이 꺼림칙하게 개화한 업의 형태다…… 뀨."

변함없이 폼을 재고 싶건만 전혀 폼이 나지 않는 이 수호 영수에게 레티시엘은 저도 모르게 쓴웃음을 짓고 말았다.

다시 말해, 영수와 쌍둥이의 이야기를 정리하면 이런 느낌이었다.

이 세계에는 검은 안개라 불리는 것이 봉인된 성유물이

여기저기에 존재하는데, 12년 전부터 누군가가 그 성유물에서 검은 안개를 해방하고 돌아다니고 있다. 더 나아가 그 누군가는 검은 안개 중에서도 특별한 「고대의 칠흑」이라는 것을 찾고 있다……는 것 같았다.

레티시엘이 싸운 검은 안개란 것은, 아무래도 인간이 아주 먼 옛날에 만들어낸 뭔가의 잔재인 것 같은데…….

묻고 싶은 것은 산더미처럼 많았지만, 그것만 말하고 영수는 입을 다물어 버렸다. 정령의 당부를 지키는 것일까. 이제 질문에는 대답해 줄 것 같지는 않았다.

정령 쪽도 레티시엘을 신용해서 협력해 주는 것은 아닌 모양이었다.

"그러고 보니, 영수님. 이름은 어떻게 부르면 좋을까요?"

"흥. 인간에게 가르쳐줄 이름은 갖고 있지 않다뀨."

"그래요. 그럼 뀨라고 불러도 될까요?"

"뀨, 라고……?"

의아한 듯이 고개를 갸웃거리는 페럿형 영수, 아니 뀨에 대해 레티시엘은 말없이 고개를 끄덕이고는 뀨를 가리켰다.

"뭣이! 뀨란 나를 말하는 것이냐!……뀨."

"그게, 가르쳐 줄 이름은 없다고 하고, 줄곧 영수님이라고 부르는 것도 이상할 것 같아서요. 늘 뀨라고 우니까 뀨라고 해도 괜찮지 않을까 해서요."

"뭣이냐, 그 대충대충인 느낌은! 나는 수호영수이니라! 좀 더 엄숙하고 멋진 이름이……."

"뀨. 시끄러워."

"뿌뀨?!"

대화를 지켜보고 있던 티나가 조금 심기가 불편한 얼굴로 뀨의 꼬리를 붙잡아 거꾸로 들어 올려서는 가져온 숄더백에 밀어 넣었다.

'수호영수일 텐데, 뭔가…… 취급이 거치네.'

아마도 뀨는 애완동물이라기보다 감시역 같은 것이 아닐까. 레티시엘은 그렇게 생각했지만, 느릿느릿 가방에서 얼굴만을 내미는 뀨를 보고 있으려니, 분명히 애완동물로밖에 보이지 않았다.

"죄송했습니다. 저 돌아왔어요."

"아, 신경 쓰지 마세요. 이야기는 잘 마치셨나요?"

"예, 덕분에요."

이야기는 일단락되었기 때문에, 레티시엘은 쌍둥이를 데리고 다시 응접실로 돌아갔다. 홍차를 마시던 에디는 곧바로 레티시엘과 쌍둥이를 알아차리고 손을 가볍게 흔들었다.

"그건 그렇지만…… 그 아이들. 정령이죠? 저 처음 봤습니다."

그러고 보니, 에디는 아직 한 번도 쌍둥이와 만난 적이 없다는 사실을 떠올렸다. 하지만 동화 속의 존재라고 일컬어지는 정령을 만나도 딱히 동요하지 않는 기색이었다.

"……오빠 누구야?"

"……누구야? 저 사람."

"내가 아는 행상인이야. 나쁜 사람이 아니야."

낯선 인간의 존재를 그 자리에서 바로 알아차리고 나란히 레티시엘의 등 뒤로 숨는 쌍둥이에게 레티시엘은 그렇게 설명했다.

"미안해요. 정령은 경계심이 강한 종족이라서."

"아, 아뇨. 신경 쓰지 않습니다! 그보다……."

콰—앙!!!

에디가 말을 하는 도중, 갑자기 방에 굉음이 울려 퍼지면서 정원에 면해있던 벽이 파편을 흩날리며 파괴되었다.

"……?!"

레티시엘은 곧바로 임전태세를 취했다. 쌍둥이도 벽에서 떨어져 무너진 벽을 노려보았다.

"여러분. 여기 있으면 안돼요! 당장 정원으로 나가요!"

"예, 예!"

벽이 파괴된 탓에 응접실 안은 흙먼지로 가득했다. 이곳에 남아 있어봤자 시계도 나쁘고 호흡하기도 불편했기 때문에, 레티시엘은 곧바로 다른 사람들에게 지시를 내렸다.

흙먼지 탓에 다른 사람들의 모습은 확실하게 보이지 않았다. 하지만 다수의 발소리가 벽 쪽으로 향하고 있었다. 그것을 확인하고 레티시엘도 곧바로 연기를 가르고 정원으로 나갔다.

"전원 있나요?!"

"예, 예! 괜찮습니다!"

"……에디 씨는요?"

밖으로 나와 곧바로 인원수를 세었지만 에디의 모습이 보이지 않았다. 설마 아직 안에 남겨진 것인가.

"콜록! 콜록! 우에에…… 어라? 출구는 이쪽인가?"

레티시엘이 구하러 가려 했지만, 그 전에 에디가 손수건으로 입을 막고 밖으로 나왔다. 흙먼지가 눈에 들어간 것인가, 눈에 눈물이 그렁그렁했다.

"에디 씨. 괜찮은가요?"

"괘, 괜찮습니다. 그것보다, 이건 대체……."

에디가 저택을 돌아보면서 그렇게 말했지만, 그것은 레티시엘도 알지 못했다.

그녀는 다시금 상황을 파악하기 위해 주위를 둘러보았다. 그러자, 정원 한가운데 세 사람의 인간이 있는 것이 보였다. 그들은 전원 하얀 로브를 걸치고, 후드를 깊게 눌러 써서 얼굴을 감추고 있었다.

"누구죠?"

"……."

레티시엘의 질문에 삼인방이 대답할 기색은 보이지 않았다.

그 대신 세 사람은 각자 다른 방향으로 흩어져 이쪽을 향해 공격을 개시했다.

"꺄아!!"

첫 공격은 니콜이 있는 장소 바로 가까이에 떨어졌다.

니콜은 비명을 지르며 머리를 끌어안고 바닥에 주저앉고 말았다.

"……큭."

세 사람 중 한 명은 명백히 루빅과 니콜 등 비전투원을 중점적으로 노리고 있었다.

첫 일격에 이어 네 발의 불덩어리가 연이어 루빅과 니콜의 주변에 날아와 박혔다.

그 비겁한 행동에 레티시엘이 화를 낸 것은 물론이었다. 그러나 정령도 레티시엘도, 루빅과 니콜 등을 지키면서 동시에 요란한 공격은 할 수가 없었다. 또, 삼인방이 촐랑촐랑 여기저기 이동해대는 통에 전투는 방어전 일변도가 돼 버렸다.

그렇다고 해서, 그 삼인방을 그대로 놔둘 수도 없었다. 그들의 전투 방식은 명백히 프로였다.

공격을 막아내는 틈틈이 마술을 발사하면서, 레티시엘은 타개책을 모색했다.

그러나 그 해결법은 생각지도 못한 곳에서 찾아왔다.

갑자기 레티시엘 일행 전원을 둘러싸듯이 지면에 하얀 마방진이 출현했다.

어디에서 발동된 것인가. 레티시엘이 황급히 등 뒤를 확인하자, 에디가 한쪽 무릎을 바닥에 댄 채로, 오른손으로 뭔가의 종이를 지면에 갖다 대고 있었다.

그 종이에는 지면에 떠 있는 것과 똑같은 마방진이 그려져 있었고, 그곳에서 하얀 빛이 배어나오고 있었다.

시간이 경과하는 것과 동시에, 마방진이 그려진 종이는 조금씩 끝에서부터 타들어가며 부스러졌다.

아무래도 이 종이가 지면에 나타난 마방진의 힘의 원천이자, 진의 중심이기도 한 것 같았다.

"이건……."

삼인방 중 한 명이 다시 공격을 하고, 한층 커다란 물의 칼날이 이쪽으로 날아왔다.

그러나 칼날이 마방진의 범위 내 상공 안에까지 날아들자, 칼날은 마치 결계에 튕겨난 것처럼 엉뚱한 방향으로 튕겨 날아갔다.

방어마법의 일종인 것일까.

그러나 에디의 발동방법을 보건대, 도저히 이 힘이 마법과 동일하다고는 생각되지 않았다.

"이쪽은 내가 어떻게든 할 테니까, 도로셀 님은 저 삼인조를 맡아주세요!"

"……아, 알았어요!"

아주 짧은 순간, 생각에 잠겼던 레티시엘은 에디의 외침에 제정신을 차렸다.

에디가 사용한 낯선 힘에 레티시엘은 흥미를 품었지만, 곧바로 그 감정을 억눌렀다. 지금은 그것보다 싸움에 집중해야 했다.

"티나. 디트, 셋이서 세 방향으로 나눠지자. 저 세 사람의 연대를 무너뜨리지 않으면 싸우기가 너무 힘들어."

"알았어. 그럼 가장 오른쪽의 사람을 쓰러뜨릴게."

"알았어! 그럼, 가장 왼쪽 사람으로 하겠어!"

레티시엘의 지시에 따라 쌍둥이는 곧바로 문자 그대로 날아서 각자의 목표에게로 향했다.

연대만 무너뜨리면 고전할 일은 없었다.

레티시엘은 정원을 흐르는 강에 마술로 간섭해 주위를 안개로 뒤덮었다.

그리고 삼인방의 공격이 멈춘 틈에 세 사람은 각자의 표적을 향해 일직선으로 움직였다.

레티시엘이 표적으로 삼은 남자는 그녀의 접근에 당황해서 배리어를 전개하려고 했다. 그러나 그 방어를 예상하고 있던 레티시엘은 결계마술에 무속성을 부여해 그것을 상쇄해 버렸다.

배리어가 파괴된 남자가 다음 수로 넘어가는 것보다 빨리, 지면에서 자라난 흙의 창이 남자의 발을 꿰뚫었다.

순식간에 지면에서 밀려올라온 창살이 남자를 둘러싸고 그 움직임을 봉했다.

그것과 전후해서 다른 두 팀의 싸움도 끝나, 안개가 걷힌 정원에서는 지면에 엎드린 채 쓰러진 남자들의 그 등에 쌍둥이가 턱 올라타 있었다.

"일단, 한 건 해결인 걸까요."

"……아뇨, 아직이에요."

루빅의 의문에 고개를 가로젓고 레티시엘은 삼인방을 내려다보았다.

"이 자들은 처음부터 루빅과 니콜을 노리거나, 쓸데없이 움직이면서 전투를 교란시켰어요."

만약 그들의 목적이 레티시엘의 살해였다면, 이렇게 에두른 전투를 할 필요는 전혀 없었다. 그렇다고 해서, 조사가 목적이었다면 애초에 전투를 일으킬 의미도 없었다.

즉, 이 삼인방의 목적은 레티시엘을 되도록 오래 구속하는 것일 가능성이 컸다.

"당신들의 역할은 단순한 양동. 본대는……."

온통 하얀 복장을 한 삼인방을 응시한 채로 레티시엘은 손에 바람의 소용돌이를 만들어내 그것을 저택을 향해 내던졌다.

내던져진 바람의 마술은 고속으로 공기를 가르며 날아가, 적이 뚫어놓은 벽의 조금 앞쪽의 지면에 부딪쳐 폭발했다.

"어이쿠쿠쿠……."

폭발로 지면에 뚫린 구멍에 발이 채일 뻔해서 그 청년은 양손을 파닥거리며 균형을 잡고 있었다.

삼인방과 똑같이 하얀 로브를 입고 있었으나, 로브의 디자인은 삼인방의 것보다는 더 호화롭게 보였다. 후드는 쓰고 있었지만 그들처럼 얼굴을 가리지도 않았다.

갈색 렌즈의 단안경을 쓴 청년이었다. 머리카락은 머리의 오른쪽에 전부 모아 하나로 묶고 있었고, 머리카락이 걸리지 않은 왼쪽 귀에는 눈에 띄는 화려한 귀걸이를 달고 있었다.

레티시엘의 저택에 있는 사람은 소수였고, 전원 저택 밖에 있었다. 조금 전부터 저택 안에 낯선 기척이 어른거리는 것을 알아차렸지만, 전투 중이었기 때문에 그쪽에 신경 쓸 계제가 아니었다.

"……알아차리지 못할 거라고 생각한 건가요?"

"어라라~? 들켰던 건가."

전투 중임에도 청년은 마치 숨바꼭질을 하다가 술래에게 잡힌 것 같은 가벼운 어조였다.

"이 저택에는 무슨 용건인가요?"

"이런~. 할 일만 재빨리 하고 바로 튀고 싶었는데 말이지."

도망치는 것을 포기한 것일까. 청년은 작게 한숨을 내쉬고는 샥 후드를 벗었다.

"……! 당신은, 그때의……!"

“아. 기뻐라. 기억하고 있는 건가요?”

후드 아래로 드러난 맨 얼굴은, 예전에 바리를 돕기 위해 술집에서 카드게임을 했을 때 상대를 마법으로 도운 사기꾼 마법사와 함께 있던, 단안경을 쓴 남자와 같은 얼굴이었다.

“왜…… 당신은 대체…….”

“그거, 꼭 대답해야 해?”

익살을 떨 듯이 웃으면서 청년은 양손을 좌우로 크게 벌렸다.

그 양손바닥에서 검은 안개와도 같은 것이 흘러나오더니, 그것은 이윽고 청년의 팔을 휘감으면서 마치 뱀처럼 하늘을 향해 넘실거렸다.

‘이건…… 그때의 괴물과 같은 힘?!’

검은 입자를 두른 그 힘을 레티시엘은 전에도 본 기억이 있었다. 예전에 정령과 힘을 합쳐서 쓰러뜨린 그 괴물……. 그녀석도 또 이것과 비슷한 마술을 사용했다.

양손을 앞으로 내뻗는 청년의 모습에 레티시엘은 경계태세를 취했다. 마법을 발사한다……!

그러나, 청년은 레티시엘을 공격하는 척 해 보이고는 재빠르게 방향전환을 하더니 엉뚱한 방향으로 마술을 발사했다.

마술이 발사된 그 끝에는 티나와 디트가 있었다. 하지만 마술은 두 사람을 직격하지 않고, 그대로 정원을 흐르는 강에 떨어졌다.

그러자, 수면에 기괴한 문양이 떠오르고 그곳을 통해 강물이 점점 시커멓게 물들기 시작했다.

이윽고 그 수면은 마치 끓어오른 것처럼 부글부글 솟아오르더니, 폭포가 역류하는 것처럼 높게 용솟음쳤다.

"'!'"

하늘 높이 뿜어져 올라간 검은 강물은 그대로 뱀처럼 방향을 바꾸어 빙글 쌍둥이를 둘러쌌다.

"음— 의외로 맥 빠지네."

검은 물방울에 갇혀서 숨도 제대로 쉬지 못하는 티나와 디트를 청년은 표표한 태도로 바라보았다.

레티시엘은 서둘러 둘을 구하러 가려고 했지만, 그녀가 움직이기도 전에 청년이 추가로 내던진 검은 불꽃이 그녀의 발밑에 떨어져 작은 폭발음과 함께 불타올랐다.

"원래부터 강 속에 안개가 녹아들어 있어서 살았어. 덕분에 그걸 증폭시키기만 하면 됐으니까 말이지."

뒤를 돌아보니 레티시엘에게도 쌍둥이를 덮친 것과 똑같은 검은 물줄기가 육박해오고 있었다.

강에 검은 안개를 뒤섞은 기억은 없었지만, 짐작이 가는 바는 있었다.

그 괴물은 이 강이 물을 끌어오는 본류 옆에서 숨이 끊어졌던 것이다.

"자. 이걸로 겨우 너를 찬찬히 살펴볼 수 있겠어."

그 말과 동시에 레티시엘의 시계는 검은 물에 뒤덮이고, 모든 공기가 차단되었다.

꼴깍 하고 차가운 물이 목을 타고 내려가고, 타는 것 같은 통증이 엄습해왔다.

자신도 또 그 검은 물방울에 삼켜졌다는 것은 상상하기 어렵지 않았다.

'진정하고 생각하는 거야, 레티시엘…….'

그 괴물과 비슷한 힘이라면 무속성의 마술이 효과를 볼 터.

아직 숨을 참을 수 있을 때 결판을 내기 위해, 레티시엘은 신경을 곤두세우고 마술의 전개에 전 집중력을 쏟아 부었다.

어중간한 위력으로는 이 물방울은 깨버릴 수 없을지 모른다…….

레티시엘이 한계까지 압축해 폭발력을 높인 폭발마술은, 레티시엘 자신을 중심으로 해서 주위의 검은 물을 밀어냈다.

마치 상처에서 핏줄기가 솟구치는 것처럼 검은 물이 뿜어져 올라가고, 그 흐름에 실려 레티시엘은 구르듯이 지면에 내던져졌다.

"콜록…… 콜록……."

기침을 하니 입에서 대량의 검은 물이 쏟아져 나왔다.

아무래도 물방울에 갇혀 있을 때 삼킨 모양이었다.

"역시 이 정도로는 금방 뚫고 나오나~."

레티시엘이 탈출한 것에 전혀 놀라는 기색이 없이, 청년은 턱에 손을 갖다 대고 흥미롭다는 듯이 생각에 잠겼다.

상황을 확인해 보니, 쌍둥이가 갇혀있는 물방울은 변함없이 그곳에 있었다. 아무리 정령왕이라도 해도, 저 두 사람은 아직 어린아이였다. 힘도 기술도 안정되지 않았고, 뭣보다 미숙했다.

도우러 가고 싶은 마음은 굴뚝같았지만, 레티시엘 자신도 검은 물의 영향인 것인가, 그렇지 않으면 단순한 피로 때문인 것인가. 몸이 납처럼 무거워서 뜻대로 움직일 수 없었다.

"하지만 역시나 약해졌네. 그렇다면 다음은……."

파아앙!

청년의 말을 가로막듯이, 쌍둥이를 가두고 있던 물방울이 요란하게 터졌다.

티나와 디트가 자력으로 해제한 것인가……. 그렇게 생각하기 무섭게, 안에서 모습을 내보인 것은 손을 맞잡은 쌍둥이와 투명한 불꽃을 휘감은 뀨……라고 생각되는 생물이었다.

티나와 디트를 휘감듯이 몸을 둥그렇게 만 채로 보통 때의 세, 네 배로 거대화한 그 하얀 짐승은, 뀨의 모습을 남기고 있으면서도 눈동자는 황금색으로 빛내고 순은의 갈기를 위엄 있게 휘날리고 있었다.

"끄이이이이이이이!!"

그때까지 들어온 적이 없는 새된 울음소리가 뀨의 입에서 흘러나왔다.

그 칠판을 긁는 것 같은 불쾌한 소리에 레티시엘은 저도 모르게 귀를 막았다.

"크…… 이것이, 수호영수의 힘, 인가……?"

청년 쪽도 역시 너무나도 불쾌해서 서 있을 수조차 없는 듯, 귀를 막고 한쪽 무릎을 꿇고 있었다.

대체 뭐 때문에 뀨는 우는 것인가. 땅에 한 손을 짚었을 때, 레티시엘은 문득 자신의 주변에서 일어나고 있는 이변을 눈치 챘다.

마술을 사용하고 있지도 않은데, 그녀의 주위에는 마소의 움직임으로 생기는 바람이 부드럽게 휘몰아치고 있었다.

이것은 결단코 레티시엘의 제어실패가 아닐 터.

그렇다고 한다면, 생각할 수 있는 가능성은 하나뿐.

'……주위의 마소량이 규정치를 넘었다?'

마력이 없는 자인 이 몸은, 평소에는 공기 중의 마소와 계속 접하고 있어도 충분히 제어를 할 수 있었지만, 마소의 농도가 극단적으로 높아지면 제어가 되지 않았다.

마소에 대한 저항력이 될 수 있는 마력이 없기 때문에, 제어하지 못한 만큼의 마소는 자연스럽게 마력이 없는 자의 몸에 흡수되는 것이다.

"당하기만 했잖아."

"저 녀석을 쓰러뜨리겠어!"

그 말과 동시에 맞잡고 있던 쌍둥이의 손에서 백은색의 빛이 빛나고, 그것에 호응하듯이 쌍둥이의 등 뒤에 거대한 날개가 펼쳐졌다.

물론 두 사람의 날개가 커진 것도, 서로 융합한 것도 아니었다.

그러나 왜일까. 수호영수를 거느리고 등에 순백의 날개를 지닌 쌍둥이의 모습은 매우 장엄했다.

아직 어린아이, 라고 평가하는 것조차 주제넘게 느껴질 정도였다. 압도적인 오라를 내뿜는 티나와 디트의 모습은 틀림없이 정령왕의 그것이었다.

순간적으로 위기를 깨달은 것인가. 청년은 곧바로 쌍둥이를 향해 마술을 발사했다.

연못의 수면이 끓어오르고, 몇 줄기나 되는 검은 물의 용이 일제히 쌍둥이를 덮쳤다.

"뀨!"

그러나 그 공격은 뀨가 모조리 쳐서 떨어뜨렸다.

기하학적인 모양의 문자로 구축된 결계는 옅은 빛을 두르고 정령왕을 보호하듯이 떠올랐다.

"……좋지 않은 것을 불러 일으켜 버렸나~."

청년은 작게 툭 중얼거렸다.

그 입가에는 미소가 떠올라 있었으나, 이마에는 진땀이 배어나와 있었다.

티나와 디트가 동시에 손을 앞으로 내밀었다.

맞잡은 두 사람의 손에서 빛이 퍼져나가고, 그 빛은 쌍둥이의 손바닥을 타고 공중에 거대한 마방진을 그렸다.

이렇게까지 거대한 마방진은 솔직히 레티시엘도 발동할 수 없었다. 그렇다기보다, 이 방대한 술식 정보를 두뇌만으로 연산할 수 있을 정도의 사양을 인간은 갖고 있지 못했다.

마술을 사용하기 위한 몸을 갖고 있고 스스로 마소를 만들 수 있으며, 더 나아가 이 고농도의 마소가 소용돌이치는 가운데에서도 태연한 쌍둥이는 정령왕으로서의 힘의 진수를 보이려 하고 있었다.

금색과 회색이 섞인 것 같은 광선이 진 전체에서 발사되었다.

광선은 마치 구름의 틈새로 비치는 햇살처럼 청년이 있는 일대를 비추었고, 그에 따라 작렬하는 바람이 거칠게 불었다.

그 빛 자체가 열기를 띠고 있어서 그 빛에 비쳐진 대지는 순식간에 수분이 증발했고, 바짝 말라붙은 지면에는 균열이 달렸다.

"크……!"

대지에서 김이 피어오르는 가운데, 청년은 검은 물을 이용해 저항했다. 그러나 엄청난 고온에 검은 물은 출현했다가 바로 사라지고, 출현했다가 바로 사라져서 전혀 방어가

안 되었다.

'지금이 기회야……!'

깊이 생각할 겨를도 없이 레티시엘은 술식의 구축을 시작했다.

레티시엘의 양손바닥에 붉은 불꽃이 출현했다. 그것은 점차 거대한 불기둥이 되어가면서 색과 형태를 바꾸어갔다.

청년도 레티시엘의 행동을 알아차리고 있었지만, 정령의 공격과, 그 자신도 마력을 갖고 있는 듯 강렬한 마소의 멀미 때문에 꼼짝도 못하는 상태인 것 같았다.

불꽃은 넘실거리며 서로 결합해 푸른 불꽃의 활이 되어갔다.

그것에 레티시엘이 손을 얹자, 활의 일부에서 불꽃이 분리되어 화살을 형성했다.

"……."

레티시엘은 천천히 불꽃의 화살을 잡아당겼다. 상당히 고온일 터였는데, 신기하게도 레티시엘의 주변에서는 열기가 느껴지지 않았다.

떠들고 있을 여유는 없었다.

지금 레티시엘은 지금까지 유래가 없을 정도로 대규모의 마소를 제어해, 연비가 나쁘다는 것을 매우 잘 알면서도 위력를 중시하여 화살에 연료를 쏟아 부었다.

이 일격에 모든 것을 담기 위해…….

"……이런."

푸르스름하게 불타오르는 불꽃의 화살은 레티시엘의 손을 떠나 고속으로 허공을 가르면서 작열하는 공기를 흩뿌렸다.

청년의 어조는 방금 전까지의 경박한 어조와는 완전 달라져서, 초조함을 머금고 있었다.

이미 화살은 눈앞까지 육박해 와서 새삼 방어할 방법이 없었다.

이것으로 끝일 것이라고, 레티시엘을 포함한 전원이 그렇게 생각하고 있었다.

"……어?"

불꽃의 화살이 당장에라도 청년에게 꽂히려는 그때, 갑자기 어둠보다도 깊은 칠흑의 안개가 화살을 위에서 덮듯이 감싸 안았다. 그리고 그대로 수축해서 화살을 무로 돌려보냈다.

한 순간, 무슨 일이 일어난 것인지 이해할 수 없어서 레티시엘은 곧바로 주위를 확인했다.

부서지지 않은 담벼락 위에 사람 그림자가 보였다.

청년과 비슷한 백은색의 로브를 입고 후드를 쓰고 있었으나, 그 얼굴은 은세공이 된 가면으로 완전히 가려져 있었다.

"……큭!"

그 가면의 인물을 본 순간, 레티시엘은 강렬한 오한에 사로잡혔다.

몸속의 피가 전부 얼어붙고, 뇌가 경보를 발했다.

저 인물은, 강대하고 지극히 위험한 존재, 라고.

'……그런데, 어째서?!'

그러나 레티시엘은 곤혹스러워하고 있었다.

저택을 둘러싼 담장 위에 서서 이쪽을 내려다보는 가면의 인물. 그 얼굴은 보이지 않았고, 애초에 처음 만날 터인데, 왜인지 강렬한 기시감이 느껴졌다.

심장이 두방망이질치고, 등줄기에 차가운 땀이 흘러내렸다.

이 몸이, 눈앞에 있는 가면의 인물을 두려워하고 있다. 그 것만큼은 싫어도 이해할 수 있었다.

"……."

가면의 인물도 역시 레티시엘을 물끄러미 바라보고 있는 것 같았다.

그리고 천천히 오른손을 이쪽을 향해 들어올렸다.

"……! 모두 엎드려요!"

그 손바닥에 모여든 칠흑의 빛 덩어리에 순간적으로 위험을 알아차린 레티시엘은 그렇게 외치고는, 거의 반사적으로 결계마술을 3중으로 전개했다.

그 직후, 인간의 머리만한 크기로까지 커진 칠흑이 탄환처럼 일직선으로 발사되어 이제 막 형성된 결계에 정면으로 격돌, 주위에 충격파를 흩날렸다.

휘오오오오오오오오오오!!!

밤의 하늘에 굉음이 울려 퍼지고, 폭풍이 거칠게 몰아쳤다.

결계가 3중이나 되었는데도 격돌의 충격은 레티시엘의 손바닥에까지 전해졌다.

격렬한 땅울림이 레티시엘의 발치를 덮쳤지만, 뒤에 루빅과 다른 사람들이 있으니 쓰러질 수도 없었다.

결계마술을 최대출력으로 발동시키면서 레티시엘은 추가로 자신의 발치에 신체강화마술을 걸어 발밑이 흔들리지 않게 했다.

방금 단안경의 청년을 상대로 큰 기술을 사용한 직후이기 때문인가, 술식의 발동에 약간의 시간 손실이 발생했다.

이윽고 내포하고 있던 에너지를 모두 방출하고 칠흑의 빛 덩어리는 소멸했다. 그 뒤에는 도려내진 대지와 불에 타서 검게 그을린 땅만이 무참하게 남겨졌다.

"하아…… 하아……."

짧게 숨을 몰아쉬며 레티시엘은 흐트러진 호흡을 가다듬었다.

여전히 멈추지 않는 손의 떨림이 폭발의 무시무시함을 말해주고 있었다.

폭발은 레티시엘의 저택 일대로만 좁혀졌던 모양인지, 저택의 대지에서 떨어진 장소들은 거짓말처럼 상처 하나 없었다. 그 대비가 저택의 참상을 보다 더 강조하고 있었지만.

3중으로 전개했던 결계는 그 중 두 장이 깨지고, 세 번째 장도 깨지기 직전이었다. 꽤나 아슬아슬한 상태였다.

대체 어떤 힘을 쓰면, 최대위력의 결계마술에 이렇게까지 막대한 피해를 입힐 수 있는 것일까. 레티시엘은 등골이 오싹해졌다.

"……."

가면의 인물은 변함없이 결계를 해제하지 않고 계속해서 경계태도를 유지하는 레티시엘을 바라보고 있었으나, 이윽고 볼일은 끝났다는 것처럼 빙글 이쪽을 향해 등을 돌렸다.

"……어?"

레티시엘이 눈을 깜빡한 다음 순간에는, 가면의 남자도 그 밖의 다른 로브를 걸친 자들도 전원 모습을 감춘 뒤였다.

적이 떠난 것에 니콜과 루빅은 안도해서 가슴을 쓸어내렸지만, 레티시엘의 가슴속에서 소용돌이치는 안개는 걷히지 않았다.

그녀의 마음에 걸린 것은 지금 막 목격한 광경이었다.

모습을 감출 때, 가면의 인물은 어떠한 술식을 전개했다.

그리고 그 술식은, 레티시엘만이 알고 다룰 수 있는 술식이었다.

'저건…… 전이?!'

전이마술.

레티시엘이 전생에 나오에게 들은 이야기에 착안해 상상

해 낸 공간이동마술. 사용하는 술식의 규모는 방대했고 연산규모도 복잡했다.

이 시대에 그것을 사용할 수 있는 인간은 있을 리가 없었다. 그런데 어째서.

'애초에 전이는…… 전생에서도 사용할 수 있는 사람 따위, 없었……는……데…….'

필사적으로 사고를 하던 레티시엘의 시야가 갑자기 한 바퀴 돌았다.

하늘과 땅이 뒤집히고, 정신을 차리고 보니 레티시엘의 몸은 땅에 쓰러져 있었다.

"!! 아가씨?!"

"어? 도로셀 님?! 이―봐!"

몸에 힘이 들어가질 않았다. 의식이 몽롱해져서 루빅과 에디의 목소리가 매우 멀게 들려왔다. 대체 어떻게 된 걸까. 무슨 일이 있던 것일까.

자신도 잘 알지 못하는 사이, 레티시엘은 땅에 쓰러진 채 급속도로 흐려진 의식을 놓쳐버렸다.

***

―도와줘.

목소리가 들려왔다. 누군가가 부르는 목소리가 들려왔다.

—누가, 도와 줘.

흑백 이외의 색깔이 없는 세계가 비쳤다.

하늘에 걸린 보름달은 구름에 덮여 가려져, 아름답게 정돈된 화단과 나무들에 그림자를 드리웠다.

울창한 수풀로 향했다. 노이즈가 심했다.

바람소리도, 생물의 목소리도, 전부 쉬어서 불협화음을 연주하고 있었다.

멀리서 사람들의 담소와 웅대한 음악소리가 들려왔다.

저택에서는 축복받은 쌍둥이의 한쪽의 열네 번째 생일을 축하하는 파티가 열리고 있었다.

저주받은 아이, 축복받지 못하는 쌍둥이의 또 다른 한쪽.

때문에 그 밝은 세계에서 도망치고 싶었던 것일지도 몰랐다.

어두운 장소에 가고 싶었던 것일지도 몰랐다.

수풀을 빠져나간 그 앞에는 아무것도 없었다.

있는 것은 훌륭하게 가꾸어진 산울타리와, 주위를 둘러싼 어두운 담.

웅크리고 앉은, 비밀의 장소. 아무도, 올 리가 없었다.

하지만, 그 사람들은 왔다.

색이 없는 세계에서, 유일하게 색을 가진 사람들.

달이 숨은 어두운 밤에도, 그들의 로브를 물들인 순백은 퇴색되지 않았다.

—그만둬. 오지 마.

단안경을 쓰고 귀걸이를 단 청년과 후드를 깊게 눌러써서 얼굴을 감춘 소년.

무슨 이야기를 하고 있는지, 그것은 노이즈에 지워져 들리지 않았다.

튕기듯이 두 사람을 등지고 달리기 시작했다.

얼굴을 감춘 소년이 손을 뻗어오고, 그 손은 바로 근처에까지 바짝 다가왔다.

후드에서 가까스로 엿보이는 소년의 입은 웃고 있었다.

칼날로 베어 가른 것처럼 쩍 갈라진 입이 기분 나쁜 웃음소리를 내고 있었다.

소년의 손이 닿은 등으로부터 꿈틀거리는 뭔가가 흘러 들어왔다.

무서워. 무서워. 무서워.

그저 무서워서 참을 수가 없었다.

죽고 싶지 않아. 그 생각만이 머릿속에 맴돌았다.

뭔가가 대답해 주었다. 자신의 안쪽에서 뭔가가 이끌려나왔다.

이 공포에서 지켜준다면, 차라리 이 몸을 내주어도 좋았다.

누구라도 좋으니까 도와줬으면 했다.

—도와줘!

하지만, 거기서 경치는 끊어졌다.

몇 번을 재생해도, 그 이상 앞의 광경은 보여주지 않았다.

언제의 광경일까. 언제의 기억일까.
하지만 알 수 있었다. 이것만큼은 알 수 있었다.

—××××!

이것은 틀림없이, 「내」가 변하기 전의 기억이었다.

***

눈을 뜬 직후, 레티시엘은 한순간 자신이 어디에 있는지 알 수 없었다.

귀에 익숙한 선율이 흘러들고, 점차 의식이 또렷해졌다.

"아가씨? 아가씨!"

니콜의 목소리에 레티시엘은 자신이 응접실에 있는 긴 의자에 눕혀져있다는 사실을 깨달았다.

주위를 둘러보자 저택의 벽은 부서졌고, 밖의 정원도 괴멸적인 피해를 입은 채였다.

몸을 일으키려고 하자 등에 날카로운 통증이 달려서, 레티시엘은 저도 모르게 얼굴을 찡그렸다. 등이…… 등에 있는 반점이 쑤셨다.

'이 반점은…….'

예전에 니콜이 지적한 적이 있는 등의 반점.

그건 혹시 그 꿈의 그 장면에서 생긴 것일까.

'……도로셀은, 어떤 아이였을까…….'

그 기묘한 꿈속에서 하얀 로브를 입은 무리에게 쫓기고 있던 것은 틀림없이 「도로셀」이었다. 그리고 하얀 로브의 두 사람은 오늘 저택을 습격한 두 사람과 똑같은 특징을 하고 있었다.

기억 속의 모습과 주위의 평판, 가까운 사람들로부터 얻는 인상, 그 모든 것이 제각기 다 다른데다가, 그 정체불명의 인물들과도 접촉했던 도로셀…… 이 몸의 본래의 주인은 정말로 어떤 사람이었던 것일까.

하지만, 그 이상으로 신경 쓰이는 일도 있었다.

그 기억에서 누군가가 「나(레티시엘)」에게 말을 걸어왔다. 도움을 요청했던 것 같은 기분이 들었다.

'……도로셀은 지금 어디 있는 걸까?'

그 부름은 누구에게 향하고 있던 것인가. 그것을 물으려 해도 바로 그 장본인이 아직 행방이 묘연했다. 사라진 것일까, 아니면 아직 이 몸 어딘가에 잠들어 있는 것일까…….

"……."

거기까지 생각하고, 문득 레티시엘은 생각에 잠겼다.

만약 「도로셀」이 몸에 있다면, 언젠가 그 의식이 부상하는 날이 온다면, 「레티시엘」은 어떻게 되는 것일까.

사라져 버리는 것일까. 그렇지 않으면 도로셀처럼 몸속에 잠드는 것일까. 그것은 아무도 예상할 수 없었다.

'……그래도.'

—나는 너에 대해 알고 싶어…….

"아가씨? 기분이 안 좋으신가요?"

"……괜찮아요. 걱정하지 말아요."

멍하니 허공을 응시하는 주인의 모습에 루빅은 불안한 것 같았지만, 레티시엘은 그렇게 말하고 미소를 지어보였다.

방금 전부터 선율을 연주하고 있던 것은 그 오르골이었다. 다만 전투가 벌어지기 직전까지 테이블 위에 놓여 있었는데, 그 테이블은 현재 무참하게 파괴된 상태였다.

"다행이다…… 이 오르골, 무사했구나……."

"아, 그건 제가 방금 벽 근처에서 주웠는데요, 여기밖에 놓을 곳이 없어서 말이죠."

구멍이 뚫린 벽 근처에 서 있던 에디가 그렇게 말하고는 상냥하게 미소를 지었다.

그 바로 근처의 소파에서는 티나와 디트가 뀨를 담요 대신 삼은 채 서로 손을 맞잡고 깊이 잠들어 있었다.

"죄송해요. 고맙습니다."

"아뇨아뇨. 소중한 물건인 거죠? 무사해서 다행입니다!"

에디는 이쪽을 향해 생긋 웃으면서 척 엄지를 치켜세웠다.

그에 이끌려 레티시엘도 웃고 말았다.

"전 어느 정도 기절해 있었죠?"

"두 시간 정도입니다. 정체불명의 인물들과의 싸움이 끝나고, 갑자기 쓰러지셔서……."

그랬다. 자신은 그 하얀 가면의 인물을 만난 뒤 정신을 잃었다. 일단 자리에서 일어나 다시 한 번 주변을 확인했지만, 백은의 로브를 걸친 그 인물은 이미 어디에도 없었다.

"아, 아가씨…… 벌써 움직이셔도 괜찮으신 건가요?"

"예. 이 참상을 방치해둘 수는 없으니까요."

레티시엘은 소파에서 일어나 바로 작업에 착수했다. 방금 쓰러졌던 것이 거짓말인 것처럼, 몸은 어디도 불편하지 않았다.

"좀 더 누워계시는 편이 좋지 않을까요?"

"저택 수리를 해야 하니까, 느긋하게 쉬고 있을 수가 없어요."

처음 일격은 분명히 응접실 벽에 격돌했지만, 부서진 것은 응접실의 벽만이 아니었다. 그 위층에 있는 방도 피해를 입었다.

'응접실 위라면, 내 방이지…….'

일단 우선은 응접실의 내부부터 고치고, 레티시엘은 2층의 자기 방으로 향했다.

레티시엘의 방의 피해는 응접실보다는 가벼웠다. 그렇지만, 창문이 있는 벽의 아래쪽 절반이 사라지거나, 창문가에 놓여있던 책상의 절반이 날아가는 등 절대적인 피해는 가볍지 않았다.

“아가씨. 일단 떨어져 있던 만큼의 서류와 책은 그러모았습니다.”

책상 위에 놓여있던 물건들이 많이 안 보인다고 생각하고 있으려니, 바닥에 떨어져 있던 만큼의 자료와 책은 루빅이 야무지게 주워주었다.

“……앗.”

그것들을 받아들고 하나씩 확인을 하려니, 어릴 적의 도로셀이 써서 남긴 그 일기장과 한 통의 편지를 발견할 수 있었다. 레티시엘은 작게 소리를 질렀다.

“아가씨, 왜 그러시나요?”

“아뇨. 일기장과 알렉의 편지가 무사해서 다행이라고 생각한 것뿐이에요.”

많은 자료와 책 사이에 끼어 있던 덕분에, 예전에 발견했던, 알렉이라는 어린 도로셀의 옛 친구가 보낸 편지는 찢어지거나 불에 타는 일 없이 남아 있었다.

그 편지는 「도로셀」을 알기 위해 필요한 커다란 단서 중 하나였다. 만약 불타버렸다면 어떻게 하나 마음이 조마조마했었다.

“응? 부르셨나요?”

갑자기, 2층까지 함께 따라와 있던 에디가 빙글 이쪽을 돌아보았다.

“예? 부르지 않았는데요…….”

“어라? 아니었나요. 죄송합니다. 저, 성 때문에 가끔 알렉이라고 불려서 말이죠. 저도 모르게…… 하하하.”

에디가 겸연쩍다는 듯이 웃었다. 그러고 보면 그의 풀네임이 에디 알렉시스였다는 사실이 새삼 기억났다.

“그거, 편지인가요?”

“예. 알렉이라는 옛날 친구가 쓴 것입니다. 지금 그 아이를 찾고 있어요.”

“……그러신가요. 만약 제가 도울 수 있는 일이 있다면 힘이 되어드리겠습니다.”

에디는 변함없이 밝은 모습이었지만, 대답을 하기까지 한 순간 빈틈이 있던 것 같은 느낌이 들었다.

“저는 먼저 밖의 상황을 보고 오겠습니다.”

에디는 방을 나가고, 레티시엘은 계속해서 방의 정리와 벽의 수복에 착수했다. 참고로, 응접실에 뚫린 구멍은 출입의 편의성을 생각해서 가장 마지막에 수리하기로 했다.

“아, 도로셀 님.”

저택의 수리를 마치고 앞 정원으로 나오니, 지면에 웅크리고 앉아서 뭔가를 조사하던 기색이었던 에디가 이쪽을 알아차렸다.

“저택 쪽은 이제 괜찮으신 겁니까?”

"예. 복구는 거의 다 끝났으니까요."

레티시엘은 대지에 수복마술을 발동했다. 손이 닿은 부분에서부터 빛이 그물눈 형태로 번져나가면서, 조금씩 깊게 파였던 대지를 원래대로 평탄하게 되돌렸다.

그렇다고는 해도, 원래대로 돌아간 것은 대지와 벽, 인테리어 같은 무기물들뿐으로, 그곳에 존재하던 풀 등의 생물은 복원의 대상이 아니었다.

"모처럼, 클라우드가 꾸며준 정원인데……."

레티시엘은 저도 모르게 그렇게 중얼거렸다. 특히 이 정원은 레티시엘이 천 년 전의 전생에서 좋아했던 풍경을 재현해 달라고 해 놓았던 만큼, 충격도 꽤 컸다.

"상심하지 마세요, 아가씨. 다음에는 저희도 같이 정원을 재건하도록 해요."

"……그러네요. 다음에는 그렇게 할까요."

피해를 입은 것은 정원과 일부의 건물 벽뿐으로, 다행히 다친 사람은 없었다.

클라우드에게는 또 수고를 끼치겠지만, 정원은 다시 만들 수 있었다. 이번에는 자신도 돕자. 레티시엘은 그렇게 결심했다.

"그건 그렇고, 에디 씨. 아까 사용했던 힘은 뭐였죠?"

저택의 담장을 고치면서 레티시엘은 함께 따라온 에디에게 그렇게 물었다.

"응? 아아, 그거 말인가요? 그거 연금술이라는 겁니다."
"연금……술?"
"예. 아주 오래 전에 연구되던 것인데요. 이미 잊힌 지 오래된, 시대에 뒤처진 산물이라는 느낌이랄까요. 대수롭지 않은 상처를 치유하거나 주술을 펼쳐서 방패 대신 삼을 수 있어서 전 꽤 중시하고 있지만요."
"마법과는 다른 것인가요?"
"예. 마법과는 달리 방어계가 대부분으로, 수비를 강화하는데 특화한다면 그럭저럭 쓸 만합니다. 아, 그리고, 노점을 펼쳐놓고 물건을 팔 때, 살짝 쳐놓으면 쇼케이스 대신도 돼서 꽤 편리하답니다!"
"흐음……."
방금 전의 위력을 보면 명백히 쇼케이스 이상의 가능성을 갖추고 있었건만, 그것 참 신선한 사용 방법이었다. 아무렇지도 않게 밝게 웃는 에디에게 레티시엘은 쓴웃음을 지었다.
다만 마법과는 다른, 게다가 천 년 전에는 없었던 방어계 특화 기술체계가 있다는 사실에는 매우 흥미가 동했다.
"흥미가 있으시다면, 다음번에 관련 서적을 가져오겠습니다! 그렇다고는 해도 저는 이제 왕도를 떠나니, 학원의 대도서실에 맡기는 형태가 될 테지만요."
"어머. 그래도 괜찮은가요? 그렇다면 꼭 부탁하고 싶네요."
연금술이라는 새로운 힘에는 무척 흥미가 있겠다, 레티시엘은 에디의 이야기를 좀 더 듣고도 싶었다. 하지만, 에디는 이제부터 왕도를 떠난다는 것 같으니 붙잡는 것도 미안했다. 책을 대도서실에 맡겨준다면 그것은 대환영이었다.

"그리고, 도로셀 님."

"네?"

등 뒤에서 들려온 에디의 목소리에, 레티시엘은 딱히 뒤를 돌아보지 않고 대답만 했다.

"그 오르골 말입니다만…… 그건 꽤 귀중한 물건이라고 할까요. 사정이 있는 물건이라고 할까요……."

레티시엘은 일단 수리하던 손을 멈추고, 에디를 돌아보았다.

"마음에 드셔서 옆에 두고 싶으신 마음은 이해합니다만, 한 번 감정을 받는 편이 좋을 겁니다. 대도서실의 데이비드 씨가 그런 쪽으로 정통할 테니까요"

이례적으로 진지한 분위기로 그렇게 말하는 에디를 레티시엘은 의아하게 생각했다. 하지만 생각해 보면, 예의 방울도 박물관에 물어보니 의외의 발견을 할 수 있었다. 그러니까 오르골도 그렇게 될지도 몰랐다.

'뭐, 감정을 하는 것 정도라면 그렇게 문제는 없으려나.'

왜 박물관이 아니라 데이비드인지는 알 수 없었지만, 데이비드는 박식했다. 더 자세한 정보를 얻을 수 있을지도 몰랐다.

그 뒤, 마술을 발동하는 데에도 딱히 문제가 없어서, 정원과 건물의 수리도 순조롭게 끝났다. 에디는 레티시엘과 그 고용인들에게 이별을 고하고 저택을 떠났고, 레티시엘도 또 자신의 방으로 돌아왔다.

'결국, 그 하얀 로브를 입은 자들은 누구였던 것일까…….'

혼자가 되자, 레티시엘은 다시금 이번의 습격자들에 대해 생각해 보았다.

기묘한 칠흑의 힘을 사용하는 하얀 로브를 입은 정체불명의 자들.

그들의 힘은 야외활동 소동 때에 2인조 남자가 사용했던 힘이나, 정령과 함께 쓰러뜨린 안개 괴물의 힘과도 비슷했다.

'그 문장도, 전에 어디선가 본 것 같고…….'

그들이 입고 있던 하얀 로브의 가슴에는 수레바퀴에 십자가가 그려진 문장이 수놓아져 있었다.

"……아."

거기서, 레티시엘은 기억해냈다.

분명히 전에 지크의 아버지가 지크에게 맡긴 천의 자수와 똑같았다.

'수레바퀴…… 원…… 그 방울에 새겨진 문장도 혹시…….'

길름에게 돌려받은 방울의 표면에 새겨져 있던 문양. 닳고 지워져서 원형(圓形)만을 가까스로 볼 수 있는 그 문양도 혹시 같은 것일까.

방울을 다시 한 번 살펴보고자 레티시엘은 책상서랍을 열었다. 길름에게 돌려받아 갖고 돌아온 뒤로는, 줄곧 그곳에 보관을 해놓았다.

'……어머? 방울이, 없네?'

서랍 안에는 목적했던 물건이 들어있지 않았다.

이곳에 넣어뒀다고 생각했는데, 잘못 기억하고 있던 것일까.

그렇게 생각해, 레티시엘은 가까이에 있던 서랍들도 모두 열어보았다. 그러나 예의 방울은 어디에서도 찾을 수 없었다.

'혹시 잃어버렸나? 그렇지 않으면…….'

하지만 그들이 그 방울을 가져갈 의미가 있을까.

하얀 로브의 인물들의 목적을 점점 더 알 수가 없어서, 레티시엘은 고개를 갸우뚱하는 수밖에 없었다.

***

도로셀의 저택에서의 습격소동은 일단 종결되었다.

그녀들과 함께 사후 처리를 한 뒤, 에디는 한 발 앞서 저택을 떠났다.

'그 녀석들은…….'

도로셀과 그녀의 고용인들의 배웅을 받으며 홀을 나선 뒤, 에디는 방금 전의 습격자들을 떠올리면서 저택의 대지를 나섰다.

'역시 그때의 사건도…….'

"걸을 때에는 앞을 봐 주십시오, 에델하르트 전하."

"……우오!"

정문을 나선 순간, 문 옆의 어둠 속에서 누군가가 그렇게 말을 걸어오는 바람에 행상인 에디, 아니 플라티나 왕국 제3왕자 에델하르트는 기묘한 비명을 지르고 말았다.

"뭐야아. 아—짱인가……. 놀래키지 마……."

어둠 속에서 모습을 드러낸 것은 아샤였다.

오늘은 시녀의 복장이 아니라, 등에는 활, 허리에는 검을 차고, 언제라도 싸울 수 있도록 로브 밑에는 라이트아머를 착용하고 있었다. 흡사 늠름한 여전사의 모습이었다.

아샤는 에델하르트와 함께 밤길을 걸으면서 그에게 말을 걸었다.

"전하께서 출타하신 곳에서 격렬한 전투가 벌어져서 서둘러 달려왔습니다만…… 뭔가 터무니없는 상황이 되었네요. 괜찮으셨습니까?"

"아아. 뭔가 이상한 녀석들이 갑자기 저택을 습격해 왔어."

"설마…… 전하를 노리고?"

"아니. 습격 대상은 말이지, 내가 아니라 도로셀 쪽."

에델하르트는 고개를 저었다. 하지만 거기서 뭔가가 생각났다는 것처럼 가볍게 주먹을 두드렸다.

"있지 아샤. 좀 알아봐줬으면 하는 일이 있는데."

"전하의 조금이 조금이었던 선례가 한 번도 없었습니다만……."

"아—짱에게만 부탁할 수 있는 개인적인 안건이라서 말이지. 이렇게, 부탁할게!"

에델하르트는 얼굴 앞에서 탁 두 손을 마주치며 생글생글 웃는 얼굴로 고개를 살짝 숙였다.

아샤는 그런 에델하르트를 어처구니없다는 얼굴로 바라보면서 정말 비위를 잘 맞춘다니까, 하고 한숨을 쉬었다.

"부탁하실 일이란 것이 뭡니까?"

아샤가 그렇게 묻자, 에델하르트는 평소의 표표한 미소를 지우고 대답했다.

"도로셀 노아 피리아레기스. 그녀에 대해 조사해 줬으면 해."

그의 입에서 흘러나온 말이 예상 외였던 것일까. 아샤는 한 순간 눈을 동그랗게 떴다.

"역시, 신경이 쓰이시는 겁니까? 그 힘이."

"뭐, 그것도 있지만…… 어느 쪽이냐고 하느냐면 의혹이지."

조금 전까지는 그녀가 가진 힘에 흥미가 더 강했지만, 방금 전의 전투로 그 생각은 완전히 뒤집혔다.

"그 사람, 「알렉이라는 옛 친구를 찾고 있다」고 하더라고. 이상하잖아? 그녀가, 여동생을…… 알렉시아를 잊다니."

그렇게 말하고 에델하르트는 어딘가 쓸쓸하다는 듯이 웃으며, 그 눈동자에 그림자를 드리웠다.

"……분명히 묘하다고는 생각합니다만, 그런 슬픈 일이 있었습니다. 괴로운 기억에 뚜껑을 덮어 잊었을 가능성도 있지 않을까요?"

"응. 그럴 가능성이 있다고 나도 생각은 해. 하지만, 역시 뭔가가 달라."

에델하르트는 힐끗 뒤를 돌아보았다. 레티시엘의 저택은 이미 교외에 흩어져 있는 숲에 가려 거의 보이지 않았다.

"아샤. 너는 도로셀이 싸우는 장면을 본 적이 있어?"

"아뇨, 없습니다만……."

방금 전 저택에서의 전투를 에델하르트는 처음부터 끝까지 목격했다. 그런 다음, 그는 레티시엘에게 의혹을 품은 것이다.

"그 사람은 **전투에 너무 익숙해.**"

"……그 말씀은?"

"그 말대로야. 그녀의 전투에서는 군더더기가 전혀 보이지 않아. 전투 현장에서 어떻게 움직여서 공격을 하고 어떻게 승리하는가. 그녀는 그것을 몸으로 완벽하게 체현했어. 그런 싸움 방식, 과연 루카스라 해도 가능할지 모르겠군."

그만큼 레티시엘의 전투방식은 세련되었다.

움직임에도, 공격 수단에도 일체의 군더더기가 없고 빈틈이 없었다. 그것은 전투로 세월을 보낸 인간이 아니면 도저히 몸에 익힐 수 없을 것 같은, 잘 버려진 전투기술이었다.

"16년이나 왕도에서 살던 공작 영애, 한 번도 전장에 나간 적이 없을 터였던 그녀가 어떻게 그런 식으로 싸울 수 있는

가……라는 것인가요."

"맞아! 게다가 절멸했을 터인 정령까지 옆에 거느리고 있어. 어쨌든 기습해 온 하얀 로브의 무리가 사용하던 힘도 포함해서 알 수 없는 일이 너무 많아."

에델하르트의 말에 귀를 기울이면서 아샤도 복잡한 표정으로 생각에 잠겼다.

"알았습니다. 가능한 한 정보를 모아보겠습니다."

"응. 늘 고마워."

그럼, 잘 부탁해~. 그렇게 말하고 에델하르트는 손을 흔들고 그 자리를 떠나려고 했다.

"전하. 어디 가십니까?"

그 등의 배낭을 덥석 붙잡으면서, 아샤는 생긋 웃는 얼굴로 그렇게 물었다.

"어? 좀 저 근처에 가서 산책이나 할까 하고 말이지. 에헷."

에델하르트의 진행 방향에는 숲밖에 없었다. 익살을 떨면서 얼버무리려는 에델하르트에게 아샤는 변함없이 미소를 보냈으나, 그 얼굴에서는 뭔가 분노의 마크가 보이는 것 같은 느낌이 들었다.

"호오? 한밤중에 숲에서 산책을 하신다는 말씀이십니까? 취미가 참 근사하시군요."

"이야. 좀 마음껏 걷고 싶어서 말이야."

"어머, 그러시가요. 그러시다면 왕성에 있는 전하의 저택으로 코스를 변경하시는 편이 좋으실 겁니다. 이곳에서부터라면 거리가 꽤 멀다고 생각하니, 마음껏 원하시는 만큼 걸으실 수 있겠네요."

등 뒤에 불타오르는 뭔가를 거느린 아샤의 기세에 에델하르트는 이건 도망칠 수 없다고 각오했다.

"자, 전하. 저도 함께하겠으니 같이 산책을 할까요."

"시—잃—어. 돌아가고 싶지 않아! 나, 왕성은 싫단 말이야—!"

"가끔은 왕도에서 얌전히 계십시오. 다른 분들이 모두 걱정하고 계십니다."

에델하르트는 좀 더 여행을 하고 싶다고 떼를 썼지만, 아샤는 불문곡직하고 그를 연행했다.

***

"로시포드의 용태는 언제쯤 호전되는 것인가."

레티시엘의 저택에서 습격 사건이 일어났을 무렵, 왕의 집무실에서는 오스왈드가 어의가 제출한 치료경과 보고서를 읽으면서 조바심을 내며 말했다.

"게다가, 예의 보호한 병사도 아직 회복하지 못한 건가."

육군 제11소대 실종사건의 유일한 생존자인 병사도 로시포드와 같은 증상에 빠져있었다. 보호된 뒤로 시간이 꽤 흘렀는데도, 여전히 빈 껍데기처럼 외부의 소리에 전혀 반응을 하지 않는가 싶다가도 갑자기 날뛰는 등, 증상이 개선될 여지가 전혀 보이지 않았다.

국내에서 우수한 의사들을 모아 진단, 치료를 맡겼지만, 지금은 많은 의사들이 포기를 한 수준이었다.

"예. 치료는 좀 더 진행해보겠으나, 효과는 별로 기대할 수 없을 것 같다고 합니다……."

그 보고서를 가져온 것은 재상인 시리우스였는데, 그 역시 사건해결로 이어질 실마리를 얻지 못해 난처해하고 있었다.

"그 병사의 치료법이 확립되면 로시포드의 치료에도 도움이 될 터인데……."

거기까지 말하고, 오스왈드는 퍼뜩 무언가를 기억해낸 것처럼 말을 끊었다.

"그러고 보니, 전에 별궁 근처에서 소동이 있었지. 그건 결국 무엇이 원인이었나?"

얼마 전에 교외에서 정체불명의 폭발사고가 발생해서, 사건이 있은 뒤 원인 조사를 진행하고 있었다. 누군가가 격렬하게 싸운 흔적은 있었으나, 여전히 원인은 오리무중이었다.

"탐문을 하고 있습니다만, 가까이에 사는 농민은 낙뢰가 원인이라고 공술하고 있습니다. 다만, 같은 시기에 제1왕자 전하의 용태가 갑자기 악화되었다고 하니, 그것과 관련성이 있는지가 신경이 쓰이는 부분이기는 합니다."

"흠…… 현장 근처에 도로셀의 저택도 있지. 다음에 이야기를 한 번 들어볼까."

오스왈드는 턱에 손을 갖다 대며 그렇게 말했다. 그러나 그 말을 들은 시리우스는 눈썹을 찌푸렸다.

"……전하. 외람되오만, 도로셀 양에게는 아직 수수께끼가 많습니다. 이번 소동도 뭔가 강력한 술식으로 인한 것이었다고 생각할 수도 있고, 또 그녀는 절멸했다고 알려진 정령족과 친밀한 관계를 맺고 있습니다. 그다지 그녀를 적극적으로 의지해서는 안 될 것 같습니다…….

"내가 그녀를 중용하는 것이 불만인가?"

오스왈드의 질문에 시리우스는 침묵을 지켰다. 그가 보기에, 아직 풋내기에 자신보다도 나이 어린 여인이 자신 이상으로 중용되는 것은 재미없는 일이리라.

"분명히 도로셀은 수수께끼가 많을지도 모르네. 하지만 그녀가 가진 힘과 지식을 저울질을 해 보면 남는 장사라고 나는 생각해. 게다가 말이세. 강대한 힘을 가진 정령을 길들였다면, 우리나라에도 상황이 좋다고 생각하지 않나?"

"……."

"얼마 전의 학원제에서는 산업의 진흥에 도움이 되는 연구를 발표해서 호평을 얻었다고 하지 않나. 술식연구의 성과도 더할 나위 없이 좋다고 들었네. 걱정하지 말게. 그녀는 지금 매일매일의 학원생활에 열중하고 있어. 다른 일은 초조해하지 않고 천천히 알아 가면 돼."

"예. 폐하의 분부에 따르겠나이다."

"그것보다, 이쪽의 보고서로 묻고 싶은 것이 있네."

오스왈드는 한 장의 보고서를 끌어당겨 그것을 시리우스에게 보였다.

그것은 루크레치아 학원의 야외활동에서 일어난 노예 밀매 적발소동에 대한 추가정보를 적은 보고서였다.

소동 뒤의 조사에 따르면, 노예거래를 하고 있던 조직은 「흑강 기사단」이라고 불리는 용병단으로, 루카스가 붙잡은 자들도 이 용병단의 단원이었다고 했다.

이 흑강 기사단은 11년 전의 스피리아 전쟁 때에는 일부의 전선에서 활약을 했으나, 전후의 평화로운 세상에서는 산적으로 전락했던 것 같았다.

"기사단이 노예 밀매를 하던 대상이 제국만이 아닐 가능성이 있다…… 이 내용에 대해 설명을 해 주게."

오스왈드는 추가보고서에 있는 한 문장을 소리 내어 읽었다. 기사단이 이리스 제국에 비밀리에 노예를 제공하고 있었다는 사실은 조사를 통해 금방 알아냈지만, 이 정보는 금시초문이었다.

"예. 이것은 기사단 중에서도 비교적 높은 지위에 있던 소수의 구성원에게서만 얻을 수 있던 공술로, 아직 진실인지는 판단할 수 없습니다. 하오나…… 기사단에는 제국 이상으로 비밀리에 거래를 하며 무기를 비롯한 다양한 지원을 받고 있던 상대가 있던 것 같습니다."

"호오? 그것이 누구인가?"

"뭔가의 조직이라고는 생각됩니다만, 저도 들어본 적이 없는 조직이었습니다. 다만, 그들과 같은 특징을 가진 자들이 북쪽 국경 부근에서 목격되고 있는 것 같습니다……."

"……그건 또 대단히 수상쩍은 냄새가 나는군."

그렇지 않아도, 근래의 흉작과도 맞물려 플라티나 왕국의 북쪽 국경주변 영지는 치안이 나빠졌다. 이 이상 성가신 일은 늘리지 말아줬으면 했다.

"두 번째 장에 그 조직의 이름을 기재해 놓았으니, 괜찮으시다면 봐 주십시오."

시리우스의 말에 따라 오스왈드는 보고서의 두 번째 장을 펼쳤다.

그곳에는 조직에 대해 현 시점에서 알게 된 정보와 그 이름이 적혀 있었다.

백의 결사……

종장 기억의 파편과 암약하는 그림자

멀리 마을이 내려다보는 높은 언덕 위에 나뭇가지가 우거진 청청한 거목이 딱 한 그루 서 있었다.

그 나무그늘에 앉아 한 명의 어린 소녀가 손에 든 작대기로 지면에 끄적끄적 마도술식을 적고 있었다.

"선생님! 요전에 가르쳐주신 술식, 쓸 수 있게 됐어요!"

"그래? 빠르구나…… 역시나, 전하는 배우는 것이 빠르구나."

득의양양하게 자랑하는 왕녀님의 말에, 나무줄기에 기대 앉아서 독서를 하고 있던 남성은 조금 놀란 것처럼 시선을 들었다가 곧 온화한 미소를 띠었다. 선생님 곁에는 로브가 아무렇게나 놓여 있어서, 그 옷자락이 바람에 흔들려 팔락팔락 움직이고 있었다.

"선생님. 로브를 안 입어도 돼요? 몸이 식어요."

"괜찮아. 걱정하지 않아도 된단다."

"어허! 아버지!"

여느 때처럼 미소를 지으며 얼버무리려는 선생님에게 조금 새된 소녀의 목소리가 날아왔다.

언덕의 기슭에서 커다란 바구니를 끌어안은, 선생님과 꼭 닮은 풍모의 소녀가 다가왔다. 그 뒤에는 또 한 명, 소년의 모습도 보였는데 그는 오른쪽 눈을 붕대로 감아 가리고 있었다.

"또 로브를 벗고 있어! 몸이 튼튼하지 못하니까, 적어도 걸치고 있으라고 말했는데도!"

"미안하구나. 언제나 걱정을 끼쳐서. 하지만 괜찮아. 오늘은 컨디션이 좋아."

떡 버티고 서서 부루퉁한 얼굴을 하고 아버지에게 설교를 하는 소녀. 역시나 선생님도 딸에게는 약했다. 스리슬쩍 로브를 다리에 걸치고 그는 곤란하다는 것처럼 눈썹 끝을 떨어뜨렸다.

"있지있지, 그거 뭐야?"

"샌드위치. 다 같이 먹자! 아, 아버지 몫은 여기 있어."

왕녀님의 질문에 소녀는 손에 들고 있던 바구니를 지면에 내려놓았다. 선생님의 집은 마침 큰 나무가 있는 언덕의 기슭에 있었기 때문에, 소녀는 방금 전까지 집에 돌아가 가벼운 식사를 만들고 있던 것이다.

"……아! 레티, 그 술식……."

샌드위치를 우물거리면서 소녀는 왕녀님이 지면에 쓰고 있던 술식을 눈치 빠르게 알아차렸다.

"에헤헤. 선생님한테 배웠어!"

"에에. 굉장하다! 난, 이런 건 배워도 전혀 모르겠어……."

"그럼 가르쳐 줄게!"

한 살 정도 연하의 소년에게 왕녀님은 술식을 쓰는 법을 가르쳐 주었다. 소년도 왕녀님들과 함께 마술을 공부하고 있었지만 그에게는 어려운 듯, 늘 잘 기억을 하지 못했다.

그 때문에 왕녀님과 소녀가 나중에 몇 번이고 계속 가르쳐야했지만, 본인은 아예 태도를 바꾸어 당당해졌다. 왕녀님과 소녀도 이제는 반쯤은 질렸다.

"이 술식, 나도 배웠는데 추월당했어!"

"야호. 또 내가 이겼다~"

천진난만하게 기뻐하는 왕녀님과 분한 듯이 입술을 삐죽이는 소녀. 나이가 같은 두 소녀는 만났을 때부터 서로 친구이자 라이벌이었다.

"우우우. 레티. 언젠간 반드시 이길 거니까, 각오해!"

"있지있지 전하. 이건 결국 무슨 뜻이야?"

한 손을 허리에 얹고 다른 한쪽의 손으로 척 왕녀님을 가리키는 소녀와, 방금 배운 술식을 전혀 다른 기괴한 술식으로 바꿔 쓰고 있는 소년, 그리고 그런 아이들을 온화하게 지켜보는 선생님.

평온 따위는 존재할 리가 없던 과거의 전란의 시대에서 이 순간은 분명히 즐겁고 평화로웠다.

경치에 눈물이 떨어지고, 번져가는 파문이 기억을 지워버렸다. 이 뒤, 그녀를 기다리는 운명에 대해, 그때는 그녀 자신도 알 도리가 없었다.

***

빈민가의 밤은 조용하고 어두웠다. 밤이 되면 한층 위험해지는 이 구획은, 해가 지면 다들 창과 문을 꽉 닫고 집집의 불빛조차 밖으로 새어나가지 않게 하려 했다.

그 때문에, 오늘처럼 구름에 달과 별이 가려진 밤은, 마치 거리 그 자체가 어둠에 가라앉아 사라진 것처럼 칠흑으로 완전히 뒤덮였다.

빈민가의 경계선에서 멀지 않은 크로비스 수도원도 마찬가지였다. 불빛이 보이는 창문이 하나도 없는 수도원은 정적에 싸여 있었다.

수도원 뒤뜰의 잡목림을 빠져나간 끝에는 작은 성당이 서 있었다. 오랜 세월 사람의 손길이 닿지 않은 듯, 새하얬을 벽은 군데군데 페인트가 벗겨지고, 벽에는 멋대로 자란 덩굴과 잡초가 비좁게 엉켜 있었다.

그 쇠퇴한 성당 안은 어슴푸레했다. 가장 안쪽의 벽에 끼워진 스테인드글라스가 가까스로 희미한 달빛을 통과시키고 있었다.

성당의 중앙에는 랜턴 하나가 덩그러니 놓여 있을 뿐, 그 외에 빛은 없었다.

"윽…… 아야야."

랜턴의 바로 옆에 앉아 그 약한 빛에 의지해 상처의 응급 처치를 하던 청년이 약이 스며들었는지 신음소리를 냈다.

머리카락에 가려지지 않은 왼쪽 귀에는 화려하게 장식된 귀걸이를 달고 있었다. 촛불 불빛에 비친 귀걸이의 표면에는 수레바퀴 위에 십자가가 그려진 문양이 새겨져 있었다.

"꽤나 요란하게 당했군, 자쿠도."

그런 청년…… 자쿠도의 모습을 보면서 후드를 깊게 눌러 쓴 남성이 벽에 기대서면서 그에게 말을 걸었다.

두 사람은 같은 형태의 로브를 입고 있었는데, 로브의 가슴에는 자쿠도의 귀걸이에 있던 것과 똑같은 문장이 수놓아져 있었다.

"그 안경도 부서졌나……."

"웅— 이거 비쌌는데 말이지."

자쿠도는 금이 간 단안경을 벗었다. 갈색의 렌즈 밑에서 드러난 그 오른쪽 눈은 불타오르는 불꽃과도 같은 심홍색을 띠고 있었다.

"아니, 그게 말이지. 난 원래 전투 체질이 아니야. 어쩔 수 없다고 생각하지 않아?"

자쿠도는 표표한 어조로 기죽은 기색도 없이 그렇게 말하고는, 킬킬 웃었다.

"게다가, 미르 군이나 어르신에게도 못 들었다고. 그 아이가 그렇게 강하다고는!"

지르퉁해서 불평불만을 늘어놓는 자쿠도에게 미르는 흥미도 없다는 듯이 담담하게 대답했다.

"네가 묻지 않았으니까. 게다가 지금까지의 그 아이를 줄곧 조사했잖아."

"아니아니. 조사하는 거랑, 실제로 자신이 싸우는 거랑은 얘기가 달라! 그것도 말이지. 정령왕에 수호영수까지 딸린 풀코스였다고. 한번에는 다 먹을 수 없어."

"바보 같은 소리 하지 말고, 작업을 빨리 끝내라."

미르의 그 대응에도 자쿠도는 익숙한 것일까. 딱히 신경 쓰는 기색도 없이 이야기를 계속하면서 주머니에서 작은 상자를 꺼냈다.

촛불에 비쳐진 그 상자는 손바닥에 올려놓을 수 있을 정도의 작은 입방체로, 뚜껑 부분에는 귀여운 장미 그림이 그려져 있었고, 측면에는 태엽이 달려 있었다. 그 디자인은 그 소녀…… 도로셀이 갖고 있던 오르골과 아주 흡사했다.

"예이예~이. 내친 김에 내가 잃어버린 물건도 찾았고 말이지."

자쿠도는 웃으면서 머리를 쓸어 넘기고는 드러난 오른쪽 귀에 손을 갖다 대었다. 귀걸이에 손가락이 닿자, 가벼운 방울소리가 울렸다.

체인도 교환했으니까 이제 떨어지는 일은 없을 거야. 그렇게 말하면서 자쿠도는 방울에서 손을 뗐다.

"일단 목적한 물건은 입수한 세……."

오르골을 관찰하면서 떠들던 자쿠도는 그러나 갑자기 침묵하며 물끄러미 상자를 바라보기 시작했다.

저벅…… 저벅……

같은 타이밍에 안쪽의 어둠에서 누군가의 발소리가 들려왔다.

작은 발소리였지만 넓은 공간에 메아리치는 탓에 실제보다 훨씬 크게 들렸다.

"자쿠도, 밀그레인…… 둘 다 있군."

이윽고 랜턴의 빛이 비치는 범위 안으로 하얀 로브를 두른 가면의 인물이 다가왔다.

작은 체구에 목소리가 다소 높은 것이, 변성기 전의 어린 소년으로 생각되었다.

"고생 많으셨습니다."

소년의 모습을 보자, 미르 아니 밀그레인은 바로 허리를 숙이며 인사를 했다. 그에 대답을 하면서 소년은 자쿠도에게 시선을 주었다.

"너도 대단한 상처는 없는 것 같군."

"어르신 덕분에 말이죠~."

자쿠도는 두 사람 근처까지 다가온 소년에게 살랑살랑 가볍게 손을 흔들었다. 그러나 그것도 잠시, 그는 곧바로 얼굴에서 표정을 지웠다.

"어르신~ 바로 보고를 해도 될까? 이거, 가짜에요~. 당한 것 같네요."

그는 갖고 있던 오르골을 거칠게 집어던졌다. 방금 전까지의 헤실거리던 표정은 어디에 갔는지, 부아가 치민다는 듯이 눈썹을 찌푸리고 있었다.

"……힘이 느껴지지 않아."

자쿠도에게 어르신이라고 불린 소년은 그가 집어던진 오르골을 한 손으로 받아내고는, 딱히 화내는 기색도 없이 오르골의 뚜껑을 열어 태엽을 감았다.

오르골에서 흘러나온 것은 도저히 곡이라고는 부를 수 없는 지독한 선율이었다. 음정도 멜로디도 엉망진창으로, 적당히 소리를 욱여넣었을 뿐인 귀에 거슬리는 음악.

"……."

소년은 탁 뚜껑을 닫아 음악을 멈춘 뒤, 오르골을 자쿠도에게 되던졌다.

"그 여자의 짓인가?"

이야기를 들으면서 밀그레인이 그렇게 의문을 드러냈다. 그러나 자쿠도는 고개를 가로 저었다.

"아—니. 아마도 아닐 거야."

자쿠도는 오르골을 받아내서는 마치 공기라도 하듯이 던졌다 받았다 하면서 갖고 놀았다.

"제대로 한 방 먹여줬어…… 그 연금술사 상인……."

방금 전의 저택에 있던 행상인…… 그는 그 학원제 자리에도 있었다. 그 녀석의 언동에는 이제부터 주의를 기울일 필요가 있을 것 같았다.

"그렇지만 다행이네요~. 어르신이 그렇게 집착하던 그 영애, 마술 실력이 전혀 무뎌지지 않은 것 같잖아요. 아마도 어르신이 기대하는 것 이상으로 강하지 않을까요~."

"……계속해서 네 임무를 다해라."

소년은 자쿠도의 말에 대답하는 일 없이, 그렇게만 고하고는 성당을 떠났다. 그 음색은 담담해서, 그의 감정은 전혀 읽을 수 없었다.

성당 밖은 정적과 어둠에 싸여 있었다. 차가운 바람이 부는 정원에 서서, 소년은 가면을 벗고 두꺼운 구름에 가려져 거의 보이지 않는 달을 올려다보았다.

자쿠도가 굳이 말하지 않아도, 그녀의 힘이 지금도 건재한 것은 소년도 매우 잘 알았다.

교외의 저택에서 그녀와 한 수를 겨뤘을 때 소년의 힘을 정면에서 받아내고 그것을 완전히 막아내 보인 그녀는 이미 단순한 열여섯 살의 소녀라고는 부를 수 없으리라.

"여전하군. **레티시엘**……."

밤의 장막에 감춰진 그 표정이 무엇을 생각하고 있는지, 그것을 아는 자는 아무도 없었다.

■작가 후기

이번에 「왕녀 전하는 화가 나셨나 봅니다」3권을 읽어주셔서 감사합니다. 야츠하시 코우입니다.

여러분 덕분에 이렇게 소설을 3권까지 간행할 수 있게 되었고, 코믹 가르도에서 요츠바 네코 선생님의 만화 연재도 시작되었습니다. 감사의 마음으로 가슴이 한 가득입니다.

레티시엘의 「분노」도 드디어 세 권 째에 돌입했습니다.

1권과 2권에서는 레티시엘이 전생해서 「도로셀」이 된 뒤로, 자신을 둘러싼 주변의 일이나 인간들, 마법의 사양 등에 대해 「분노」이번 권에서는 학원만이 아니라 마을에까지 나가 활동범위를 넓힌 끝에 한층 더 「분노」하시는 등, 레티시엘의 「분노」의 대상이나 규모 같은 것들이 점점 커졌습니다. 다음 권에서는 어떤 것에 「분노」하실지, 기대해 주시면 기쁘겠습니다.

이번 권에서는 정체불명의 힘에 이어, 레티시엘을 노리는 수수께끼의 조직도 등장해 특히나 전투 장면이 많았습니다만…… 어렵네요. 문장으로 그리는 전투 장면……. 움직임과 현장감을 제대로 표현할 수 있었는지 불안합니다만, 즐기실 수 있으셨다면 기쁘겠습니다.

레티시엘과 지크의 관계성도 줄곧 쓰고 싶었던 부분이었기 때문에, 이번 권에서 쓸 수 있어서 다행입니다. 이걸로 두 사람의 관계는 드디어 출발선에 선 것 같은 느낌입니다만, 앞으로도 따뜻하게 지켜봐 주시길 바랍니다……!

그리고 독자 여러분도 분명히 신경이 쓰이실 도로셀 본인의 인격이 어디에 가버렸는지 하는 점. 도로셀과 레티시엘의 관계도 이 이야기의 중요한 열쇠이기 때문에, 도로셀의 과거, 정체불명의 힘을 다루는 조직의 목적, 마술단절의 이유 등을 포함해 수수께끼 풀이와도 같은 감각으로 이야기를 즐기실 수 있는 내용을 보내드릴 수 있기를 바랍니다.

졸저의 출판에 관여해 주신 모든 분들, 담당 편집자이신 Y씨, 일러스트를 그려주신 나기시로 미토 씨, 만화를 담당하고 계신 요츠바 네코 선생님, 그리고 이 책을 읽어주신 독자 여러분들에게 진심으로 감사의 말씀을 드립니다.

그럼, 다음 권에서 또다시 만나 뵐 수 있기를 바랍니다.

야츠하시 코우

■역자 후기

안녕하세요, 이번에는 폭풍과도 전개 및 쌓여가는 퍼즐조각들과 함께 찾아뵈었습니다.

지난 2권의 후기에서 2권은 큰 흐름을 앞두고 준비를 다지는 것 같은 느낌이라고 개인적인 감상을 밝혔지요. 이번 3권에서는 2권에서 깔아놓은 장치들을 하나씩 터뜨려가는 느낌입니다. 대표적으로 플라티나 왕국으로 귀국한 제2왕자와 제3왕자들의 행보와 신세력인 하얀 집단을 들 수 있겠지요.

2권에 숨은 이야기들은 그 외에도 더 있습니다만, 이 두 가지 소재만으로도 인상은 강렬합니다. 각각의 소재에 숨은 고구마줄기, 아니, 뒷이야기들이 또 버티고 있으니까 말이지요. 3왕자와 관련해서는 레티시엘도 관심을 가진 연금술이 있고, 또 도로셀의 옛 친구의 정체가 밝혀졌습니다. 그리고 그 옛 친구와의 사이에 뭔가 「비극적」인 사건이 있었다는 암시는 덤입니다.

하얀 세력 쪽의 뒷이야기는, 작품 전반을 지배하는 것이 아닐까 싶을 정도로 많습니다.

그들이 사용하는 정체불명의 힘은 물론이요, 「어르신」이라 불리는 가면의 소년과 레티시엘의 관계. 현재 레티시엘의 그릇이 돼 있는 「도로셀」과의 관계. 레티시엘이 연구실 앞에서 발견한 방울이 시사하는 이 조직과 피리아레기스 공작가와의 관계. 심지어, 그 거미줄 같은 관계망의 끝은 이미 1권에서 퇴장한 로시포드와도 연결돼 있습니다.

로시포드의 이야기는 1권에서 보기에 따라서는 깔끔하게 정리가 되었습니다.

그가 손을 대었던 불길한 힘은 퇴치가 되었고, 정신이 불안정해진 것도 비교적 쉽게 받아들일 수 있는 결말입니다. 오히려, 손을 대서는 안 되는 것에 손을 댄 대가라고 할 수 있었을 텐데, 작가님은 로시포드를 그냥 퇴장시키지 않았습니다. 그의 끝나지 않은 이야기의 끝은 또 하얀 조직에 가 닿아있고, 본인도 조금씩 부활의 기미를 보이고 있습니다.

그것을 보면 3권에서 터진 장치들은 왕국의 2, 3왕자와 하얀 조직만이 아닙니다. 제1왕자도 포함돼 있군요. 대규모의 사고를 친 전력이 있고, 왕위계승권까지 박탈당한 로시포드가 앞으로 이 이야기에 어떤 영향을 끼칠지 궁금해집니다. 그리고 또, 파고들어가다 보면 로시포드에게는 젊은 나이에 세상을 떠난 모후까지 있습니다. 만약 지금은 고인이 된 제1왕비의 사정마저도 단순한 일이 아니라면……. 모든 것이 수수께끼의 퍼즐조각이 됩니다.

이밖에도 3권에서는 도로셀과 레티시엘의 관계가 좀 더 발전되어 나옵니다. 작가님이 말씀하셨듯이 모든 독자들이 궁금해 할 도로셀의 인격의 행방을, 레티시엘도 인식합니다. 그리고 자신이 놓인 그 기묘한 상태의 앞날에 대해서도 고민을 해 봅니다. 1, 2권까지는 "도로셀은 어디 갔을까?"라는 의문이 주였다면, 이제는 "레티시엘은 어떻게 될까?"라는 의문까지 더해졌습니다. ……의문이 풀리는 것이 아니라, 권을 더해갈수록 쌓여가는 느낌입니다. 그야말로 온갖 복선의 종합선물세트.

개인적으로 마법물, 왕도판타지만이 아니라, 이렇게 복선들이 복잡하게 얽힌 작품들도 좋아합니다. 작중에서 대놓고 드러난 장치들, 눈에 띄지 않게 집어넣어진 소소한 복선들이 서로 연결되고 연결되어 대단원을 그려내는 것을 보고 있노라면, 감탄이 절로 나옵니다. 그래서 이런 작품들은 한 번 다 읽고 다시 읽을 때 더 큰 재미를 느낍니다. 작중에 나온 장치들을 보며 "아아, 이건 그런 의도로 쓰인 내용이었지." 하고 무릎을 탁 치고 지나가지요.

작가님이 후기에서 수수께끼풀이를 해 나가는 것 같은 감각으로 즐길 수 있는 내용으로 써 나갈 것이라고 하셨는데, 이 수많은 장치들이 어떻게 서로 엮이고 풀려나갈지 기대가 됩니다. 과연 이야기가 끝날 때까지 내 무릎은 남아날 것인가. 무릎과 손바닥 걱정을 해 보면서 이만 글을 마쳐봅니다.

덧.

이 작품에서 「검은 빛」을 띤 것들은 뭔가 불길한 분위기를 풍기는 소재입니다. 이번 권에서는 안개를 넘어서 강물까지 영향을 받은 모습이 나왔습니다. 이름 하여 「검은 물」.

그랬는데, 요즘 한창 재미있게 보는 작품에서 원두커피를 「검은 물」이라고 표현을 하는 것을 발견할 수 있었습니다. 평소라면 오히려 당연하게 받아들였을 평범한 표현이었지만, 이번에는 책에서 말하는 「검은 물」이 떠올라서, 순간적으로 정말 강렬한 거부반응에 휩싸였습니다. 온몸의 털이 바짝 곤두서는 느낌이, 꼭 위험한 상황에 맞닥뜨린 고양이가 된 기분이었지요. 와. 지금까지는 이런 경험이 한 번도 없었는데, 작품에 알게 모르게 감정이입이 강하게 되었던 모양입니다.

왕녀 전하는 화가 나셨나 봅니다 3

초판 1쇄 발행 2021년 9월 10일

지은이_ Kou Yatsuhashi
일러스트_ Mito Nagishiro
옮긴이_ 이진주

발행인_ 신현호
편집부장_ 윤영천
편집진행_ 김기준 · 김승신 · 원현선 · 권세라
편집디자인_ 양우연
관리 · 영업_ 김민원 · 조인희

펴낸곳_ (주)디앤씨미디어
등록_ 2002년 4월 25일 제20-260호
주소_ 서울시 구로구 디지털로 26길 111 JnK디지털타워 503호
전화_ 02-333-2513(대표)
팩시밀리_ 02-333-2514
이메일_ lnovelpiya@naver.com
L노벨 공식 카페_ http://cafe.naver.com/lnovel11

ISBN 979-11-278-6188-9 04830
ISBN 979-11-278-5850-6 (세트)

값 7,800원

© Yomu Mishima 2018
Illustration Tomozo

세븐스 1~7권

미시마 요무 지음 | 토모조 일러스트 | 이경인 옮김

여신을 숭배하고, 검과 마법이 존재하는 세계에서
영주 귀족의 장남으로 태어난 라이엘은 15세에 집에서 쫓겨난다.
이유는— 여동생 세레스에게 패했기 때문에.
과거에는 천재, 기린아라 칭송을 받던 라이엘은
세레스의 영향으로 서서히 냉대를 받으며 연금 생활을 보냈다.
상처 받은 라이엘은 저택 뜰에 살던 노인에게
구조를 받아 보옥이 달린 목걸이를 받는다.
노인이 선대— 라이엘의 조부에게서 맡아놓은,
【아츠】가 기록된 푸른 옥은 월트가의 가보라고 할 수 있는 것이었다.
역대 당주 7인의 아츠가 기록된 보옥을 받은 라이엘은
그것을 갖고 저택을 나서는데—.